ハヤカワ文庫JA

〈JA1567〉

氷の致死量

櫛木理宇

早川書房

9033

装幀／舘山一大
カバー写真／ Adobe Stock

目次

氷の致死量

登場人物

鹿原十和子……聖ヨアキム学院中等部に赴任してきた英語教師。2年C組担任
戸川更紗………14年前に殺された聖ヨアキム学院中等部の英語教師
浜本夕希………聖ヨアキム学院中等部事務員
森宮……………聖ヨアキム学院中等部美術教師
灰田……………聖ヨアキム学院中等部事務長。渾名「ロッテン」
丹波……………聖ヨアキム学院校長
杵鞭……………聖ヨアキム学院中等部学年主任
志渡……………聖ヨアキム学院の神父
市川樹里………十和子のクラスの保健室登校の生徒
市川美寿々……樹里の母親
八木沼武史……殺人鬼
今道弥平………千葉県警地域部通信指令第二課、地域安全対策室室長
伊野田忍………千葉県警捜査一課巡査部長
小柳……………駅前交番交番長
戸川拓朗………更紗の夫。千葉専央学院大学社会行動心理学准教授
月村委員長……PTA副会長の三女。聖ヨアキム学院中等部2年C組の学級委員長
ＪＢ……………『ASMA』のリーダー
猫井……………同会員

プロローグ

「ねえカバラ先生。あなた、もしかしてトガワさんとご親戚？」

私立聖《せい》ヨアキム学院《がくいん》中等部の事務長が、そう首をかしげて問う。縁なし眼鏡の奥で、黒い瞳がいぶかしげに揺れる。

鹿原十和子《かばらとわこ》はとくに驚かなかった。

トガワさんって、トガワサラサさんですよね。ええ、お名前は存じています。でも親戚ではありません。会ったことさえありません――そう言いたいのを抑え、

「いえ」

とだけ短く答える。

「親戚にその姓はいないようです」

「あら、ごめんなさい。よく似た方《かた》を知っていたものだから」

ついよけいなことを――と、事務長が口に手をあてて目を細める。微笑んだつもりらしい。彼女の内心の狼狽《ろうばい》を察して、十和子は薄く微笑みかえした。

事務長とは初対面だ。この聖ヨアキム学院に、十和子は今日から赴任した。しかし事務長のいまの問いが、失言にあたることは知っていた。

はじめてトガワサラサの名を聞いたのは、十年以上前だ。

大学院の廊下でゼミの教授に呼びとめられ、

――きみ、トガワサラサくんの妹かね？

と問われたのだ。

――は？　いえ。

十和子は目をしばたたいた。

――違いますが……？

――ああそうか、すまない。

教授は首を振った。

――以前のゼミ生が、きみによく似ていたものでね。すまない。

その顔には、いま事務長が浮かべたのと同じ戸惑《とまど》いと後悔が浮いていた。いや、もっと色濃い後悔が、だ。なぜなら当時は、まだおいそれと彼女の名を口に出せる時期ではなかった。

「失礼しました。では、校内を案内いたしますね」

仕切りなおすように事務長が言う。十和子はうなずいた。

「お願いします」

正直、また教壇に立つのは怖かった。一年間のブランクがある。だが教師としての腕の鈍りを恐れているのではなかった。生徒の視線にさらされるのが、怖かった。

――去年教えた生徒とは、別人だ。まったく違う生徒たちだ。それはわかっている。

頭では重々わかっているけれど、感情が付いてくるかは、またべつだ。

この聖ヨアキム学院への口利きは、前述の元担当教授に頼んだ。いや、きみに紹介するのは、ちょっと……と渋る教授に、

――大丈夫です。

と十和子は断言した。

――ぜひ、わたしに行かせてください。お願いします。

だが教授が渋った理由も、やはり頭では理解できていた。

無理もない。だって――そう、この聖ヨアキム学院中等部の校内で、英語教師だった戸《と》

川更紗《がわさらさ》は殺された。十四年前のことだ。犯人は、いまだ見つかっていない。

十和子はまぶたを閉じ、ゆっくりとひらいた。

目の前に広い回廊があった。

アーチ形の天井。均等に並んだロマネスク様式の白い柱。やわらかな春の陽射しが、東の空から降りそそいでいる。回廊の突きあたりには、毎週月曜の朝に全校生徒が典礼をおこなうチャペルがあるはずだ。

――戸川、更紗。

十和子は背すじを伸ばした。

いま十和子は、彼女を誰より近しく思っている。親より友人より、夫より。

生前の彼女をもっと知りたい。そう十和子は熱望していた。だからこそ、ふたたび教壇に立つことを選んだのだ。しかもこの聖ヨアキム学院で。

戸川更紗はわたしと同じだった――。十和子はそう推測していた。その推測に、確証がほしい。わたしは孤独ではないのだと、先人がいたと思いたい。

いまのわたしには生きた人間より、死せる彼女のほうが安心できる。彼女を理解したい。彼女の生だけでなく、死の理由をも知りたい。彼女のすべてに寄り添いたい。

――いえ、正確には違う。

正しくはたぶんこうだ。
彼女を理解することで、わたしの心を癒やしたい。
事務長の後ろにつき、ロウヒールのかかとを鳴らして十和子は歩いた。

第一章

1

二年C組の教室を覗きこみ、

「あなたたち、まだ残ってたの？　早く帰りなさい」

と十和子は声をかけた。

時刻は午後五時三十四分。

黒板の真上で、大きなデジタル時計がコロン記号を点滅させる。吹きこむ風を受けたカーテンが、茜《あかね》に染まった空を生徒たちから隠すようにふくらんでいる。

「はあい」

「はーい、いま帰りまーす」

ひとつの机を中心に集まっていた女子生徒たちが、口ぐちに高い声を上げた。

紺のセーラー服。臙脂《えんじ》のリボンタイ。ふくらはぎ手前までのクルーソックス。みんな手足がすらりと細長い。そして「帰ります」と口では言うくせに、誰ひとり輪から抜けようとはしない。

今年の聖ヨアキム学院の二年生はA組が男子クラス、C組が女子クラス、BとD組が男女共学だ。そして十和子はC組の担任である。

十和子は教室へ入り、彼女たちに近づいた。

中心にいた生徒が、すかさずスマートフォンの画面を突きつけてくる。

「ねえねえ先生。この中の誰が好き？　誰が一番かっこいいと思う？」

液晶に表示されていたのは、いま人気の男性アイドルグループの画像だった。

十和子は内心で苦笑した。さすがにグループ名くらいは知っている。しかしメンバーの顔と名前は、まるで一致しない。なぜって興味がないからだ。人間の脳は、興味のないものは覚えられないようにできている。

芸能にまるきり関心がないわけではなかった。三十五歳の〝おばさん〟になったせいでもない。既婚者だからでもなかった。昔から――そう、昔からのことだ。

「この子かな」

適当に、十和子は端の男の子を指した。途端に生徒の輪から「きゃーっ」と悲鳴じみた絶叫が湧く。

「うっそ、意外ー」

「えーっマジ？　先生なんでなんで？」

詰めよる生徒たちに、

「だって、やさしそうじゃない」

さらりと十和子は答えた。

これもまた、昔からの決まり文句である。こういった場面では、十代の頃から繰りかえしてきた。一番やさしそうだから、落ちついて見えるから、と……。

「えー、そう来たか」

「さすが鹿原先生。クールぅ」

「ねえ先生、こっちのセンターの子のほうがかっこいいってば。うちの推し、もっとよく見てよー」

「はいはい」手を叩いて十和子はいなした。

「明日見せてもらうから、今日はもう帰りなさい。最終のバスが出ちゃいますよ」

「はあーい」

ようやく渋しぶといった様子で生徒が散りはじめる。聖ヨアキム学院中等部のスクールバスは、午後五時五十分が最終なのだ。

学校指定のバッグにスマートフォンをしまう。スカートの皺《しわ》を伸ばす。机をがたがたと鳴らして、一人、また一人と教室を出ていく。

「先生、また明日。ごきげんよう」

「ごきげんよう、先生」

全員が戸口で振りかえり、きっちりと礼をして去っていく。

十和子は目を細めた。

「ええ。また明日ね。ごきげんよう」

女子中学生が美形のアイドルに熱を上げるのは、カトリック系の学校に通っていようがいまいが全国共通だ。微笑ましい。そしてなんのかの言いながら、教えこまれた「ごきげんよう」の挨拶と礼を欠かさないのも可愛らしい。

うまくやっていけそうだ、と思う。

そう、この学校でなら、きっとうまくやっていける。前の学校で起こったような〝事件〟とは無縁に、心穏やかに教師生活をつづけられる。

――生徒に背後に立たれることだけは、まだすこし慣れないけれど。

無人になった教室を出て、十和子は廊下を歩きはじめた。

慎重に階段をくだり、夕焼けに染まりはじめた渡り廊下を抜ける。中等部の本館はH字形をしており、この渡り廊下が間の横棒に当たる。

五月が、早くも終わろうとしていた。つまり十和子が聖ヨアキム学院中等部の教壇に立ってから、二箇月近くが過ぎたことになる。

もとよりクリスチャンの――プロテスタントではあるが――十和子には、居心地のいい校風であった。穏やかで、規律正しい。かといって厳格すぎるわけでもない。

むろん生徒も教員も、全員がクリスチャンというわけではなかった。洗礼を受けた生徒は三割強といったところか。それでも、一般の学校に比べればかなりの率だろう。

十和子は引き戸を開け、職員室へ入った。

「鹿原先生、すごいな。すっかり生徒たちと馴染《なじ》んでますね」

机に着いた途端、隣席からそう声をかけられた。

美術担当の森宮《もりみや》だ。浅黒い顔に、笑うと細くなる目。ラフなポロシャツに樹脂サンダルをつっかけて、白衣がなければ美術教師にはとても見えない。

「いやすみません。通りすがりにさっきの、見ちゃったんです。『ねえ先生。この中の誰が好き？　誰が一番かっこいい？』ってやつ」

「あら、見られちゃいましたか」

十和子は微笑んだ。森宮が下敷きで顔を扇《あお》いで、

「C組はいいですよね。女子クラスだからか、まだ五月だってのに早くもみんな打ちとけてる。全体の雰囲気がなごやかですよ」

みんなねえ、と胸中で十和子は思う。

――その「みんな」とはクラス全員のことですか。それとも、あるひとりを除いてのこと？

だがもちろん、その問いは口に出さず呑みこんだ。

森宮が椅子に寄りかかり、大げさに嘆息する。

「あーあ、鹿原先生がうらやましいなあ。ぼくなんか在籍六年目なのに、女子からあんなふうにじゃれてもらった経験ないですよ」

「そりゃあ女子生徒は、そういう年頃ですもの」

笑顔を崩さず、十和子はあいまいに答えた。

友人たちに学生時代、「出たあ、十和子のアルカイックスマイル」といつも揶揄《やゆ》された笑顔だ。唇を半円状に吊りあげる、静かな微笑である。

「〝そういう年頃〟か。うんうん、こいつもまさにそれかな」

机に置かれたプリントを、森宮がかざす。

　Ａ４用紙に横書きで印刷された、保護者へのお知らせプリントであった。事務員の浜本《はまもと》夕希《ゆき》が配っていったのだろう。一行目のタイトルは『校内で流行中の、チェインメール対策について』。

「チェインなんとかって、すたれないんですねえ。ぼくの母親の世代からあるそうですよ。もっともその頃はメールじゃなく、『不幸の手紙』だったとか。つまり手書きですよ、手書き。メールなら転送すればいいだけですが、手書きで『同じ文面を十人に送れ』なんて言われたらね……」

「わたしの頃も、ぎりぎり手書きでしたよ」

　十和子は言った。森宮が目を剝《む》く。

「へえ、鹿原先生も、そんなの参加したんですか？」

「参加というか、ほかの子にまわしたりはしてません。でもクラスで流行したし、一応まわってきましたね。――そんなに驚きですか？」

「いやあ、驚きというか」

　森宮は目じりに笑い皺を寄せた。

「鹿原先生は、こう、なんというか、知的でノーブルですからね。そんな世俗の瑣末事《さまつじ》とは、遠いとこにいるイメージでして」

咄嗟《とっさ》に十和子はうまく反応できなかった。

しかし助け船のように、頭上からうまいタイミングで声が降ってきた。

「はいはい、間を失礼しますよ。いまいちノーブルじゃない幹事で申しわけございませんね」

おどけた口調でそう言うのは、事務長の灰田《はいだ》であった。

二十年以上前から「ロッテンマイヤー、略してロッテン」が渾名《あだな》だという彼女は、今日もひっつめ髪にスタンドカラーの黒いツーピースだ。

「予告したとおり、鹿原先生と浜本さんの歓迎会は今夜ですよ。『モンテ』で十九時半からを予約しました。はいこれが地図」

縁なし眼鏡を指でずりあげて、同じくA４の用紙を差しだしてくる。

「わからない場合は、お声がけしてくだされば同伴いたします。食べ物にアレルギーがある場合は、十八時半までにわたしまで連絡お願いしますね？」

歓迎会の会場『モンテ』は、驚いたことにフランス料理店だった。

奥の個室を貸しきりで、総勢二十八名の会食である。四月から赴任した十和子と、浜本夕希の歓迎会だ。

以前勤めていた公立中学ならば、割烹《かっぽう》の座敷を貸しきって、宴会料理のお膳を前に――というのがお決まりであった。

十和子たちヒラの教師は、たとえ歓迎される側であっても料理をそこそこに席を立ち、まずは校長、次に教頭、次は学年主任、と順にお酌《しゃく》してまわった。早々に泥酔して「まあ今夜は無礼講ですから、無礼講！」と大声を上げる者も、必ずひとりはいた。

――それが、聖ヨアキムだとこうなのね。なんとまあお上品な。

ついさっき森宮に「ノーブル」と評されたことを思いだし、あやうく笑いだしそうになる。この校風のただ中に五年いる彼のほうが、よほどノーブルではないか。

料理は美味しかった。

前菜はオイスターのムニエルと、魚介のカクテル。さらに蓴菜《じゅんさい》のコンソメスープを経て、いまは真鯛のポワレの皿を前にしている。

レモンが効いたバターソースで、日本人の口にも馴染みやすい。ワインも口当たりよく上等だった。

――でもこれじゃ、席を移動できないな。

ナイフとフォークを扱いながら、十和子は「残念」と内心でつぶやく。奥のテーブルの上座に座る、校長、事務長、学年主任、神父を順に目で追う。

お酌してまわる必要がないのは、正直言ってありがたい。でも今日ばかりは、いまひとつ嬉しくなかった。

お酒が入る席なら、さすがのクリスチャンでも堅い口がゆるむかも、とひそかに期待していたのだ。この機会にすこしでも情報を得ようと目論《もくろ》んでいた。そう――戸川更紗についての情報をだ。

「どうしました？　鹿原先生」

隣からささやかれ、はっとした。

浜本夕希だ。前下がりのボブカットに、学生と言っても通るだろう薄化粧の童顔。まるい瞳が、やや心配そうに揺れている。

「もしかして、お魚苦手でしたか？」

「えっ、いえ」

いつのまにかフォークを使う手が止まっていたらしい。十和子は慌てて首を振り、

「ちょっと、戸惑っちゃって。校長先生たちにお酌してまわらない歓迎会なんて、はじめてだから」

と答えた。

「あっ」夕希が指さきで口を覆う。

「わたし、そんなの頭の片隅にも浮かびませんでした。そっかあ、そういうことしなきゃいけない場だってあるんですもんね。お酌なんて、そういえばやったことない……」

いかにも若者らしい反応に、十和子の頬がゆるんだ。

一世代違えば世界が違う、とはよくいったものだ。女がお茶くみやお酌をしなくていい社会で育った夕希が、純粋にまぶしかった。

「えっと、鹿原先生は……以前は公立中学校に？」

「ええ。でもお酌どうこうは、公立私立の違いというより校風でしょうね。まあ郷《ごう》に入っては郷に従え、だから」

ポワレの皿が下げられた。口直しのソルベが運ばれてくる。

夕希がスプーンを取って、

「というか鹿原先生って、院卒ですよね？　院卒で公立中の教師になるってめずらしくないですか？」

そう言ってから、「あ、すみません」とふたたび口を手で覆う。

「じつはわたし、鹿原先生の経歴見ちゃったんです。一緒に赴任する方だから、つい気になって」

「いえそんな。謝らないで」

首を振りながら、経歴か、と十和子は思った。

いつかわたしにも、職員の経歴を閲覧できる機会があるだろうか？　とくに十四年前、この学校に在籍していた職員の経歴をだ。ざっと頭には入れてあるが、さすがにこまかい点は把握できていない。

——事件当時、戸川更紗とともに働いていた同僚たち。

十和子もスプーンを取った。

ソルベは柚子《ゆず》と、ほのかな蜂蜜の味がした。

「でもね浜本さん。院卒から公立の教師になるのって、それほどめずらしくないんですよ」十和子は言った。

「え、そうなんですか？」

「ええ。院といえば研究職のイメージが強いけれど、教育学部はやっぱり教員免許の取得が第一目的、という人が多いから。それに院生になったほうが、研究室の推薦を受けやすくて就職に有利ですもの。とくにわたしは、はなからオーバードクターになるつもりはなかったし」

そう言ってから、

「浜本さんは、以前はどちらに？」

と夕希に話を振る。

「えっと、わたしは新卒で一般企業に入ったんです。でも人間関係が面倒くさいし、評判以上にブラックだったからいやになっちゃって。だから退職して、事務系の専門学校に一年通いなおしました。私立校って事務員はたいてい契約社員しか募集しないんですけど、聖ヨアキムは正社員採用なのが嬉しいですよね。……それより先生、次はヴィアンドですよ。お肉お肉。サーロインステーキ！　フランス料理っぽい、変なソースかかってないといいなあ」

小声ながらも夕希がはしゃぐ。その目線がふっと止まって、

「あ」

なにかに気づいたらしく、十和子の耳もとに口を寄せてきた。

「森宮先生がこっち見てた。……森宮先生って絶対、鹿原先生に気がありますよね」

「まさか。あなたを見てたんでしょう」

「違いますって。百パーセント鹿原先生です」

返す言葉に十和子は詰まった。

苦手な話題だった。生徒に「この中で誰が一番好き？」と訊かれるより何倍も困る。無関心すぎてもいけない。かといって興味のあるふりをしても、あとが厄介だ。

しかたなく十和子は、もっとも無難な選択をした。

「あら嬉しい。でもわたしはこう見えて、夫のいる身ですから」

できるだけ冗談めかし、笑いにまぎらせようとしたのだ。

しかし夕希はしつこかった。

「そんなの関係ないですって。第一、森宮先生はそう悪くないですよ。うちの教員の中じゃ一番じゃないかな。背も高いし、顔だって……」

さいわいそこで夕希の言葉は止まった。

メインのステーキが運ばれてきたおかげだ。瞬時にステーキで頭がいっぱいになった夕希に、十和子は胸を撫でおろした。

この隙にと、ふたたび奥のテーブルに目を向ける。

十四年前の職員名簿は、一応確認済みだ。いまこの場にいる二十八人の中で、当時も在籍していたのは丹波《たんば》校長——当時は教頭だった——と灰田事務長、杵鞭《きねむち》学年主任、志渡《しど》神父、そして二人の教師である。

私立学校は公立と違い、基本的に転任がない。聖ヨアキム学院は学校法人として中等部、高等部、大学を擁するが、それぞれ教員免許が異なるため、三校間での異動すらない。いなくなるのは、退職するときのみだ。

キリスト教系の学校はどうしてもクリスチャンが厚遇されやすいため、そうでない教師は自然と辞めていく……とは噂に聞く。逆に肌が合えば、定年まで勤めあげることもめずらしくない。

——十四年を経て、残っている教員は六人きり。

はたしてこれが多いのかすくないのか、十和子は判断できない。できる材料が乏しい。だが更紗の事件を機に辞めた教師は、きっと一人や二人ではないに違いない。

聖ヨアキム学院では心穏やかに教師をつづけたい、という気持ちはほんとうだ。波風を立てたくない。トラブルは二度と御免だ。

なのに心の一方では、戸川更紗の死の真相が気にかかる。なにがあったか知りたいと切望してしまう。

——いったいどちらを、優先させるべきなのか。

心中でつぶやき、十和子は唇をワインで湿した。

2

八木沼武史《やぎぬまたけし》は人殺しだ。

生まれついての人殺しなのだ、と彼自身は自負している。

むろん目覚めるきっかけはあった。その日を境に、彼は本来の自分になった。人生の目的に開眼したのだ。殺す、という目的に。

八木沼の持論では、すべての人間は目的を持って生まれてくる。

たとえば四十年間公務員として暮らした男は、役所で公僕として働くために生まれてきた。医者は病気を治すために生まれ、建築士は家を建てるために生まれ、子持ちの専業主婦は新たな命を産み育てるため、この世に生を受けたのだと。

だがすべての人間が生産するため、治すため、もしくは直すために——つまり〝社会に貢献するため〟に生まれたのではないと八木沼は思っている。

——壊す人間だって、必要だ。

なにものをも生みださない人間、破壊するだけの人間、命を奪うだけの人間だって存在する。存在する理由がある。

そこにはきっと、大いなる意思の働きがあるに違いない。そう八木沼は信じていた。

大いなる意思というのは、神だの創造主だの、そういったものだ。

彼はそこで思考停止する。神が自分になにを望んでいるのか、なにを思って彼を〝人殺し〟に作ったのか、そこまでは考えをめぐらせない。考える意義を感じない。

彼は、神を心から信奉していた。この世には人智の及ばぬ偉大な存在があると、固く確信していた。

その一方で、八木沼は宗教を嫌っている。

金もうけのことばかりだからだ。あれをしたら地獄に落ちる。これをすると来世で不幸になる。そんな脅し文句ばかり並べて、他人からすこしでも金をかすめとろうとする。なんとも卑しいし、馬鹿馬鹿しい。

信仰と宗教は違う。似て非なるものだ。神を金と結びつけるやつらは、どいつもこいつもいやらしい糞虫《くそむし》だ。

神は八木沼武史をこう、い、う、ふうに作った。それだけで充分だった。自分の存在そのものが、この世に神がおわす証明だと彼は思う。

――神がおれをこう作り、こう生かした。

おれはおれのままでいい。おれは神のご意志で生まれた。だからおれは、そのご意志に従ってさえいればいいのだ。

生まれて二十八年間、八木沼は一度も働いたことがない。

正社員として働くのはもちろん、アルバイトすら経験がない。なぜって、彼は働くために生まれた存在ではないからだ。彼の使命は殺すことであり、壊すこと、奪うことなのだ。

さいわい彼は金に不自由しなかった。

父方の祖父母が遺した、アパートや駐車場での不労所得がある。おかげで贅沢《ぜいたく》はできないまでも、とくに支障のない暮らしができている。この事実もまた、彼の仮説を裏付ける一因となった。

おれは金を稼ぐためあくせくしなくていい。そういうふうに生まれついた。なぜなら神が、おれに稼ぐ以外の使命を与えたがゆえだ――と。


八木沼武史は、いままでに四人殺した。

全員が女で、デリヘル嬢だ。男はひとりもいない。

そして八木沼自身は、一度も逮捕されていない。二度、三度と殺しを重ねるうち、殺しが巧くなった。スムーズで危なげない手口に進化していったのだ。

彼は独り暮らしである。田舎の一軒家に住んでいる。庭は広大で、すぐ裏は山だった。埋める場所はいくらでもあった。栄養豊富な土壌からは、春になると筍《たけのこ》や山菜が生え、秋には木の実やきのこが採れた。庭には美しい花が群れ咲いた。

発覚しないよう、それなりに計画は練った。

だが緻密ではない。八木沼はけっして利口ではなかった。賢くない自覚もあった。彼は小中学校を通して、ずっと劣等生だった。成績は地を這《は》った。

高校へはエスカレータ式で進んだものの、行く気をなくして中退した。だから彼は、ごく少数の例外を除いて、自分より利口な女を嫌っている。

——殺したのは、好きな女ばかりだ。

どの女も、彼を馬鹿にできるほど利口ではなかった。彼の下手な嘘にだまされる程度に愚かで、彼の与えるわずかな金にしがみつくほど不幸だった。

そんな彼が四人殺していまだ無事なのは、やはり神が味方したとしか解釈できまい。

皮肉なことに、時代もまた彼に味方した。

二〇〇五年の風俗営業適正化法の改正により、国内の性風俗産業は一気に無店舗化した。つまりデリバリーヘルスなどの「店舗はないが、スマホさえあれば売春できる」売り手がどっと増えたのだ。そこへ女性の貧困化、増える一方の学費、頻発した災害、インターネットの普及などが重なった。

結果、いまや性風俗の世界は一般女性であふれている。

田舎では真面目一辺倒だった女の子が「家賃が払えない」とファッションヘルスでバイトし、昼間はお堅い会社で勤める女性が「奨学金返済のため」と夜にソープで働く時代となったのだ。

とくに震災や豪雨などの大災害のあとは、「田舎じゃ食べていけない」と女性がやむにやまれず上京し、性風俗界に飛びこむのが常態となりつつある。

そんな時代に、八木沼の〝殺し〟はぴたりとはまった。

僥倖《ぎょうこう》すべてを彼は「神の意志であり加護だ」と信じた。殺せば殺すほど、彼の思いこみは強化され、自信はいや増した。

八木沼武史は幸福だった。満ち足りていた。

そしていまこの瞬間も、彼は幸福だった。

八木沼は自宅にいる。床とクイーンサイズのベッド一面にブルーシートを敷きつめ、その上で横向きに寝そべっている。

彼はまぶたを閉じ、己《おのれ》の親指をくわえて吸った。

あたたかだった。幸せだった。安らげた。

彼を包むそれはやわらかく、弾力があり、ねっとりとして、そして凄まじく臭かった。

すでに〝四人目〟はブルーシートに撒き散らかされていた。その上で彼は、全裸でまるまって転がっている。安らかな胎児のポーズである。

家具も家電も、あらかじめ大きなビニールで覆ってあった。〝四人目〟には「いつもの赤ちゃんプレイをしたいから」と説明した。排泄《はいせつ》をともなうプレイだ。もちろん割増料金は払う。この〝四人目〟とは、過去に六回楽しんできたプレイであった。

八木沼はさらに身を縮こまらせた。

残念ながら〝四人目〟は、急速に冷えつつあった。

つい二時間前まで生きていた〝四人目〟は、いまや人のかたちをしていない。腹を切り裂かれ、中身をそっくりブルーシートの上にぶちまけられている。腸は大便の悪臭を、胃は未消化物の悪臭をはなっていた。人間は死ぬと、あっという間に臭くなる。

——だが、まだあたたかい。

失われていく体温を惜しむように、八木沼はぬらぬらと体液にまみれたはらわたに頰ずりした。

いとおしかった。大便の悪臭も、髪をべとつかせる血も、空気の抜けたゴム風船に似た内臓の弾力も。すべてが美しくはかなく、猥雑《わいざつ》で、だからこそ尊かった。

「……ママ……」

八木沼は、うっとりと呻《うめ》いた。

血にまみれた己の親指を吸う。いま一度、ちいさく呻く。

「……ママ、……ママ……。ああ、トガワせんせい」

3

ベッドに横たわったまま、十和子はびくりと身を硬くした。

玄関の扉がひらく気配がしたからだ。

どうやら夫の茂樹《しげき》が帰ってきたらしい。静かに扉が閉まる音。ドアロックをかける音。靴を脱ぎ、框《かまち》に足を乗せる音――すべての動作が、手にとるようにわかる。

目を上げて、時計を確認した。午後十一時四十二分。

茂樹が浴室に向かったらしい足音を聞き、十和子はほっと息を吐いた。フランス料理と高いワインの余韻は、とうに消えていた。

夫と寝室をべつにしてから、一年以上が経つ。

この3LDKのマンションはいま、各室をリヴィングダイニング、十和子の寝室、茂樹の寝室、客間兼物置といったふうに分けて使っている。未来の子供部屋として空けていた六帖間に、茂樹がベッドを運びこんだかたちだ。

――そしてわたしは心の底で、それを歓迎している。

目を閉じたまま、十和子は眉間《みけん》に皺を寄せた。そんな自分がいやだった。

夫が浮気していることは、おぼろげに察していた。

嫉妬はない。だが不安はあった。離婚して、親を悲しませることへの懸念であった。

聖ヨアキム学院でまた教鞭を執るつもりだ——と十和子が告げたとき、茂樹は反対しなかった。

「いいんじゃないか」

短くそう彼は言った。

「専業主婦より、やっぱりきみは教師が似合うよ」とも。

夫の茂樹とは見合い結婚だ。出会った当時、十和子は二十七歳だった。教師になって三年目の初夏、ホテルのロビーで彼とはじめて会ったのだ。

三歳上の茂樹は世慣れて見えた。やさしそうで、誠実に思えた。

なにより母親が、一目で彼を気に入った。十和子にとって、結婚の条件はそれで十二分だった。

——わたしの人生の岐路には、いつだって母がいた。

浜本夕希にはああ語った。しかし十和子が院まで進みながら公立中学校の教師になった理由は、じつのところ「母親がそうだったから」だ。そして当の母親が望み、母親が勧めたからである。

十和子の母親は、市職の教員だった。

四十六歳で学校管理職選考試験に受かって教頭に、そして五十一歳で校長になった。二年前に定年退職し、現在はカルチャーセンターの館長をつとめている。堅実かつ、きわめて順調な人生であった。

——だから娘であるわたしにも、そうあれかしと望んだ。

母のような人にしてみれば、当然のことだ。

十和子はずっと、母の望むとおりに生きてきた。母が希望する高校に進み、私立の名門大学に現役合格し、さらに院へと進んだ。

卒業後は母と同じ公立中学校の教師となり、母の好む相手と結婚した。他人から見れば、なにひとつ瑕疵《かし》のない人生だろう。順風満帆とさえ映るはずだ。

——けれど、夫に恋したことはない。

薄闇の中、十和子はため息をついた。

彼に抱かれて嬉しいと感じたことも、みずから望んで触れたこともない。胸をときめかせたことも、独占欲や嫉妬に身を焦がしたこともない。

なぜ結婚したのかと問われれば、

「母がいいと言ったから。それに適齢期になれば、結婚するのが〝普通〟だと思っていたから」

としか言えない。

三十歳までに結婚と出産を済ませ、働きながら子供を育てる。そして子供を送りだしたら、夫とともに老いて死んでいく――。女と生まれたからには、それが当然だと思ってきた。なぜって母が、そうしてきたから。

夫の茂樹に、情はある。愛着もある。なぜって家族だからだ。

八年間、夫婦として家族として暮らしてきた。寝食をともにしてきた。だからこその情だ。しかしそこに、恋着はかけらもなかった。

――だから、夫が浮気したって当たりまえだ。責められない。

彼が〝妻〟に求めているものを、わたしは与えてあげられない。

寝室を分けると同時に、夫とは会話すらなくなった。その前後、いろいろなことが起こった。起こったのに、そのすべてに蓋《ふた》をした。なにもなかったようにふるまおうとしてきた。

戸川更紗のことだってそうだ。

夫には話していない。いや、話せない。

――わたしを「氷を抱いているようだ」と評した夫には。

十和子は寝がえりを打った。

閉じていたまぶたを、薄くひらく。カーテンの隙間から、街灯の白い光が細く洩れていた。闇に慣れた目に、やけにまぶしく映る。

ふたたび、まぶたをきつく閉じた。

心が飛んでいく。逃避していく。

耳の奥に、かつての担当教授の声がよみがえる。

――きみ、トガワサラサくんの妹かね？

――以前のゼミ生が、きみによく似ていたものでね。すまない。

十和子がトガワサラサの論文について調べはじめたのは、その言葉がきっかけだ。そのときの教授の表情に、興味を抱いたせいだった。

不思議な表情だった。戸惑いと色濃い後悔。そして、ほんのわずかな恐怖。

戸川更紗については、院の図書館にある教育用端末で検索できた。

旧姓江藤《えとう》。二十三歳で結婚して以後は、戸川姓で論文を発表している。

次いで、モニタにずらりと論文のタイトルが表示された。思わず十和子は目を見張った。

『性の多様化を受け入れざる社会と、偏見および差別のメカニズム』

『ジェンダーをめぐる法。少子化国家における性の多様化と司法』『セクシュアルマイノリティ、または性的差異への考察』――。すべて、十和子自身がいつか書こうと目論んでいた主題だった。

おまけに経歴も十和子と似ていた。清耀《せいよう》女子大学教育心理学科に現役入学。その後は同大学院に進み、同じ教授のもとで発達心理学コースを専攻。さらに十和子も更紗も、クリスチャンであった。

学生課に頼みこんで、十和子は過去の卒業写真を閲覧した。

そこには、微笑む美しい更紗が写っていた。十和子はその写真を、こっそり携帯電話で撮って保存した。

顔立ちそのものはあまり似ていない。しかし友人たちに画像を見せると、

「これ誰？　親戚？　十和子と雰囲気そっくりじゃん」

と誰もが口を揃えた。

「へえ。他人なんだ。でも同じ大学の同じ学部、同じ学科で学んで、同じ教授に師事して、おまけにクリスチャン。雰囲気が似るのも当たりまえじゃない？」

と言う者もいた。

そうかもしれない、と十和子はいったん納得した。

だが異なる部分もある。戸川更紗は成人してからカトリックに帰依《きえ》したようだ。一方、十和子は生まれてすぐに洗礼を受けたプロテスタントである。噂を聞くだに、更紗のほうが熱心な信徒だったらしい。

それに更紗は学生結婚だ。在院中に入籍し、卒業後は聖ヨアキム学院中等部で教鞭を執った。英語教師として三年あまり働いて、そして――。

十四年前の夜、戸川更紗は聖ヨアキム学院の校内で殺された。

更紗の最後の論文は『無性愛を生きる人びと――アセクシュアルと、現代社会の〝恋愛信仰〟について』である。

十和子がその論文を読めたのは、療養中だった去年のことだ。熟読した。文字どおり、貪《むさぼ》り読んだ。そして読み終えた瞬間、こう思った。

――もしかして、彼女もわたしと同じだったのではないか。

だからこそ彼女も清耀女子大学院で発達心理学を専攻し、あの教授に師事し、カトリックに帰依したのではないか。同じ経歴をたどったのではなく、わたしと彼女はもともと似た者同士だったのではないか。だからこそ、まとう空気が似かよっていたとは考えられまいか。

アセクシュアル。無性を生きる人びと。

誰にも性的魅力を感じず、性愛行為を望まず、他者に触れたい、抱きあいたいという欲求を持たない者たち。

いえ、わたしたち。

――氷を抱いているようだ。

夫の言葉が、記憶の底でリフレインする。

そしてもうひとつの言葉もよみがえる。

こちらは声ではなく、文字だった。パソコンのテキストソフトで打たれ、印刷された無機質な明朝体。

――〝おまえは、女じゃない〟

ふたたび寝がえりを打ち、十和子は枕に深く顔を埋めた。

4

＊　＊

二〇〇五年六月七日、戸川更紗は聖ヨアキム学院中等部の職員室で殺された。

死亡推定時刻は午後九時から十一時の間。死因は失血死である。

致命傷は頸部への深い切創だった。鋭利な刃物によるもので、切り口にためらいがなかった。右腕と右掌に防御創が見られたものの、抵抗した様子は薄く、顔見知りの犯行だろうと目された。

着衣に乱れなし。顔面の鬱血や打撲傷なし。唾液や体液の残留など、性的暴行未遂の痕跡もなし。

その夜、更紗はテストの採点作業のため、校内に一人で居残っていたという。当時、夜間警備員は雇っていなかった。

防犯カメラは出入り口、昇降口、各階の窓際に一台ずつ。また警報センサーは出入り口、職員室前、情報処理ルーム前に設置されていた。

しかし捜査の結果、センサーは前もって切られていたと判明した。また出入り口と職員室前の防犯カメラは壊された上、ＳＤカードを抜き取られていた。

警察は「内部の事情に明るい人物」と見て捜査を開始。だが容疑者を絞れぬまま行きづまり、十四年経ったいまも犯人は捕まっていない。

十和子は頬杖をつき、テーブルにペンを置いた。

愛用のペンだ。今朝、夫宛てのメモに「話し合いましょう」と走り書いたのも、やはりこのペンであった。

＊　＊

時刻は朝の六時二十五分。場所は二十四時間営業のコーヒーショップ『Y'sコーヒー』である。

十和子は窓際の席に座っていた。

テーブルにはペンと、先ほどの事件概要をまとめたノート。そしてトールサイズのブレンドコーヒーが置いてある。コーヒーはいつもの〝砂糖なし、ミルクのみ〟だ。

十和子は今朝、夫より二時間早く起きた。

彼の朝食を用意し、あとはパンを焼くだけの状態にととのえて、静かに家を出た。

どうせ十和子は朝食を摂らない。以前は夫が食べている間、食卓の向かいに座ってコーヒーを楽しんだものだ。でも夫婦の会話が途絶え、夫の帰宅が二日に一度、三日に一度と遠のくにつれ、ともに食卓を囲むこともなくなってしまった。

頬杖をついたまま、十和子は窓の外へ視線を流した。

この『Y'sコーヒー』は、雑居ビルの二階にテナントとして入っている。聖ヨアキム学院学生寮の、ななめ向かいに建つビルだ。

この位置からは、とくに学生寮の正門がよく見えた。この時刻に登校していく生徒たちは、きっとスポーツ特待生だろう。高等部の野球部にいたっては、四時から朝練をはじめていると聞く。

義務教育のうちから寮？　と驚く人もいるが、私立の中高一貫校ならばめずらしい話ではない。学生寮があれば、他県や外国からでも生徒を受け入れられる。特待生や留学生は優先的に入寮できるため、部屋はつねに八割以上埋まっているらしい。

窓の外を眺めながら、十和子はなかば無意識にペンを手にした。手の中でくるりとまわす。コーヒーを一口啜《すす》り、ノートにふたたび目を落とす。

——べつに、犯人探しをするつもりはない。

口の中でそうつぶやいた。

わたしが興味を抱いているのは、あくまで生前の戸川更紗だ。とはいえ、彼女がなぜ殺されたか——いや、殺されねばならなかったかは、知りたい。

なぜって、わが身に置きかえれば明白だ。もし十和子自身が殺されたなら、それは自分の〝性質〟とけっして無縁ではあるまいと思うからだ。

殺人の動機は、おもに六つに大別されるという。金銭、怨恨、痴情、嫉妬、復讐、思想である。

どれも十和子には関係がない。ないと思ってきた。

しかし現実には、一年前、傷害事件に巻きこまれた。刑事事件として立件はされなかったものの、警察から事情を聞かれ、心身ともに傷を負った。

例の明朝体が、またも眼裏《まなうら》によみがえる。

——〝おまえは、女じゃない〟

十和子はかぶりを振った。

まぶたを閉じ、ペンの尻でこめかみを押す。

ゆっくりと十数えて、目をひらく。ノートに書きつけた己の文字を目で追う。

〝二〇〇五年六月七日、戸川更紗は……〟

〝十四年経ったいまも犯人は捕まっていない〟

これが、十和子がいまのところ得ている『聖ヨアキム学院女性教師殺人事件』の情報のほぼすべてだ。十四年前の新聞記事を図書館で探し、縮刷版をコピーしてもらい、国会図書館で週刊誌の記事をあさった結果である。

大衆向け週刊誌は『美人女教師、夜の校舎で惨殺される』などと、ずいぶん煽情的な見出しで騒いでくれたらしい。愉快な話ではなかった。だがそのおかげで、月日を経てもこうして事件概要を摑むことができる。

十四年前、更紗は二年B組の副担任をつとめていたようだ。当時、二十九歳。前年は三年生の担任を受けもっていたが、本人の希望により副担任に退いていたという。理由は「家庭の事情」だそうだ。

警察は夫と同僚を中心に人間関係を調べたが、痴情のもつれなど、動機になりそうなトラブルはとくに見つからなかったという。犯人が捕まっていないため公判も当然ひらかれておらず、残念ながらこれ以上の情報は得られていない。

冷めかけたコーヒーを、十和子は一気に飲みほした。

5

朝のホームルームを終え、職員室へ戻る。だが席に着く前に、

「鹿原先生、すみませんが」

と低い声に呼びとめられた。

学年主任の杵鞭であった。ごま塩頭を短く刈り、日に焼けた褐色の腕を半袖シャツから突きだしている。肩幅が広く、胸板が厚い。頭ひとつぶんの高みから、十和子を三白眼で見下ろしてくる。

「はい杵鞭先生。なんでしょう」

「一時限目は授業がありませんよね？　ちょっと、一緒に市川《いちかわ》のところへ」

「わかりました」

十和子はうなずき、抱えた教科書とノートを自席に置いた。代わりに机のスタンドから、『市川用』と書かれた青いファイルを抜く。

二年C組でありながら、いまだ一度もクラスに顔を出せていない生徒——市川樹里《じゅり》の、個人情報を綴《と》じたファイルであった。

顔を上げると、杵鞭がかたわらに立って待っていた。

出会ってから二箇月近く経つというのに、十和子の顔を見なおすたび、いまだ彼は瞳にかるい驚きを浮かべる。やはり似ている、と言いたげな驚きだ。十和子を通して誰を連想しているかは、考えるまでもなかった。

「杵鞭先生、あの、わたしだけでも大丈夫ですよ？」

そう言ってみる。

しかし杵鞭は首を横に振り、

「鹿原先生は赴任してきたばかりですからね。目配りするよう、校長からおおせつかっています。それに市川は、去年はわたしの受けもち生徒でした」

としかつめらしく答えた。


保健室は、校舎一階の西側にある。

一歩入った途端、消毒液の匂いが鼻を突いた。視界の八割が、シーツとカーテンの白で満たされる。

個人医院の受付にどこか似たカウンターには、花を生けた一輪挿しや観葉植物の鉢が並んでいた。

手前に健康相談を受けるためのテーブルセットがあり、壁際にはベッドが四つ。間は薄いカーテンで仕切れるようになっているが、現在、仕切りが閉まっているのは奥のひとつのみであった。

——市川樹里の、指定席だ。

養護教諭がカーテンを引き開ける。

樹里はベッドに座っていた。制服姿だが、スカートのプリーツは皺くちゃで、リボンタイはより曲がっている。

樹里の眼前には、杵鞭が立った。

「……市川、どうしてあんなことをしたんだ？」

座って少女と目線を合わせることなく、はるか高みからそう問いかける。

十和子は杵鞭の隣に立ち、ファイルを胸に抱いて樹里を眺めた。

がりがりに痩せた少女である。手も足も棒切れのようで、かさついた皮膚が骨に張りついている。手足だけなら老婆とも見まがいそうだ。

ざんばらに切った髪は、まるで手入れされていない。伸ばしっぱなしの眉は眉間でつながっている。鼻の下の産毛が濃い。目の下に浮いたどす黒い隈《くま》とあいまって、どこかハロウィンの仮装メイクじみて映る。

「答えなさい。どうしてあんなことをした？」

杵鞭の声に苛立ちが滲《にじ》む。

いかにも渋しぶ、といったふうに樹里は口をひらいた。

「……したかったから」

「あ？」

「だから、したかったからしたんだよ。それだけ」

投げ出すような口調だ。

「おまえなあ」杵鞭が声を荒らげた。

「自分がなにをしたかわかってないのか？　小学生じゃないんだぞ。勝手に人の体をさわっていじくりまわすなんて、逮捕されてもおかしくないんだからな。やられた子が、どんなに怖かったと思ってるんだ」

「さわっただけじゃん」

樹里が唇をとがらせる。

「殴ったり、痛い思いさせたわけじゃねえ。女同士なんだし、ちょっとさわるくらい、いいじゃねえか」

「ふざけるな」

肩を怒らせる杵鞭を、「先生」と横から養護教諭が止めた。

「杵鞭先生。落ちついてください。大きな声は……」

「ああ。はい――そうですな」

杵鞭が深呼吸し、苛立ちを逃がそうと目を伏せる。彼の様子をうかがいながらも、十和子は樹里に視線を戻した。

樹里はそっぽを向き、しきりに爪を噛んでいた。

暇さえあれば噛んでいるのだろう、十指ともぎりぎりまで短く、いくつかの爪には固まった血がこびりついている。壁を見つめながら爪を噛む樹里は、もはや十和子たちのことなど意識の外といった様子だった。

市川樹里は、一年生の二学期なかばから保健室登校をつづけている。

朝の八時に学生寮を出て、まっすぐこの保健室へ向かうのだ。そして下校時間まで、奥のベッドを占領しつづける。もちろん授業はまったく受けられないし、クラスメイトとの交流もない。

十和子は今日この保健室へ来るまでの道すがら、「市川樹里が今度はなにをしでかしたか」を杵鞭からくどくど聞かされていた。

被害者は、今朝の朝練で貧血を起こした一年生の女子だそうだ。

倒れた彼女は樹里の隣のベッドへ寝かされた。そして小一時間ほどして目覚め、気づいた。誰かが自分の下着をずらし、胸やお腹をさわっている――ということに。

悲鳴を聞いた養護教諭が慌ててカーテンを開けると、蒼白で身を縮こめた一年生の横に、樹里が突っ立っていたという。

――違うよ、先生。

猫背で首を前に突きだした異様な姿勢で、樹里は言った。

――べつにおれ、なにもしてねえ。おっぱいとかちょっとさわっただけ。……痛いことなんかしてない。なんも、たいしたことじゃねえって。

市川樹里の一人称は「おれ」である。だが性同一性障害というわけではないらしい。杵鞭から受けついだ、青いファイルの概要を十和子は思いかえす。自傷癖あり。摂食障害あり。他人との距離感がはかれない。友達がいない。親とうまくいっていない。性的に早熟。問題行動多し――。

「市川さん」

養護教諭が声をかける。のろのろと、樹里は顔を上げた。

「……わかったよ」

口から爪を離し、低く声を押し出す。

「もう、しない。これでいいんだろ？　ここに来る女には、もうさわんねえよ。……わかったわかった、はいはい。話は済んだだろ、じゃあもう帰って」

「おまえな、いい加減に……」

眉を吊りあげ、杵鞭が詰め寄る。

即座に養護教諭が割って入った。

「杵鞭先生、すみません。わたしがあとで言って聞かせますから」

「しかし……」

「大丈夫ですから。市川さんは、言えばわかる子です」

杵鞭は顔を歪めた。舌打ちせんばかりの顔つきだ。だが養護教諭の顔を立ててか、不満をあらわにしながらも一歩退がった。大きく息をつく。

十和子はそんな彼らの横で、青いファイルを抱えたまま立ち尽くしていた。

圧倒的な無力感に打ちのめされていた。

杵鞭と養護教諭に挟まれてなにもできなかったこと、担任として出番がなかったこと。それもむろんだ。だがその事実だけに絶望したのではない。

市川樹里がなにを思っていたのか。なぜあんなことをしたのか。単なる興味か、好奇心か。攻撃的な欲求か、それとも性愛なのか。

――性愛が動機だとしたら、わたしには彼女を理解できない。

その事実に、なにより打ちひしがれていた。

6

職員室へ戻った十和子は、杵鞭が去年作成した青いファイルをぼんやりとめくった。

『市川樹里。二〇〇五年八月三十日生まれ。二〇一八年度入学、一年C組。

保護者は母親の美寿々《みすず》。住民票は千葉市の上和西《かみわにし》区に建つマンションに置かれている。

母ひとり子ひとり。学生寮の個室に入寮中。

自傷癖あり、摂食障害ありで要注意。とくに身長に比したBMIが十五を切った場合は、管理人から担任への連絡を義務付けて――……』

十和子は席を立ち、壁際のコーヒーマシンへ向かった。業者からレンタルしている、業務用の全自動コーヒーマシンである。

いつでも挽きたてのコーヒーが飲めるのは、正直ありがたい。でもつい飲みすぎてしまうから困りものだ。現に今日は、早くもこれで四杯目であった。

――やっぱり、わたしには教師なんて向いてなかったのかも。

濃いコーヒーを啜って、そう自嘲する。

やっぱりわたしは母のようにはなれない。思春期の子供を理解できないわたしに、教師の資格なんてあるんだろうか、と。

――市川樹里の言うことが、なにひとつわからなかった。

共感して寄り添うどころか、戸惑いしかなかった。

無性愛者であっても、教育者として生徒を助け、尽力することは可能だと思ってきた。そのために独学ながらも勉強し、研修を受け、十代の少年少女の性愛について、知識を蓄《たくわ》えてきた。

でもいざ今日、樹里を前にして——まるでぴんと来なかった。

十和子は掌《てのひら》で額を覆った。

いままで生きてきて、十和子は一度も「他人のプライベートゾーンに触れたい」と思った経験がない。せいぜいで「赤ちゃんの頬をつついてみたい」「子供の頭を撫でたい」と思うくらいだ。そこに性的な意図はまったくなかった。

眠っている他人の下着をずらす、胸をさわるなどは完全に想像の外で、

「十代の性衝動は未分化で当然なのだから、まずは寛大に見守り、じっくり経過を観察すべき」

などという理屈は、咄嗟に湧いて出てくれなかった。

——アセクシュアルだからといって、性に対して完全に客観的に、理性的になれるわけではない。

それが恨めしかった。

現にこの年齢になっても、いまだ十和子はあがいている。

性嫌悪ではないはずなのに、こうして湧いてしまう困惑にだ。性を理解できない限り、精神的に幼稚なままなのではないか、という焦燥感に。性衝動を受け入れられないのは単に狭量だからじゃないのか、と疑ってしまう己自身に。

――もし母の子でなかったら、すこしは違っていただろうか。

そう思ってしまう。わたしが、あの母の子でなかったら――と。

十和子は、幼い頃から優等生だった。母の期待をけっして裏切らなかった。まわりの大人たちは口をきわめて十和子を誉めそやし、教育管理職である母におもねった。

「あんな優秀なお嬢さまがいて、うらやましいわ」

「ほんと、うちの子に爪の垢を分けてもらいたい」

「学業優秀。品行方正。容姿端麗。天は二物を与えずって言うけど、嘘よねえ」

そのたび母は鷹揚《おうよう》に、

「べつに、わたしが厳しく指図したわけじゃないのよ」

と微笑んだ。

「自然にのびのびと育てたつもりなんだけど――。気が付いたら、こんなおとなしい子になっていたの。ふふ」

それはなかば以上、真実だ。

十和子自身、十四、五歳になるまではとくに違和感を覚えていなかった。母の言うとおり、彼女はごく自然に優等生だった。勉強もスポーツもできた。責任感があり、自立心旺盛で、何度クラス替えしようと学級委員長に選出された。

——わたしは、ほかの子と違うのではないか。

はじめてそう気づいたのは、中学二年の秋だ。

まさに思春期であり、二次性徴の第三期から四期にあたる年頃である。

まわりの友達はみな、男の子の話ばかりするようになった。

小学生のときのような「サトウくんって足速くてかっこいいよね」「スズキくんに今年のバレンタインあげようかな」といったほのかな好意ではない。もっと瞳を潤ませ、頬を上気させながら、

「タカハシ先輩って彼女いるのかな」

「いけそうだったらタナカくんに告ろうと思うんだけど、みんなどう思う？」

「ねえねえ、十和子ってワタナベくんと家近いんでしょ？　場所教えてくれない？　うぅん、べつになにするってわけじゃないんだけど……」

とささやき合うような恋慕だ。

その中にあって、十和子だけが初恋を知らなかった。

クラスメイトの男子に胸が高鳴ることも、若い男性教師にのぼせることもなかった。テレビで人気俳優やアイドルを観ても、「いい役どころだな」「ととのった顔してる」以上の感慨は湧かなかった。

「十和子は真面目ちゃんだもんね」

「奥手よね」

「モテるから、ガツガツする必要ないんじゃん？」

級友はみな、そう言った。誰ひとり不自然に思っている様子はなかった。

十和子は「そんなことないよ」「べつにモテないってば」とかわしながら、いつも内心でひそかに冷や汗をかいた。

――どうしてわたしは、ほかのみんなみたいに男の子に興味が持てないんだろう。

「十和子、これ貸したげる。めっちゃキュンキュンするよ」

と渡された少女漫画を読んでも、なぜ感情が動かされないんだろう。クラスのみんなが熱中している恋愛ドラマに、どうしてのめりこめないんだろう。

漫画もドラマも、あらすじならむろん理解できる。アクションや推理のシーンは普通に楽しめた。シナリオの破綻だって指摘できたし、伏線がうまく回収できると「さすがプロの脚本家」と思えた。

でもみんなのように、

「昨日観たぁ？　今週もカズトかっこよかったね、ヤバかったね！」

「最後、あの二人くっつくと思う？　くっつかなかったら苦情の電話入れちゃうかも！」

などと身をよじらせ、熱をこめて語れない。主人公とヒロインの恋愛に感情移入し、一喜一憂することができない。

——これはほんとうに〝奥手〟なだけなんだろうか？

十和子は本心から悩みはじめていた。

恋愛に疎《うと》いだとか、消極的というのとも違う気がする。未熟というわけでもない。なんというか、もっと、根本のところで異なっているように思う。

——ほかのみんなと、わたしは違う。

懸念が完全にはっきりしたのは、二年生の二月だ。

バレンタインをひかえ、クラス全体が浮き立っていた。その空気の中、十和子はともに委員長をつとめている男子に呼びだされ、告白された。

「ごめんなさい」

断りながら、十和子は愕然《がくぜん》としていた。

己がほぼなにも感じていない、という事実にである。

嫌悪はない。迷惑でもなかった。ただ「申しわけない」と思った。それは道を聞かれて答えられなかったときに感じる〝済まなさ〟と、同程度の感情でしかなかった。

その後、十和子は相手の男子から些細《ささい》ないやがらせをされるようになった。

できるだけ丁重に断ったつもりだ。これ以上どうしていいかわからなかった。しかたなく十和子は、告白されたことも含めて、信頼できる友人に相談した。

友人は親身に聞いてくれた。そして心底困った顔で、

「あー……。それ、気まずいよね」

と言ってくれた。

翌日から、十和子は〝気まずいふり〟をした。

十和子のほうから例の男子生徒を避け、わざと目線をななめ下にはずしたり、「申しわけないけれど、気まずいの」という演技に徹した。この態度は正しかったらしく、やがていやがらせはおさまった。

十和子は混乱した。他人の意見がなければ対処できなかった自分に失望し、怯《おび》えた。これから先も、何度かこういうことが起こるかもしれない。そのたび自分は失態を犯すのかと思うと、恐怖で身がすくんだ。

――誰にも、悟られないようにしなくては。

己を守るため、十和子は理論武装することにした。

本を読み、論文を読んだ。インターネットで検索し、図書館へ通い、そして大学二年の夏にようやく「アセクシュアル」という言葉に行きあたった。

――アセクシュアル。誰にも性的魅力を感じず、他人を性的に求めることがない性的指向者を指す。世界人口のうち、約一パーセントが該当するとされる。

これだ、と思った。

わたしはアセクシュアルだ。

人口の約一パーセントが該当するなら、わたしだけではない。わたしだけが特別なんじゃない。この世には、わたしと同じ性質の人びとが確かに存在する。

また彼女は同時に「アロマンティック」という言葉も知った。こちらは他人に恋愛感情そのものを抱かない者を指す。まさに十和子はこのタイプであった。アセクシュアルでアロマンティック。それがわたしだ、と確信した。

目の前がひらけたように思った。

と同時に、絶望した。

自分は、母が望む娘にはなれない。それが完全にはっきりしたからだ。

だって母が望むのは人並みに恋愛をして、人並みに結婚と出産を経て、その上で良妻賢母と世間に讃えられる娘だ。そんな人生に疑いを抱かぬ、純粋で模範的な娘に、わたしはなれない――。

さらに調べるうち、十和子は日本にも『アセクシュアルの会』があることを知った。いわゆる交流会だ。参加すれば、仲間と語りあえるはずだった。

しかし参加する勇気はなかった。他人にアセクシュアルだと知られることに、どうしてもためらいがあった。

誰かに洩らしたら、いつか巡りめぐって母の耳に入るかもしれない。それが恐ろしかった。

――その恐怖は、三十歳を超えても変わらない。

一昨年の〝あのとき〟でさえ、十和子はカウンセリングの勧めを断った。

他人に自分の心なんて打ちあけられない。すべてをぶちまけて、さらけ出すなんてできない。だって、怖い。怖い。怖くてたまらない。

――そしていまも、怖いままでいる。

だから戸川更紗に惹《ひ》かれるのだろうか、と十和子は自問した。

彼女がすでに死んでいるから。自分と似ているはずだけれど、永遠に対話はかなわず、十和子の心を暴くこともない安全な存在だから――。

ため息をつき、十和子は青いファイルを閉じた。

7

八木沼武史が〝四人目〟のママと出会ったのは、三十八箇月前のことだ。

つまり三年以上の付きあいになる。八木沼は、ターゲットをすぐに殺すような真似はしない。行きずりの女など絶対に殺さない。

彼女をはじめて見たのは、スマートフォンの液晶越しであった。デリバリーヘルスのサイトに、下着姿の写真が載っていたのだ。

八木沼はデリバリーヘルスが好きだ。店に通うのは好きではない。そのほうが足が付かないとはわかっているが、自宅もしくはホテルでないと安らげない。安心できない場所では、彼は勃起不全に陥る。

〝四人目〟こと彼女は、サイトのほんの片隅に顔写真を載せていた。しかも写真はごくちいさく、ピンボケだった。一番人気だろうヘルス嬢に比べたら、十分の一以下の大きさである。

その理由ははっきりしていた。彼女が美人ではなく、若くもないからだ。乳房はたるんで垂れており、腹は醜い段になっていた。

だが、それがよかった。彼女は八木沼の好みにぴったりだった。経産婦らしい体形。眉と目に険があり、どこか八歳の頃は四十代後半から五十代前半。木沼自身の母親に似ていた。

「サービスしますから」

はじめて指名したとき、おずおずと彼女はそう言った。

「……よかったら、また指名してください」

そのいかにも自信なさそうな、卑屈と紙一重の謙虚さが八木沼をときめかせた。絶対にまた指名しよう、と決心した。

ただし頻繁にではない。せいぜい三、四箇月に一度である。店に「お得意さま」と見なされ、覚えられるのは絶対に駄目だ。そして目くらましのため、たまに若い娘も指名しておかなければいけない。

八木沼はあちこちのデリバリーヘルスに、お気に入りのヘルス嬢を一人ずつ持っていた。全員を殺せるわけではないからだ。よほどの条件が揃わない限り、殺しまではたどりつけない。時期、場所、機会、タイミング、運。どれほど神が味方しようと、せいぜい二十人に一人といったところだろう。

「今度、プライベートで会おうよ」

そう八木沼が〝四人目〟にはじめて持ちかけたのは、一昨年の春である。

「お金は同額払うからさ。プライベートなら、それ全額きみの懐に入るじゃん」と。

そのときは、〝四人目〟は渋った。

「店にバレたらまずいよ……。バレたら、クビになるだけじゃ済まない。前も言ったけど、あたし前に二回トんでんだよね。さすがにもう行き場所ないっていうか……。歳も歳だし、ヤバいことしたくないの」

「そっか、わかった」

八木沼はあっさり引きさがった。ただし「でも、考えといて」と付けくわえるのは忘れなかった。

そして年明けに指名したときも、懲りないふりで同じように誘った。

店を通さず会おう。お金は同額、いや色を付けて払う。中抜きなしで、全部きみの収入になるよ。おれはきみにお礼を払いたいのに、店なんかに吸いあげられるのがむかつくんだよ――。

八木沼はこういうとき、別人格になりきることにしていた。中学生のとき脳内でつくりあげ、いまも使っているおしゃべりで陽気な人格である。八木沼自身は口下手で人見知りだから、別人格になりきったほうが舌がまわりやすい。

二度目も、彼女は断った。八木沼はやはりすぐに引いた。

しつこくするのは厳禁だ。店に報告されるかもしれない。外で待つ送迎ドライバーに言いつけられて、怒鳴りこまれでもしたらたまらない。

八木沼は暴力沙汰が嫌いだ。喧嘩も弱い。ターゲットを殺す瞬間さえ、他人相手に強くは出られない男であった。

「ねえ、あのさ……こないだの話、受けようと思うんだけど」

そう彼女から言い出したのは、去年の八月だ。

「ん？　なんだっけ？」

八木沼はわざととぼけた。彼女は焦れた顔になり、

「ほら、あれよ。あの……プライベートで会う、ってやつ」

と早口で言った。窓の外を気にしていた。外で待つ送迎ドライバーに聞こえやしないか、と心配しているのだ。

聞こえるはずなどないのに馬鹿だ、と八木沼は思う。だが、その馬鹿さ加減が好ましかった。可愛らしかった。

——利口な女は、嫌いだ。

おれの下手な嘘にだまされる女が好きだ。おれが払う数万円ぽっちの金にしがみつく女が好きだ。馬鹿で、不幸で、どん底から這い上がる才覚のない女が大好きだ。

「ああ、うん。嬉しいよ」

八木沼は微笑んだ。

「じゃあ、店のメニューにないこともしてみたいんだけど……いいかな？」

「え」彼女の顔が強張る。

「え、それってもしかして、痛いこと？」

「違う違う。そうじゃないよ」

慌てて八木沼は手を振る。

「きみに痛いことなんか絶対しない。そうじゃなくてさ、ちょっと甘えたいんだ。ほら、おれって熟女好きじゃんか。だから予想してたかと思うんだけど——」

そこで八木沼は「赤ちゃんプレイが希望なんだ」と明かす。

「母乳プレイとか、おむつ交換とか。どう？」

女の頬が一瞬歪んだ。

八木沼は慌てて言った。

「いや、大丈夫。交換だけだよ。それ以上のスカトロはしないから」

ほっ、と彼女の頬が緩んだ。なんだ、という顔つき。

なーんだ、確かにキモくて汚らしいけど、おむつ替え程度ならこなせる。そのぶん金を弾んでもらい、シャワーを数回使えるのなら耐えられる、と。

「ごめんよ。割増料金は払うから」

精いっぱい済まなそうな顔を装ってから、八木沼は言った。

「じゃあプライベートのＩＤ教えてよ。合言葉も決めたほうがいいよね。うん、だってほら、ドライバーさんとかにスマホ覗かれたらヤバいじゃん？　『山』『川』みたいな、会うときのサイン決めとこう。それ見たらおれに電話して。そうそう、履歴もまめに消しといたほうがいいね……」

彼女が約束どおり、〝プライベート〟で八木沼家を訪れたのは翌週である。

まずは気分をほぐすため彼女にシャワーを使わせ、風呂上がりに度数の高い缶チューハイで乾杯した。

彼女が浴室にいる間、八木沼はだだっ広いベッドにブルーシートを敷き、家具や床をビニールで覆っておいた。

「ほら、おむつ替えをしてもらうから。飛び散ったら掃除が大変だろ?」

との説明に、彼女はすんなり納得した。

全裸に成人用おむつを着けただけの姿で、八木沼はたっぷり彼女に甘えた。ママと呼び、垂れ気味のおっぱいにむしゃぶりつき、仰向けにひっくり返っておむつ交換をしてもらった。

「いっぱい出まちたねえ、いい子いい子」

「どうちたの? ああ、お腹がすいたのね? おっぱいほしいの。よちよち」

けっして彼女は乗り気ではなかった。だがプレイをつづけるうち、次第に馴染んでいったようだ。

彼女が離婚の際にわが子を手ばなしたこと、その後一度も会えていないことを八木沼は知っていた。問わず語りに、彼女自身が洩《も》らした身の上話であった。

「なんだか昔を思いだしちゃう」

最終的に彼女は、そうつぶやいて涙をぬぐった。

二時間に及ぶ赤ちゃんプレイの仕上げに騎乗位でセックスし、もう一度彼女にシャワーを浴びさせてから、八木沼は約束どおりの額を払った。

帰りのタクシー代も足してやると、彼女は顔をほころばせて、

「また呼んでね」と言った。

八木沼は答えた。「もちろんだよ」

それからは一、二箇月に一度のペースで彼女を家に呼んだ。

彼女はママと呼ばれることに慣れ、八木沼の排泄物の処理に慣れた。理想のママになりつつある、と八木沼は思った。いいママだ、こいつをずっと生きたママにしておこうかな、と。

だがある日、どうしても我慢できなくなった。

――帰したくない。

八木沼は思った。

――このママをおれのものにしたい。〝通いのママ〟じゃ満足できない。おれだけの永遠のママにするために、壊したい。

だからその日、八木沼はいつもの乾杯に使う缶チューハイに、磨りつぶした睡眠薬を三錠混ぜた。アルコール度数十二の、ウォトカベースの缶チューハイだ。ウォトカ独特の苦

みと臭みが、睡眠薬の味をうまく消してくれる。

やがて八木沼におっぱいを含ませながら、彼女は「眠い」と言いだした。

「ごめん。なんか……すごく眠い。疲れてるのかな……」

「いいよ」

乳首を舌で転がしつつ、八木沼は答えた。

「いいよ。添い寝プレイも好きだ。寝ちゃっていいよ」

わずか一分後、彼女は深い深い眠りに落ちた。

軽いいびきをかいている。頬を叩いてみたが目覚めなかった。耳を摑み、引いてみる。やはり目を覚まさなかった。

八木沼は彼女の胸に顔を付けた。

心臓の音が聞こえた。とく、とく、とく、と一定のリズムで鳴っている。

うっとりした。八木沼はこの音がなにより好きだった。ママの音だ。ママが生きて息づいている証だと陶酔できた。

――この心臓だけは、ずっと動いたままでいてくれるといいんだが。

だが無理だとわかっていた。

試してみたことはあるのだ。「眠っている間に脳の一部だけ壊せば、心臓はずっと動いているかも」と考え、鼻孔や耳孔から錐《きり》を深く深く刺してみた。またその穴から、熱湯を注ぎこんでもみた。

しかし、駄目だった。

歴代のママたちはみな、完全に壊れた。いとしい心臓も脈動を止めてしまった。

だから無駄なあがきはせず、彼は心音をたっぷり十分録音してから、包丁を取りだした。かねて用意の、よく研いだ包丁だ。中年女の体は驚くほど脂肪を溜めこんでいる。その脂はぎとぎととしつこく、ぬめってすぐに刃を駄目にする。

八木沼は、まずママを絞め殺した。それからていねいに時間をかけて、ママの胸から腹を切り裂いた。

切除した内臓を、ひとつずつブルーシートの上に取りだしていく。

内臓の名前なんてよく知らない。こいつはたぶん胃。こっちはたぶん肺。心臓はわかりやすい。大腸も間違えようがない。でも子宮はどれだろう？　卵巣もよくわからない。

とにかく、全部引きずり出してぶちまける。その上に寝転がり、彼は胎児のようにまるくなる。

シのシンセンスイ、という言葉がふと浮かぶ。

なんだっけ？　唐突に思いだした単語だ。かつて、よく耳にしたような。

だが目を閉じた瞬間、その思考はみるみる薄れていく。

あたたかい。やわらかい。安心できる。ねとつく臭い血と内臓に包まれ、八木沼は心から安堵した。幸福だった。

臭いのはかまわない。だがすぐに冷えてしまうのが不満だった。いつまでもあたたかくやさしく、子宮のように彼の全身を包んでくれるママでいてほしかった。

でも、そんなママはいやしない。

わかっている。だからやっぱり、殺して壊すしかないのだ。殺して壊し尽くして、永遠のママにする。それが彼にとっての究極の愛であり、〝使命〟だった。

——ほんとは、戸川先生がママになってくれたらよかったんだけど。

戸川更紗先生。中学二年生のときの、副担任。

彼女は八木沼にとって別格だった。もし彼女がママになっていてくれたら、おれの使命はまた違ったものになっていただろう、と彼は思う。

だが現実は変えられない。時間を巻き戻すことはできない。

——あの夜。

あの夜の、あの光景。

いまも網膜に焼きついている。あの体験が、八木沼のすべてを変えた。彼が使命を実感し、体の奥底まで染みこませた夜だ。

職員室に、戸川先生は一人居残っていた。採点のため答案にペンを走らせる横顔が、透きとおるほど白かった。そのまなざしは真摯《しんし》だった。見つめているだけで、胸が震えた。

そして鮮血。

先生の頸《くび》からほとばしる、驚くほど大量の血。

見ひらかれた先生の眼。

床にくずおれる彼女が、スローモーションで見えた。たまらず八木沼は射精した。あんなに気持ちよかったことはない。人生最高の射精だった。

――美しかった。

あの夜の戸川更紗先生は、凄絶なまでに美しかった。つねに美しくやさしい人だったが、格別だった。いまだ彼は、あの美しさと衝撃を超えられずにいる。何人殺そうと超えられない。

戸川先生。ママになってくれなかった先生。

だからおれは、またママを探しつづけた。ママを探し、殺し、壊す。それをつづけていなければ、生きる意味がなかった。生きつづけていられなかった。

――次の筆頭ママは、誰にしようかな。

己の親指を吸いながら、八木沼は思った。

候補はすでに何人か確保している。今回のママと同じように離婚した経産婦で、親きょうだいとも疎遠で、前夫とも子とも音信不通な女。いまや風俗産業の片隅にしがみつくしかない女。何度か借金で夜逃げした経験があり、いつまた失踪しても、誰一人あやしむことのない中年女。いとしいおれのママたち。

――でもいまは、ほかにもやることがある。

ほんの一箇月前のことだ。彼は、新たな使命を授かってしまった。

いままでとは趣向の違う使命である。だが〝殺す〟という一点では一貫していた。標的も、すでに定まっていた。

――遂行せねばならない。

だが正直に言えば、彼はすこしばかり迷っていた。

危険だからだ。今回の標的はいままでとは違う。条件が揃っていない。

子供と完全に音信不通ではないし、デリヘル嬢でもないから家に呼びつけられない。それなりにセキュリティの高いマンションに住んでいるし、運びだして始末するのはもっとリスキーだ。だから死体は、すぐに発見されるはずだ。

八木沼は賢くない。とはいえ、さすがに防犯カメラの存在くらいは知っている。

マンションの出入り口、コンビニのレジ、銀行のATM。街にはいたるところにカメラがあるのだ。危険だ。わかっている。殺したら、きっと足が付く。

――でも、やらずにはいられない。

だって彼は、いままでの彼ではなくなった。

新たな使命を担った男だ。天啓を受けてしまったのだ。神には逆らえない。啓示を無視して生きてはいけない。

血まみれの親指をしゃぶりながら、八木沼は標的を殺す手順を練りはじめた。

8

日をまたいで、十和子は職員室にいた。

まだ二時限目が終わったばかりである。早くも疲れきっていた。昨日、ほとんど眠れなかったせいもあるだろう。頭が重い。こめかみに鈍痛が居座っている。

頭痛の種は、ひとつではなかった。

まずは夫の茂樹だ。昨日の朝、十和子は「話し合いましょう」と書き置きして家を出た。

だが帰宅してみるとそのメモはまだテーブルに載っており、

——無理。遅くなる。

との殴り書きが追加されていた。

メモを見た十和子は、深い深いため息をついた。離婚になることはわかりきっている。なのになぜ茂樹が引き延ばすのか、理解できなかった。

しかし長く落ちこんでいたくはない。気分転換に、まずお風呂にお湯を溜めた。お湯の音を聞きながら、ざっとメイクを落とした。

冷蔵庫を開ける。茂樹が一昨日食べなかった夕飯が、ラップをかけたまま入っていた。ポークチョップ。ほうれん草のおひたし。いんげん豆と帆立のソテー。

十和子は再度のため息をついてから、ポークチョップとソテーの皿をレンジにかけた。みずみずしさを失ったほうれん草は、すこし考えてから、味噌汁に投入して一煮立ちさせた。

味気ない食事を済ませ、すぐ風呂につかる。

せめてもの気晴らしに、ちょっといい入浴剤を放りこんだ。手足を伸ばして浴槽につかりつつ、十五分かけて歯をみがき、あらためて洗顔した。髪も二度洗った。

バスローブを羽織ってリヴィングへ戻る。そこで、気力の限界が来た。

ソファに顔から突っ伏す。

——もう、なにも考えたくない。

さっさと寝てしまおうか。だがまだ眠くはない。時間つぶししようにも、この状態で読書は無理だ。騒々しいテレビ番組も観たくない。

DVDでも観ようか——。そう思って立ちあがり、ラックを探る。

ふと、手が止まった。

奥に押しこまれたディスクを見つけたからだ。いつぞや茂樹が持ちこんできた、成人向けDVDであった。

パッケージでは十代のアイドルと言っても通るだろう女性が、カメラ目線で可愛らしく微笑んでいる。その上半身にはなにも着けていない。パッケージデザインの九割を、ピンクと肌いろが占めている。

——なあ、こういうふうにできない？

そう言って、茂樹はこのDVDを十和子に見せてきたのだ。こういうのが普通なんだよ。きみは、なんでこうできないの？　と。

十和子はDVDをケースから取りだし、プレイヤーにセットした。再生を選択する。

ソファにもたれ、リモコンを片手に十和子はDVDを観はじめた。

書籍や論文で得た知識によると、アセクシュアルの中には性嫌悪をともなう者も一定数いるらしい。だが、十和子はそうではなかった。

性的なものに嫌悪はない。顔をそむけたり、吐き気をもよおすほどの抵抗はない。女性の裸を見て、きれいだと思うこともあった。興奮しないというだけだ。

だがこのDVDは、やはり何度観ても好きになれなかった。

茂樹は「きみはプライドが高いから、こういうのが屈辱なんだろう」と決めつけた。「女優がきみより若くてきれいだから嫉妬してるんだ」とも言った。そのとき、十和子は混乱した。茂樹の言うことが正しいのだろうか？　と戸惑った。

しかしいま観かえしてみて、はっきりわかる。

茂樹の決めつけは、どちらも的外れだった。

十和子が苦手に思ったのは、このストーリィだ。主演女優はずっと「いや」「やめて」と言っている。つねに眉根を寄せ、目を閉じ、顔をしかめて拒絶の姿勢を取っている。なのに男優は無理やり彼女をねじ伏せ、のしかかって行為をおこなう。

――いやと言っているんだから、やめてあげればいいのに。

もちろん台本なのはわかっている。十和子の主張を、みんな鼻で笑うだろうことも知識として知っている。

それでもやはり、「なぜもっと仲良く、楽しそうに映せないんだろう」と思ってしまうのだ。どうしてこんなふうに、男女間での意思の疎通を無視して——いや、疎通を拒むかのように撮るのだろう、と。

女性が苦しそうでない作品や、「いや」と叫ばない作品では需要がないんだろうか。夫婦か恋人同士が、もっと仲良く楽しそうにセックスする作品はないのか。それならわたしだって、興奮はしないまでも最後まで鑑賞できそうなのに。

——きみとベッドにいると、氷を抱いているようだ。

かつて夫の茂樹は言った。

そして彼女にそう告げたのと同じ唇で、「なあ、こういうふうにできない？」とこのＤＶＤを観せて尋ねた。

こういうのが普通なんだよ。どうしてきみは、こうできないの——？

十和子はリモコンの『停止』を押した。

次いで『開／閉』を選択する。ＤＶＤプレイヤーの口がひらき、トレイが手前に押し出されてくる。

ＤＶＤをケースにしまい、十和子は自分の前髪をふっと息で跳ねあげた。

あるフランス映画で、ヒロインが見せる仕草だ。十和子はこの恋愛映画が好きだった。

巷《ちまた》では、性描写が激しい映画として有名らしい。だがすこしも不快に感じなかった。全篇を通して画面を占める、あざやかなブルーとイエロー。怒りに満ちた荒々しいヒロイン。狂気と紙一重の愛情。奇妙に美しい音楽。

そこで描かれるロマンスを、美しいと思った。感嘆した。しかしああいう恋がしたい、うらやましいとはかけらも思わなかった。

SF映画を観るのと一緒だ、と十和子はいつも思う。SF映画を観て楽しんだとしても「自分も宇宙に行ってみたい」と思う人間はほんの一握りだろう。十和子にとって、恋愛映画はそれと同じジャンルだった。映画を観て「いいな。面白い」と思っても、それは「自分もあんな恋をしてみたい」という意味ではないのだった。

十和子は床のバッグに手を伸ばした。

通勤に使っているトートバッグだ。内ポケットから、まずスマートフォンを抜く。着信を確かめ、友人からのLINEに短い返事をする。

スマートフォンをバッグに戻そうとして、十和子は手を止めた。

なにか入っている。折りたたんだ紙だ。A4サイズに見えた。

プリントだろうか、入れた覚えはないが――とつまみあげ、ひろげて瞠目《どうもく》した。

白い紙の真ん中に、ゴシック体で一行だけが打たれている。

おまえをころす　ふつうの女のふりするな　これは天ばつ

しばし、十和子は動けなかった。

やがて指さきから、小刻みに震えだす。震えは腕から肩に、やがて全身に広がっていった。一瞬にして口内が乾き、舌が干上がる。

またた、と思った。

一昨年のあれが、またはじまったのだ。

――〝おまえは、女じゃない〟

一昨年に届いた脅迫状は明朝体だった。対するこちらはゴシック体である。

だが、内容はほぼ同じだ。十和子を糾弾していた。十和子が十和子として生まれついたことを、責めていた。

十和子はスマートフォンを握りなおした。

そこから先の行動は、なかば発作的だった。狼狽《ろうばい》と恐怖が、ふだんなら考えもしない行動をとらせた。以前の同僚の番号を呼びだし、電話してしまったのだ。

「……はい。なんの用？」

元同僚は迷惑そうだった。

その時点で十和子は電話を後悔していた。なのに口は勝手に動き、問いを押し出した。

「ひさしぶり。あの——あの子たちは、どうしてるの。いまはなにを……」

「やめて」

元同僚はぴしゃりと言った。

「言ったでしょう。あの子たちは多感な時期だった。未熟だったの。何度謝らせれば、気が済むわけ？　そうやって永遠に『謝れ、謝れ。わたしは傷ついた』って付きまとうつもり？　あのねえ、そうやって追いつめたって、子供の反省心は——」

違う、と言いたかった。

そうじゃない、違うの。また謝れなんて言うつもりはない。

ただ彼らがどうしているか知りたかった。わたしがいまどこにいるか、どの学校にいるか把握しているのか、教えてほしかった。

しかしなにも言えず、十和子は通話を切った。

部屋を静寂が満たす。重苦しい、息づまるような静寂だった。

十和子はうつむいた。唇をきつく嚙む。まだ手にしていた紙を、彼女はたたんでクッションの下へ押しこめた。

それが、昨夜のことだ。

チャイムが鳴った。三時限目の始業を告げるチャイムである。

十和子は授業用のノートを抽斗《ひきだし》にしまった。この時限に授業は入っていない。予定では、いまのうちに小テストの準備をしておくつもりだった。だがじっとしていられそうにない。

――外の空気を吸ってこよう。

構内を一周すれば、きっと気持ちもおさまるはずだ。いや、このまま回廊をたどってチャペルに行くのもいい。十和子はけっして熱心なプロテスタントではないが、十字架の前に立てば、いつも心は自然と凪《な》いだ。

「二十分ほど席をはずします」

隣の席の森宮に、そう声をかけた。

「了解です」

どこへ、とも訊かず森宮が白い歯を見せる。

感じのいい笑顔だった。以前聞いた夕希の言葉が、ふっと記憶をかすめた。

――森宮先生って絶対、鹿原先生に気がありますよね。

視線がつい、彼の左手に吸い寄せられてしまう。その薬指に指輪はなかった。べつだん夕希のからかいを真に受けたわけではないが、心のどこかでがっかりした。

十和子は椅子を引いて立ちあがった。

職員室を出る。角を曲がって、渡り廊下に出る。

廊下の途中に、神父の志渡がいた。

ひらいた窓から校庭を見下ろしている。つられるように、十和子は彼の視線の先を追った。

一年生たちがいた。これから体育の授業がはじまるらしい。

衣替えまでまだ数日あるが、暑いせいか生徒の半数近くが夏用の体育着に替えていた。ショートパンツから伸びる足が、うらやましいほどまっすぐだ。

「神父さま。ごきげんよう」

「えっ、ああ」

志渡神父が慌てた様子で振りかえる。近づく彼女に気づかなかったらしい。

神父の瞳に、やはり驚きが浮かぶのを十和子は認めた。杵鞭主任と同じ表情だった。何度見ても似ている――という、感嘆まじりの暗い驚愕。

「ああ……ごきげんよう。今日は暑いですね、鹿原先生」

「ええ、ほんとうに」

あたりさわりのない会話を交わし、会釈をして離れる。

ふたたび歩きかけて、十和子は眉を上げた。廊下の向こうから、今度は事務員の浜本夕希がやって来る。腕に『職員室用』と書かれたゴミ箱を抱えている。

「浜本さん、ゴミ捨て？」

「ああ鹿原先生。そうなんですよー。わたしのゴミ箱ばっかり、すぐいっぱいになるからやんなっちゃう。——あ、神父さま、ごきげんよう」

「ごきげんよう」

神父が礼を返し、ゆったりと立ち去っていく。夕希の視線がちらりと窓の外へ走り、すぐそらされる。

「そういえば鹿原先生、今日のお昼ってお弁当ですか？」

「いいえ、今日も手抜き。売店でサンドイッチでも買おうかと」

十和子は答えた。

前の公立中学は給食制だったが、聖ヨアキム学院の生徒は構内の食堂か売店で昼食を済ませる。教員は学食へ行くもよし、外で食べるも、個人で仕出し弁当を取るもよし、と自由である。

夕希が手を叩いて、

「やった。じゃあ外で食べません？　寮の向かいにある『Y'sコーヒー』、今週いっぱいフェアやってるんですよ。ドリンク二杯でキャラクターグッズがもらえるの。わたし、じつはそれ集めてまして」

「わたしのぶんと二杯でグッズがもらえるわけね、はいはい」

「え、駄目ですかあ？」

「まさか、行きましょう。その代わり、グッズわたしにも見せてよね」

「もちろん！」

夕希が飛びはねた。

「あのねえ、すっごい可愛いんですよ。毎回フリマアプリでも即完売なんです。ペアのティベアで、このくらいのてのひらサイズ……」

はしゃぐ夕希と肩を並べ、十和子はいま来たばかりの廊下を戻った。

ほっとする。屈託のないかん高い声に、懊悩《おうのう》と不安が溶けていく。

同期の同僚にこの子がいてくれてよかった――。心からそう思いつつ、十和子は歩を進めた。

9

八木沼武史は『Y's コーヒー』の窓際に座っていた。

手もとには湯気の立つソイラテ。安っぽいプラスティックのマドラーと、追加した砂糖の空き袋。

ガラス越しに彼は、母校である聖ヨアキム学院の学生寮を見下ろしていた。

とはいえ在学中、この学生寮とは無縁だった。バス通学だったし、特待生の友人もいなかった。小中高を通して「おとなしく、目立たない生徒」でありつづけた八木沼は、華やかなスポーツ特待生たちに近寄れずじまいだった。

――多少なりとも社交的になれたのは、自分に自信をつけてからだ。

人殺し、という経験を通して得た自信である。

他人なんて大したもんじゃない、恐れるに足らない。その証拠に、おれみたいな馬鹿に簡単に殺されちまうんだからな――といったふうに。

八木沼は甘いソイラテを啜った。

コーヒーは苦いから好きじゃない。砂糖とミルクをたっぷり入れて、なんとか飲めるレベルだ。どちらかというと紅茶が好きだ。しかしこの『Y's コーヒー』にだけは、ときおり来てしまう。

いままでは、ひとえに戸川先生の思い出を反芻《はんすう》するためだった。

十四年前、八木沼は廊下で「相談があるんです」と戸川先生を呼び止めた。すると先生は、彼をこっそりこの店に連れてきてくれた。

美しく微笑んで、彼女は言った。

――この奥の席なら、誰にもなにも聞こえませんよ。だから気にせず、なんでも打ちあけてね。

八木沼は、言いたかった。言うつもりだった。

戸川先生の旦那さんがどんな人なのか知りたい、と。先生が気になって授業どころではないと。先生は子供がほしいのかどうかも訊きたかった。もしほしいなら、いつでもおれが子供になってあげたい、とも言いたかった――。

だが、どれも口に出せなかった。

彼はただ先生の顔を見つめ、美味くもなんともないコーヒーを啜りながら、「勉強がむずかしい」「友達ができない」と、どうでもいい話ばかりを繰りかえした。

――もし打ちあけていたら、なにか変わっただろうか。

おれと戸川先生の結末は、違ったものになっていただろうか。夜の校舎。ほとばしる鮮血。あんなふうにはならず、いま先生はおれのそばで微笑んでいただろうか。

——いや。

だとしても先生は死ぬべきだった。

マドラーで、八木沼はソイラテのクリームを混ぜる。

その意見はいまも変わっていない。先生は死んでよかった。生きつづけて老いるより、あの夜に死ぬべき人だった。

戸川先生は美の絶頂期で死んだのだ。

その凄絶な美しい死に打たれ、八木沼はあの夜、はじめて脳で射精した。手も女体も使わず、脳の興奮だけで達した。その後は殺人を通してしか——いや通してすら、完全には得られていない至上の悦楽であった。

入口の扉が開く。ウエイトレスが駆け寄っていく。

「いらっしゃいませ。何名さまですか？　はい、二名さまですね。お煙草はお吸いになられますか？」

マニュアルどおりの台詞だ。なんの気なしに八木沼は顔を上げ、入ってきたばかりの客を見やった。

途端、どくりと心臓が跳ねた。

店内の音が、遠くなる。

まわりの喧騒も音楽も色褪せる。視界が一気に狭まる。

ドアを背にして立つ女性に――ウェイトレスに案内されて入店してくる女性に、五感のすべてが集中する。目がそらせない。釘づけだ。

――戸川、更紗先生。

似ている。

いや顔かたちは似ていない。でも――似ている。そっくりだ。

戸川先生より背が高い。すらりとして、腰の位置もいくぶん高い。肌は戸川先生のほうが白かったようだ。髪型だって違う。先生は肩までの髪で、ゆるくウエーブがかかっていた。目の前の〝彼女〟は、肩下十センチのストレートである。

――なのに、どうしようもなく似ている。

動作が、かもしだす雰囲気が、まとう空気が同じだった。〝彼女〟のまわりだけが、ひどく清潔だ。〝彼女〟のいる場所だけ、白い光が射して見えた。

〝彼女〟は二人連れだった。若い女と一緒だ。

ウエイトレスは〝彼女〟たちを、柱の陰の席に案内した。日焼けしないよう、気を利かせて窓から遠ざけたのかもしれない。最近の女は、みんな紫外線をいやがる。

八木沼はウエイトレスを呼びとめた。

「はい？　追加オーダーですか？」

「いや、ちょっとここ、まぶしくて……。席、移動していいですか」

さいわい店内は混んでいなかった。八木沼はカップと伝票を持ち、〝彼女〟と背中合わせになれる席へと移った。

椅子を引いたとき、己の腕が〝彼女〟のパーソナルスペースだろう半径二十センチ内に入った。それだけでどきどきした。頬が勝手に熱くなり、全身が痺《しび》れた。

幸せだ、と思った。

これほどの幸福感に包まれたのは、あの夜以来であった。まさかまた、こんなに幸せになれる日が来るだなんて想像だにしなかった。

八木沼はせめてもの礼に、ウエイトレスにソイラテのおかわりを頼んだ。そして、背後の会話に耳をそばだてた。

「カバラ先生、はいメニュー。ううん、わたしは大丈夫です、ネットで見て、決めてあるから。グッズがもらえるメニューって限られてるんですよ。……え、ほんとに？　先生も同じのでいいんですか。うわぁすみません。じゃ今度、埋め合わせになにかお礼しますね。そんな遠慮しないでください。ほんと、絶対お礼させてくださいね……」

どうやら〝彼女〟の連れは、かなりのおしゃべりだ。

だがおかげで、〝彼女〟の情報が早くもいくつか頭に入った。

名前はカバラ先生。付き合いがいいらしい。そして連れにあんなに感謝されるほどやさしく、かつ謙虚でひかえめらしい。

――やっぱり、戸川先生そのものじゃないか。

八木沼はスマートフォンを取りだした。

グーグルで全国の苗字が検索できるサイトを呼びだし、『カバラの読みを含む苗字』で調べる。岡原《おかばら》、鹿原、中原《なかばら》、蒲原《かんばら》……。おそらく「鹿原」で決まりだ。

おしゃべりなほうの女が、ウエイトレスを呼ぶ。二人はブレンドコーヒーと、ハム＆チーズのベーグルサンドを頼んだ。

「あー、ほんと同期が鹿原先生でよかったあ」

ウエイトレスが去って、ふたたび女が口をひらく。

「あ、同期とか言っちゃってすみません。でも新参者が一人だけだと、マジできついじゃないですか。二人いて、同じ女性で、しかもそれが鹿原先生みたいに話しやすい人でラッキー。もし灰田事務長みたいな人と同期赴任だったら……うえー、考えただけで鳥肌もん」

「そうなの？　灰田事務長、きちんとした方に見えるけど」

「いやいや、そう思うのは鹿原先生が事務長と席離れてるからですよ。あの人、相手を見て態度すっごい変えますしね。とくにわたしみたいな若い部下なんて、頭っから馬鹿にしてるし」

鹿原先生の声が聞きたいのに、耳に入るのはおしゃべり女の声ばかりだ。

とはいえ、きんきん声の合間に響く先生のアルトは悪くない。緩衝材のようで心地いい。しっとりと、心に沁み入るような声だ。

「そういえば鹿原先生、七日の件聞きました？」

「七日？　なにかあるの？」

「ああ、やっぱり鹿原先生は知らないかあ。あのね、うちの学校、じつは十何年か前に殺人現場になったことがあるんですよ」

ぎくり、と八木沼は身を強張らせた。

――あの夜。

違うぞおまえ、とおしゃべり女の言葉を胸中で訂正する。十何年か前じゃない。あれは十四年前だ。

十四年前の、六月七日。

いまにも降りだしそうな重い雲で覆われた夜だった。忘れられない一夜。殺人者として、八木沼を目覚めさせてくれた夜——。

「でね、その日は毎年、教員みんなで鎮魂のお祈りをするんですって。殺された先生の旦那さんもいらっしゃるんですよ、昔は生徒も参加してたけど、保護者からクレームが来て、最近は教員だけになったとか。だからその日は、最低でも七時くらいまで居残りしなくちゃですよ。忘れて、デートの予定入れたりしないでくださいね」

「デートって。わたし既婚者よ」

鹿原先生が笑う。おしゃべり女がむきになる。

「えーっ。でも結婚したって、旦那さんとたまにはデートくらいするでしょう？　わたしの友達なんかすごいですよ。二年前に結婚したけど、いまだに毎月、記念日だなんだって……」

そこで女が言葉を切る。

ウエイトレスがコーヒーとベーグルサンドを運んできたのだ。ついでになんとかいうキャラクターグッズも付いてきたらしく、女が派手な歓声を上げる。

背中越しにその声を聞きながら、八木沼は胸をそっと撫でおろした。ようやく動悸がおさまりつつある。確信がこみあげる。

——これも、きっと啓示だ。

彼は深くうなずいた。

例の標的を殺すべきか、じつはまだ迷っていた。

あの女を殺したら、自分はおそらく捕まるだろう。慣れたパターンからはずれるのは自殺行為に等しい。不慣れな犯行はミスを生みがちだ。些細なミスから、警察は間違いなくおれを探りあてるに違いないと。

彼は、自分の能力を知っていた。

警察に目を付けられたら最後だ。絶対に逃げられない。逃げおおせられる自信も才覚もない。そう正しく自己分析してきた。

——でも、神がおれに道を示した。

おれを殺人者にした〝大いなる意思〟が、この店で鹿原先生に引き会わせてくれた。そして戸川先生の事件について、見知らぬ女の口を通じ、いま一度語り聞かせてくれた。これが啓示でなくてなんだというのだ。

神はおれを導いている。おまえは神の御心とともにあると、思いのままに動くべしと命じている。

なぜって、おれの考えと行動が正しいからだ。たとえ法律に反していようと、おれは神のご意思に沿っている。

――その結果、おれはきっと逮捕されるだろう。

だがそれでいい。逮捕されようとやるべきだと、いま神がそうおっしゃっている。

八木沼はテーブルに肘を突き、両手の指を組んだ。

無意識の仕草だった。十数年ぶりに取った祈りの姿勢だ。組んだ指に額を付ける。まぶたをきつく閉じる。

――神よ。

彼は祈り、感謝した。イエスでもモーセでもムハンマドでもない彼の神に。大いなる意思に。寛大かつ、慈愛あふれるお導きに。

その瞬間、ふわりといい香りがした。鹿原先生の髪の香りだと気づいて、八木沼はうっとりした。

また大切なものができてしまった――。彼は思った。

そして使命もふたつに増えた。同時に大事な使命をふたつも授かるなんて、おれはなんと幸福で幸運な男なんだろう。

すべてが福音だった。世界中が彼の選択を喜び、応援し、彼の行く手を祝福していた。

目を閉じたまま、彼は胸いっぱいにシャンプーの芳香を嗅いだ。

第二章

1

その凶報がもたらされたとき、十和子は自宅にいた。

気づくのが遅れたのは、スマートフォンの着信音を切っていたせいだ。ありがたくない着信履歴と留守電が、凄まじい勢いで溜まりつつあった。

十和子はソファにもたれ、こめかみを指で押さえた。

——元同僚に連絡するべきじゃなかった。

いかに動転していたとはいえ、前の学校関係者とコンタクトを取るなんてうかつだった。以前に好意的だった人が、いまも同じとは限らないのだ。

あの事件において、十和子は自分を被害者だと思っていた。警察でもそう扱われたし、娘に厳しい母でさえ「あなたに落ち度はない」と言った。

だがその一方で、十和子の反応を「過剰だ、被害届なんてやりすぎだ」と考える人たちもすくなくなかったのだ。十和子が教師で、彼らが生徒だったというだけで。

ふっ、と十和子は前髪を吹いた。

夫の茂樹は、今夜も遅いようだ。自分一人だけなら、手のこんだ夕飯など作る気になれない。べつだん食欲もない。

一食くらい抜いたって死にはしないのだし、お風呂に入ってメイクを落としたら、すぐ寝てしまおうか。

しかし、頭の中で声がする。

――考えてもみて。

母の口癖だった。

考えてもみて、十和子。夕飯を抜くなんて脳によくないと思わない？

夜の炭水化物は大事なのよ。脳に糖分という栄養をあげなさい。いっときの感情にかられて馬鹿をするなんて、十和子らしくないわ。考えてもみて――と。

しかたなく十和子は立ちあがった。

冷凍庫を開ける。常備菜のツナ味噌そぼろを取りだして、レンジにかける。そぼろを解凍している間に小鍋で湯を沸かし、素麺《そうめん》を茹でる。

素麺は冷水で締め、よく水を切った。そこへ麵つゆをかけ、ツナ味噌そぼろと刻んだ大葉を載せればそれなりの体裁がととのった。飲んで帰った茂樹が、「あれ作ってくれよ、あれ」と一時期よくせがんだメニューである。

その名残りで、いまでもツナ缶を買ってはこの味噌そぼろをこしらえ、冷凍庫にストックしてしまう。もうせがまれることなどないと、わかっていても。

——わたしは、茂樹とやりなおしたいんだろうか。

テレビを点け、素麵に箸《はし》を付けながらぼんやり思う。

あなた、茂樹と離婚したいの？　自分の心が問う。ややあって、もう一人の自分がわからない、と答える。

じゃあ別れたくないってこと？　いいえ。

まだ彼の子供を産みたい？　いいえ。

もう子供はほしくないの？　いいえ。

彼ともとどおり、一緒に暮らせると思う？　いいえ。

スマートフォンを確認したのは、結局、二時間後だった。食事を終え、皿を洗い、入浴を済ませ、歯をみがいてスキンケアを終えてからだ。

覚悟を決めてロックを解除し、十和子は目を見張った。

電話の着信が、三桁にのぼっていた。

まず感じたのは驚きだった。次に、ひどい、と感じた。うなだれた。

ひどい。一年も経ったのに、まだこれほどの悪意を見せるのか。まるきり加害者扱いじゃないか。入院するほど傷ついたのは、わたしのほうなのに——と。

だが送信者を確認した途端、その感情は消えた。

直近の着信のうち三十件は、予想だにしない人物からだった。

——杵鞭先生。

急いで十和子は折りかえした。

たった二コールで杵鞭が応答する。その声音には、わずかな非難の色があった。

「鹿原先生。なにをしていたんですか、何度もかけたんですよ」

「すみませんでした。あの……それより、どうしたんですか。なにか問題でも？」

「いや、それが……」

杵鞭は数秒言いよどんでから。

「われわれにもまだ、事態が把握しきれていないんですが——。どうも市川樹里の母親が、亡くなったようでして」と告げた。

「えっ」

十和子は息を呑んだ。

「ご病気との連絡は、とくに受けていなかったですよね。事故ですか。車で？　それとも火事とか、転落とか――」

「くわしいことはまだ不明です。警察から、寮の市川宛てに電話がありましてね。管理人が慌てふためいて、学校まで知らせてきました。とにかく遺体の確認がどうとかで、市川は署まで行かなくちゃならんらしい。これからわたしの運転で、連れていくところです」

「ではわたしも」十和子は叫んだ。「わたしもタクシーで向かいます。どの署に向かえばいいんです？　県警ですか」

「あ、いえ、鹿原先生は」

杵鞭の声のトーンが、あきらかに下がった。

「鹿原先生は、警察へはちょっと……。そのまま自宅で待機していてください。今夜中に知らせておきたかっただけです。事情がわかり次第、連絡します」

反論する間も与えず、通話はぶつりと切れた。

すぐにかけなおす。だが杵鞭は電源を切ったらしく「この電話は電波の届かないところにあるか……」とむなしいアナウンスが響くだけだった。

その後一時間、十和子は鳴らないスマートフォンを前に、じっとソファで膝を抱えるしかなかった。

夫の茂樹が帰る気配はない。皮肉なことに、例の同僚がらみの電話さえなりをひそめていた。

眠気と焦燥を抑えるため、十和子は濃いコーヒーを三杯も飲んだ。

だが結果的に、カフェインなど必要なかったと彼女は思い知ることになる。

時刻は夜十一時。

BGMとして点けっぱなしにしていたテレビが、ローカルニュースを報じはじめたのだ。

『……つづいて県内のニュースをお伝えします。今日午後七時、上和西区のマンションで女性の遺体が発見されました。女性は同マンションの住人で、四十一歳の無職、市川美《み》寿《ず》々さん。関係者によれば、遺体の首には絞められたような痕があり、刃物による傷なども見つかっているとのことです。警察は殺人事件と見て、市川さんの周辺でトラブルがなかったか調べる方針――……』

十和子の手からカップがすべり落ちた。

眠気は、瞬時に吹き飛んでいた。

2

「なんでミチさんが、おれより先に現場到着《ゲンチャク》してるんですか」

伊野田忍《いのだしのぶ》巡査部長が呆れ声を出す。

「いやあ、所轄署のパトカー《PC》にたまたま同乗してたんだ」

そう言って、千葉県警地域部通信指令第二課、地域安全対策室室長の今道弥平《いまみちやへい》は片手を振った。

「一一〇番通報ありと無線が入ったんで、一緒に急行したんだよ。通指二課だって地域部《チイキ》なんだからおかしかないだろ。そう言うおまえこそ、捜査一課《ソウイチ》が出張るには早すぎやせんか？　まさかまだ機捜《キソウ》の癖が抜けけんのか」

「ミチさんまでそれですか。班長にも言われたんですよ。『あきらかな犯罪死体らしいから、おまえがひとっ走り見てこい。慣れてるだろ』って」

伊野田は肩をすくめた。

県警刑事部機動捜査隊員だった彼は、今春に捜査一課へ異動したばかりだ。以前は通称〝ワッペン〟こと出動服での臨場《りんじょう》だったが、いまはつるしの安スーツである。ただし両足に履いた靴カバーと、規定の白手袋だけは変わらない。

「いまソウイチで空いてるのはわが班だけですから。課長の一声を待つまでもなく、うちの出番に決まってます。……それより第一発見者は？」

「隣人だそうだ。吐いちまったんで、小柳がいま落ちつかせてる」

今道は親指で廊下の隅を示した。

小柳は駅前交番の交番《ハコ》長であり、この道数十年のベテランである。殺人現場への臨場に慣れており、現場保存その他もそつなくこなす。

殺人現場であるマンション『レジデンス上和西』の七〇三号室は、とうに機動捜査隊によってイエローテープで封鎖されていた。だがまだドアは開けはなたれており、廊下にいても凄まじい悪臭が嗅ぎとれる。

廊下の隅では、第一発見者らしき若い男が壁に背を付けて座りこんでいた。

彼の横で片膝立ちの姿勢をとり、耳を傾けているのは小柳交番長だ。

「……とにかく、臭かったんです。てっきりトイレが詰まったか逆流したんだと思って、管理会社に苦情を入れたんですが……。『本人に連絡がとれない』とぐずぐず言うばっかりなんで、直接、隣を訪ねてみたんです。そしたら、ドアが半びらきで……。声をかけても返事がないから、中を覗いたら……」

げぶっ、とそこで男は喉を鳴らした。再度の吐き気がこみあげたらしい。

男の背をさすってなだめる小柳に目礼し、今道は脇を通りすぎた。伊野田とともに、七〇三号室へと足を踏み入れる。

「こりゃあひどい」

手で鼻を覆って、伊野田が呻いた。

「ああ、こんなにひどいのはひさびさだ」

今道も同じく、ハンカチを鼻と口に当ててうなずく。

昨今はスプラッタ映画などで、一般人でも視覚的なショックには慣れているらしい。しかし現実に殺人現場に行きあたった者は、ほぼ例外なく吐く。見た目ではなく、臭いにやられるからだ。

生きものが屍臭を忌避《きひ》するのは本能である。こればかりは慣れしかない。とはいえ何十回臨場しようが、ミント入りの軟膏《なんこう》を鼻下に塗ろうが、体質的に克服できぬ者もいる。だから若い警官や隊員が嘔吐しようと失神しようと、いつだって今道は軽蔑の目を向けたりしない。しないのだが――。

――今回のこいつは、ベテランでもぶっ倒れるな。

室内は血の海だった。

服やがらくたやゴミが散乱している。そのすべてが、血になかば沈んでいた。靴カバーがあっという間に真っ赤に浸り、用をなさなくなる。

オフホワイトの壁紙には、赤黒い手形が四つ残っていた。親指の向きからして左手だろう。そして同色の、大きく弧を描く飛沫がひとつ。

壁の血は、すでに乾いて変色していた。床のほうは固まりかけており、歩くたび血餅《けっぺい》で靴底がねっとり粘る。

被害者はその海の中で、大の字に転がっていた。

リヴィングダイニングである。入ってすぐに横長のキッチンがあり、カウンターで仕切られた向こうにテーブルセット。壁際にはソファが、テレビを囲むようにコの字形に置かれている。

東側の壁はいちめんが掃き出し窓だった。だがカーテンもブラインドもない。ダイニングテーブルはふだん使われていないのか物置と化し、さらにうっすら埃《ほこり》が積もっていた。椅子には何着もの服が掛けられている。

被害者は、テーブルセットとソファセットのちょうど中間に倒れていた。

四十前後とおぼしき女性である。長い髪が、血に浸って放射状に広がっている。全裸だ。部屋の隅にまるめた衣服が放り出されており、やはり血の海に沈んでいる。

だが今道と伊野田が顔をしかめたのは、血の量ゆえではなかった。確かにおびただしい量だ。しかし血液だけでこれほどの悪臭は発しない。

被害者は、解体されていた。

喉のすぐ下から臍下《へそした》までを、縦一文字に切り裂かれている。内臓はすべて取りだされて、遺体の横にぐちゃぐちゃと並べられていた。

心臓。肺。胆嚢。腎臓。肝臓。どれもひどく乱暴に切除されている。

胃はひしゃげ、胃液と未消化の食べ物が洩れ出ていた。もっとひどいのは小腸と大腸であった。内容物が、つまり糞便が床に垂れ流しだ。

屍臭と血と糞便と胃の内容物とがもたらす悪臭が、七階全体を――おそらく階上と階下も、現在進行形で汚染しつつある。

「伊野田巡査部長《ブチヨウ》」

若い機動捜査隊員が駆け寄ってきた。

「こちら、マル害の所持品と思われます。中に財布と身分証明書が」

かざしているのは、高そうな革のバッグだった。付いているマークはHだ。ブランドに疎《うと》い今道でさえ知っている、エルメスの手提げバッグである。

伊野田がバッグと財布を受けとり、中をあらためた。若い隊員に「メモ頼む」と声をか

けてから、

「えー、エルメスのケリーバッグ、色は黒。中に化粧用と思われる小型ポーチあり。携帯電話およびスマートフォンは……なし。財布はルイ・ヴィトンの長財布。中には運転免許証。国民健康保険証。M銀行、S銀行のキャッシュカード各一枚。R社、K社、J社のクレジットカード各一枚。現金は一万円札が二枚、千円札が三枚」

と確認していく。

「運転免許証の顔写真からして、マル害本人に間違いなさそうだな。市川美寿々、一九七八年五月十二日生まれ。住所は千葉県千葉市上和西区四―一―十四―七〇三。この『レジデンス上和西』の住所と一致。……番号の末尾が五？　五回も再発行してるのか。紛失だとしたら、そうとうだらしない女だな」

伊野田は財布を閉じ、隊員を見た。

「凶器はどうだ？」

「シンクに包丁が突っこまれていました。柄から指紋が採取できそうです」

「そうか。ご苦労」

伊野田がねぎらうと同時に、背後から複数の足音が聞こえた。

どうやら鑑識課員が到着したらしい。今道が立ちあがって振りむくと、馴染みの検視官が近づいてくるところだった。

「おう、ミチさんじゃないか」

今道を見て、彼が片手を挙げる。

「なんだあんた、また異動になったのか？　ソウイチに出戻りかい、おめでとさん」

「違うよ」今道は苦笑した。

「たまたまゲンチャクしたってだけだ」

「へえ、まあいいや。ついでだから見分に付きあっていけよ」

苦笑顔の今道をいなしてから、検視官は遺体を見下ろした。

「まるで切り裂きジャックの犯行現場だな……」

つぶやいて、床にしゃがみこむ。

「ミチさん、切り裂きジャックって知ってるかい。十九世紀のロンドンで、五人の売春婦を殺して切り刻んだ野郎だ。いまにいたるまで正体不明。その五人目の被害者メアリ・ケリーは、まさにこんなふうに腹部を切開され、内臓を取りだされていた」

「模倣犯ってことか？」

「いんや、ただ連想したってだけさ。ディテールがだいぶ異なるから、ジャックの物真似ではあり得んな。第一に、傷口が汚い。切り裂きジャックは外科医の犯行を疑われたほど見事な手際を誇ったが、こっちは普通の家庭用包丁だろう。脂で刃が駄目になるたびやりなおしたのか、ぎざぎざで見るに耐えん」

「素人の手口か」

「だと思うね。鯵《あじ》の三枚おろしすら手こずる腕だろう」

「死因は？」

「まあ待て、順にやろう。失禁脱糞は……これじゃわからんな。死斑あり、指圧で退色。皮膚は蒼白。眼瞼《がんけん》結膜は、右から行くか。ああ、こりゃ絞殺だ。溢血点《いっけってん》あり、針先大多数。同じく眼球も、結膜に溢血点多数」

「絞め殺してから、腹を切り裂いたか」

「おそらくな。喉にふたつ並んだこいつが、犯人の親指の痕だろう。馬乗りになって素手で絞殺。そののちに腹をかっさばき、内臓を摘出した。胃が破けちまってるんで消化物からの判断はむずかしいが、死後硬直の度合いからして死亡推定時刻は四、五時間前ってとこか。押し入った形跡がないし、強く抵抗した様子もないから、おそらく顔見知りの犯行だ」

「強姦は？」

「うーん……そこも、いまの時点じゃわからん。ただ子宮や卵巣を切除しているのに、乳房は手つかずなのが気になる。話を戻して恐縮だが、切り裂きジャックは切りとったメアリ・ケリーの子宮と片乳房と腎臓を、彼女の頭の下に置いた。そしてもう片方の乳房を右足のそばに、肝臓をひらいた両足の間に置いていた。性的サディズムのお手本をジャックとするなら……こちらはなんというか、微妙に中途半端だな」

「途中でやめたってことですか？」

伊野田が検視官の横へかがみこむ。

「そうだとしても、すでに十二分な損壊具合ですがね。怨恨でしょうか？」

「どうかな。それにしちゃ顔がきれいだ」

検視官は遺体を指さした。

「怨恨や性的サディズムで女を切り刻む男は、たいてい顔も傷つけるものだよ。メアリ・ケリーは鼻と耳を削がれ、顔じゅうを切り裂かれていた。同じく未解決のブラック・ダリア事件では、美貌の被害者は両の口角を耳まで裂かれた。また食人目的で白人女性を殺した佐川一政も、彼女の乳房と鼻を切除している。――彼らにとって女の顔面は、乳房や性器と同じく〝おれたちの性欲を刺激し、惑わすいけないもの〟なんだ。しかし今回の犯人は、顔や乳房を傷付けていない」

「そいつはつまり、どう……」

伊野田が問いかけたとき、ふたたび隊員が走り寄ってきた。

「巡査部長《ブチヨウ》。鑑識が壁の手形から、左手の完全な指紋と掌紋を採取しました」

「そうか」

伊野田がうなずいて見せる。

「いまどき指紋《モン》を気にしないとは、大ざっぱな野郎だな。右手はどうだ？」

「部分指紋ですが採取済みです。風呂場とテレビのリモコンと、冷蔵庫の把手《とって》から」

「冷蔵庫？」

「はい。――ゴミ箱から、数時間前に食べたと思われるプリンの空き容器を採取しました。この容器の外側にも、血痕と指紋ありです。犯人は犯行後に冷蔵庫を開け、このプリンを食べながらテレビを観たと思われます」

今道と伊野田は、思わず顔を見合わせた。

「つまりは、死体を怖がってなかったんだなあ」

妙にのんびりと検視官が言う。

「日本の殺人犯にはめずらしいタイプだ。日本人はウェットだから、幽霊や霊魂を心のどっかで怖がるのさ。たいていは死体の目を恐れて布をかぶせたり、犯行現場から早く立ち去りたがる。切り刻んで興奮するタイプだとしても、自宅で殺害したのでない限り、冷めればさっさと退散するのが普通だわな」

「ということは……あれですかね。〝秩序型〟と〝無秩序型〟」

伊野田が言う。

「一時期流行《はや》ったじゃないですか。FBIのロバート・K・レスラーでしたっけ？　殺人者を分類したあれ。要するに話が通じるやつと、そうでないやつ。今回は後者の、秩序がなくて話が通じなさそうなやつってことですか？」

「かなり雑な物言いだ」

検視官が眼鏡をずり上げて、

「……だが、かもしれんな」

と遺体の横を指した。

「見てのとおり、胃や大腸が潰れて内容物がこぼれている。常人なら、とうていこの悪臭には耐えられん。だがどう考えても、こいつは犯人が故意にやった結果だ」

「手で押し潰したのか？」今道が問う。

「たぶん違う。かなりの圧力だし、ほぼ均等にならされているからな」

検視官は首を横に振った。

「この時点で正確な判断はできないが、もし犯人が平均的な体格、つまり百七十センチ六十キロ前後だとしたら――やつは、内臓の上で転がったのかもしれん」

「は？　どういう意味です」

伊野田が顔をしかめた。

「どういう意味もなにも、そのままさ。犯人はマル害を絞殺したのち腹をかっさばき、取りだした内臓を床に敷きつめ、その上でごろごろ転がったんだ。だからほぼ均等に内臓がひしゃげ、大腸が潰れて中身が飛び出した。まあ、あくまで仮定だがね」

検視官は肩をすくめて、

「ともかく『話が通じなさそう』ってとこは同意だな」

と言った。

3

「兄弟たちよ、わたしはかく告げたい。肉と血とは神の国を継ぐことができず、朽《く》ちる者は、朽ちぬ者を継ぐことがかなわぬ――……」

十和子は聖ヨアキム学院のチャペルで頭《こうべ》を垂れ、志渡神父が読みあげる聖句を聞いていた。

　ときは六月七日の放課後。

　チャペルでは、戸川更紗への鎮魂の祈りが捧げられていた。十四年前の今日、彼女は校内で凶刃に倒れたのだ。

　——そして市川樹里の母が殺されて、早や四日が経つ。

　樹里はあれから登校していない。寮の個室に閉じこもりきりだ。保健室登校さえ、できなくなった。

　十和子たちはマスコミの対応と生徒のケア、ならびに保護者への説明に追われた。樹里のもとへは杵鞭とともに毎日通っているものの、一度も会えていない。

　樹里の母親については、すでにあらゆる噂が飛びかっているようだ。

　校長は朝礼で「みだりに悪い言葉を口にしてはならない」と命じた。十和子たち教師も、ことあるごとに「陰口はいけない」と生徒に言って聞かせた。ときには聖書の言葉を借りて、

「ねじれ者は争いを巻き起こし、陰口を叩く者は親しい友を離れさせる」

　とも説いた。

　その甲斐あってか、十和子は校内で〝悪い噂〟を耳にしたことがない。

だが残念ながら、いまの子供たちはスマートフォンを持っている。唇を動かさず、声を出さずに、SNSやメールで噂を広めることができる。

そして帰宅した親にその噂を話し、聞いた保護者は学校にクレームを入れる。止めようのない流れだ。子供たちは、親は、学校は、どこでも同じだ。

――疲れた。

十和子は口の中で、ため息を嚙みころす。

「われわれはみな、眠りに着くのではない。ただ変わるのだ。終わりの喇叭《らっぱ》の響きとともに、たちまち一瞬にして変えられる。喇叭が響けば死者は朽ちぬ者として復活し、われわれは変化を遂げる……」

神父の説教がつづいている。西陽がステンドグラスを透かして、チャペルの床に複雑な模様を描いている。

静かだ、と十和子は思った。

数日ぶりの静寂と平穏だ。いまだけとわかってはいるが、せめてこのひととき、休息したい。樹里の母の事件を忘れたい。

十和子は顔を上げた。膝《ひざ》で指を組んだまま、先頭に座る男を見やる。

歳のころは四十歳前後だろう。長身瘦軀《そうく》である。ななめ後ろの角度からは、耳と頰、顎さきくらいしか見えない。さらに黒いスーツに包まれた肩と、清潔な首すじ。膝に置かれた大きな百合の花束。

更紗の元夫、戸川拓朗《たくろう》であった。

「この朽ちる者が朽ちぬ者をまとい、この死すべき者が死なぬ者を必ずしや、まとうこととなる。そのとき、聖書に書かれし言葉が成就せり……」

——いいえ、婚姻を解消したとは限らないから、いまでも夫かも。

十和子は彼をまじまじと観察した。じつを言えば、以前から更紗の夫には興味があった。一度会ってみたいと思っていた。

——だって戸川夫妻は、わたしのような見合い婚ではない。

とくに更紗はまだ院生だった。九十九パーセント、恋愛結婚のはずだ。

にもかかわらず、十和子は彼女がアセクシュアルだったと確信していた。間違いない。更紗はわたしと同類のはずだ。その更紗が一生の相手に選んだ男性とはどんな人だろう、と。

「『死は勝利に呑まれた。死よ、そなたの勝利はいかにある。死よ、そなたの棘《とげ》はいかにあるのか』。死の棘は罪である。また罪の力は律法である。しかし感謝すべきことに、主イエス・キリストによって、神はわれわれに勝利を賜わった……」

十和子はこのチャペルに入る前、杵鞭主任に紹介されて戸川拓朗と挨拶を交わした。予想どおり、拓朗は十和子を見て一瞬驚いた顔をした。

この聖ヨアキム学院に来てからというもの、幾度となく見てきた反応だ。似ている、という驚愕。それを表情に出すまいとする頬の強張り。もの言いたげに口がひらき、すぐまた閉じられる。

一連の反応を見せたのち、拓朗は十和子の胸に視線を落とした。

十和子にとっては、やはり慣れた反応だった。十和子は骨格のわりに胸が大きい。男性はたいてい彼女の顔を見てから、乳房のあたりに目線を下げる。中にはあからさまに、胸だけを凝視して話す男性もいる。

しかし拓朗は違った。

彼の目は十和子の名札をさっと読み、すぐ顔に戻った。

熱のない視線だった。夕希や灰田事務長が、彼女の名札を読むときと同じ眼差しだ。

その瞬間、十和子は「ああ」と納得していた。

——ああ、そうか。

更紗の論文に幾度か出てきた〝D夫妻〟が頭をよぎる。ともにアセクシュアルだと、文中で紹介されていた夫妻である。更紗は彼らの行動や思考体系を例に出しつつ、論文のテーマを構築していた。

「ゆえに、愛する兄弟たちよ。揺るがず堅く立ち、常に主の御業に励みなさい。主にあっては、あなたがたの労苦はけっして無駄にならぬと、すでにあなたがたは知っているのだから……」

拓朗は顎《あご》をすこし上げ、説教する志渡神父に見入っている。

彼のすぐ隣には、更紗の事件を担当したという今道刑事が座っていた。

現在は捜査から離れたものの、「来られる年はなるべく出席している」のだそうだ。五十代に見えるが、背が高く体格がいい。きれいに撫でつけた髪がほぼ完全に白髪だ。

「では、ご起立ください」

神父が声をかけた。

一同が立ちあがる。

「われわれは、聖霊を信じます。聖なる普遍の教会、聖徒の交わり、罪の赦《ゆる》し、体の復活、永遠の命を信じます……」

最後に「信じます」と全員で唱和し、鎮魂の祈りは終わった。

チャペルを出ると、杵鞭主任が刑事になにやら詰め寄っていた。

「いや、ですからね、今回わたしは捜査本部に動員されていないんですよ」

今道刑事が苦笑顔でかぶりを振る。

「でも十四年前は、捜査に来ていたじゃないですか。しつこいくらい、わたしたちに何度も質問して。いやになるほど同じことばかり、繰りかえし繰りかえし」

杵鞭は怒声をぶつけた。

「それでいて、結局犯人は捕まらなかった。警察はいつもそうだ。訊くだけ訊いて情報は明かさない。協力を強いるくせに、なんの見返りも寄越さない。いいですか、市民には知る権利ってものがあるんですよ。そして公務員には、説明責任が……」

「いや待って。待ってください」

今道刑事が彼を手で制した。

「さっきも言いましたように、わたしは異動していまや地域部でしてね。刑事畑の人間じゃあないんです。それにどの部だとしても、内情がわかるのは捜査本部に駆りだされた捜査員だけですよ。十四年前の事件がいまだ解決できていないのは、確かにわれわれの不徳のいたすところですが、今回については」

「あんたたちはいつもそうだ。そればかりだ」

さえぎる杵鞭の口調が、ピッチを上げる。

「担当をはずれた、異動した、そう言えば部外者は引っこむと思ってる。専門用語で煙に巻けば、一般市民なんてごまかせると決めこんでる。あんたらは、われわれを軽く見てるんだ。頭っから馬鹿にしてる。口ではうまいことを言っても、腹の中じゃ一般人なんて引っこんでろと――」

「杵鞭先生」

ほとんど無意識に、十和子は声を上げていた。

駆け寄って、杵鞭と今道刑事の間に立つ。

「市川樹里の現在の担任は、わたしです。刑事さんになにかご質問ですか？　それなら、わたしも一緒にうかがってよろしいですか」

意図的に、いつもの倍もきびきびと言った。目に見えて杵鞭の眉が下がる。

杵鞭が内心では自分を苦手にしていると、十和子は知っていた。忌み嫌うというほどではないが、鬼門と思われているのは確かだ。彼女が戸川更紗に似ていることも、きっと無関係ではないだろう。

「あー……、いや、それなら、わたしはこれで。では鹿原先生、あとで寮のほうに」

口ごもりながら杵鞭が離れていく。

十和子はほっと息をついた。

しかしもっと大きな吐息を洩らしたのは、向かいに立つ今道のほうだった。

「どうも、助かりました。ええと……カバラ先生、ですか。確か去年はおられませんでしたよね。新しく入った方ですか？」

「ええ。今年赴任した鹿原十和子と申します。今回の被害者遺族である、市川樹里の担任をつとめております」

十和子は会釈した。

顔を上げると、戸川拓朗が近づいてくるところだった。

花束は持っていない。置いてきたのだ、と十和子は察した。チャペルか、もしくは更紗が亡くなった現場に――職員室に。

拓朗は今道と十和子を見比べ、怪訝《けげん》そうに刑事を見上げた。

今道が苦笑顔で、

「おっかない学年主任さんから、こちらの先生に助けてもらったとこですよ。まあ、彼がナーバスになるのも当然ですがね。あんな事件が起こったいま、学校関係者は混乱の真っただ中でしょう。誰かに怒りをぶつけたくなる気持ちはわかる」

と説明した。

――あんな事件。

彼の語調に、十和子の胸がかすかにざわつく。

市川美寿々が殺されたあの日の夜、杵鞭は樹里を連れ、警察へ赴いた。翌日に学校で会った彼は、けっして多くを話してくれなかった。

だがその態度が逆に、事件の惨たらしさを雄弁に物語った。テレビのワイドショウは二日ほど、市川美寿々のぼやけた顔写真を大写しにしては、『惨殺』『酸鼻』の文字を躍らせた。

「刑事さん」

十和子が言うと、今道はかぶりを振った。

「さっきの先生にも言いましたが、わたしはもう〝刑事さん〟じゃないんです」

そう言いながら、名刺を一枚抜いて差しだす。

『千葉県警察本部地域部　通信指令第二課　地域安全対策室室長』の肩書きが刷られていた。その下に『警部補　今道弥平』。さらにその下に、県警の住所と電話番号、内線番号が入っている。

十和子は今道を見上げた。

――でもこの人、どう見たって〝刑事さん〟だ。

どこが、と訊かれてもうまく答えられそうにない。刑事役の俳優に似ているだとか、物騒な雰囲気をまとっているわけではない。

だが勤め人とも職人とも、商売人とも違うたたずまいの男であった。見る者に、捜査員以外ではあり得まいと思わせるなにかがあった。

「十四年前は捜査本部にいましたがね。しかし情けないことに、犯人逮捕にはいたらなかった。せめてもの謝罪として、この日はできるだけ毎年出席しているんです」

と今道が言う。

彼に訊きたいことはたくさんある。十和子は思った。

だが尋ねたとて、答えてくれないだろうこともわかっていた。だから代わりに、こう訊いた。

「地域安全対策室とは、なにをする部署なんですか？」

「地域部は市民の通報を受け、警邏《けいら》をし、交通指導をし、泥酔者を保護し、ときには緊急配備の発令もします。課によって受けもちは分かれますが、基本はなんでも屋ですな。ただし『地域安全対策室』というのは典型的な閑職でしてね、わたしはまあ、いわゆる窓際族ってやつです。その代わり地域の安全に関することなら、たいてい首を突っこめるんですよ」

「では、うちの生徒の安全も守ってくださいますね？」

十和子は言った。「防犯などの相談にも、のってくださいますか」

「もちろんです」

「よかった」

今道の言葉に、十和子は胸を撫でおろした。

「あの子は――市川樹里は、もともと精神的に強い子ではありません。正直言って、養護教諭と教師だけで支えていくのは心もとなかったところです。いつでも警察を頼れると思っただけで、安心の度合いが違います」

「いつでも電話してください」今道がうなずいて、

「わたしにかけたいときはその内線番号に。わたし以外に相談したいときは『#九一一〇』におかけください。必ず誰かしら受けつけます」

と言った。

その横から、戸川拓朗の腕が差しだされる。その手にも名刺があった。

十和子は戸惑いながら、拓朗を見上げた。

「……ぼくも市川樹里さんと同じく〝被害者遺族〟の一人でしてね」

微笑して彼が言う。

「事件後、心療内科に六年通いました。いまはカウンセラーに紹介された犯罪被害者の会と、互助会に参加しています。またマスコミを民事で訴えたため、示談も公判も両方経験しました。僭越《せんえつ》ながら、お力になれることが、あるかもしれません」

「ありがとうございます」

十和子は礼を言い、名刺を受けとった。ざっと目を通す。

『千葉専央学院大学社会学研究職　社会行動心理学専攻』。役職は『准教授　戸川拓朗』。大学の住所と電話番号に加え、彼のメールアドレスとＳＮＳのＩＤが刷られていた。


帰宅すると、午後八時近かった。

今日も灯りはついておらず、家内は静まりかえっている。沓脱《くつぬぎ》に、むろん夫の靴はない。

道すがら、夕飯の買い物をしていくべきか十和子は迷った。だが、結局やめた。

代わりにコンビニに寄り、弁当を一人前だけ買って出た。夫のぶんまで用意して、また無駄にするのはうんざりだ。

上がり框にバッグとコンビニ袋を置き、靴を脱ぐ。足がむくんでいて、手ではずさないと脱げなかった。

短い廊下を歩く。リヴィングの壁を手探る。スイッチを押す。

蛍光灯がリヴィングを照らしだしたとき、なにか変だ、と十和子は気づいた。

妙にすっきりしている。室内に、色彩が乏しい。

数秒置いて、夫の荷物がなくなっているのだ――と十和子は悟った。茂樹の服。茂樹の仕事道具。茂樹が趣味で揃えた、飛行機や列車の模型。

急いで洗面所に駆けこむ。予想どおりだった。彼のシェイバーや、男性用化粧品が消えていた。薬棚からも、茂樹の目薬や鎮痛剤だけがなくなっていた。

彼の寝室へ向かう。ドアを開けて、啞然とした。

なにもない。がらんと空間が空いている。小物だけでなく、ベッドや本棚までもが運びだされていた。

十和子がいない間に運送屋を呼んだに違いない。いやそれとも、友人にでも声をかけて手伝ってもらったのか。

十和子はリヴィングに戻った。テーブルに視線を落とす。これ見よがしに置かれたそれに、ようやく気づく。

茂樹の忘れものではない。あきらかに、故意に置かれていったものだ。

未記入の、離婚届であった。

4

八木沼武史は、市川美寿々を殺した。

昔馴染みと言ってもいい女だ。彼自身の〝かつてのママ〟でもあった。だが殺したことは、みじんも後悔していなかった。

美寿々の住まいは知っていた。上和西区の分譲マンションである。タワーマンションとまでは行かずとも、それなりにグレードが高く、設備が充実して交通の便もいい。

当然セキュリティも厳重だった。流行りのダブルオートロックとかいうやつだ。

マンションの入り口で、エントランスホールで、扉の前でと、三度もインターフォンを押してようやく美寿々のもとへたどり着けた。

美寿々にこのマンションを買い与えたのは、なんとかいう地元の二世議員だ。

名前は何度聞いても忘れてしまう。八木沼は政治に関心がない。選挙にも、一度も行ったことがない。だがそんな彼でも、「市川美寿々は二世議員の愛人だ」ということくらいは覚えていられた。

美寿々はもう四十代である。いかにエステやスキンケアで食い止めようが、さすがに容色は衰えかけていた。なのに絶えず需要があったのは、彼女が男たちの特殊な性嗜癖《しへき》に応える女だったからだ。

――そして知る限りで、もっとも男あさりの激しい女だった。

愛人業をこなしながら、美寿々はネットの出会い系にいそしんでいた。ホストクラブへも通い、ときには「逆ナン」と称して道ばたで若い男をひっかけた。

彼女は甘い言葉や駆け引きは求めなかった。合意ができるや、すぐに男とホテルへ直行した。性欲どうこうでなく、数をこなすようなセックスであった。

あの日、八木沼武史が『レジデンス上和西』のインターフォンを鳴らしたのは、午後二時十二分のことだ。

「あら、あんたなの？　ひさしぶりじゃない」

あやしむ様子もなく、美寿々はそう応じた。

実際は一箇月ぶりなのだが、忘れたらしい。最近の美寿々は深酒のせいか、しょっちゅう記憶が飛ぶ。

八木沼は防犯カメラ除けに、サングラスとマスクと帽子を着けていた。

べつだん、この程度の変装で逃げきれるとは思っていない。だが時間かせぎにはなるだろうと踏んだ。インターフォンのカメラに向かうときだけ、彼はサングラスとマスクをずらして見せた。

「なにそれ、芸能人気取り？」

と美寿々は鼻で笑い、

「いいから早く上がってきなさいよ。ちゃんとおむつ買ってきた？　うち、買い置きなんてないからね？」

と無造作に顎をしゃくった。

美寿々の部屋はあいかわらず乱雑で、そのくせ人間味が薄かった。

散らかっているし、ものがあふれている。しかし写真立てや、予定を書きこんだカレンダーや、読み終えた本や雑誌のたぐいはいっさい見あたらない。

あるのは飲みほして潰したチューハイの缶、コンビニ弁当の残骸、使用済みのティッシュ、脱ぎ捨てた服、コスメの空き容器などだけだ。そこに年月はあっても、思い出はない。

彼女が必要としないからだ。市川美寿々は、そういう女であった。

「お風呂場使ってもいいけどさ、シャワーだけにして」

部屋に通すやいなや、美寿々は言った。

「掃除がめんどいから、浴槽使いたくないのよ。どうしてもって言うなら、あんたが掃除してってよね」

八木沼が彼女とセックスしに来たと――〝赤ちゃんプレイ〟を楽しみに来たと、かけらも疑っていない口調だった。

それは半分あたりで、半分はずれだった。今日はセックスしないんだよ、と八木沼は内心で笑った。おまえの内臓は使わせてもらうが、セックスはなしだ。

部屋に散らばったがらくたの中から、八木沼は重いガラス製の灰皿を拾った。

美寿々が無防備に背を向ける。その後頭部に、彼は思いきり右手を振りあげた。

硬いものと硬いものがぶつかる、鈍い音がした。

胃にずしんと響くいやな音だ。

美寿々は悲鳴も上げなかった。空気が抜けた人形のように、くたくたとその場にくずおれた。

間を置かず、八木沼は彼女に馬乗りになった。

仰向けにし、両手を喉にあてがう。一気に絞める。気道がどのあたりにあるかは、おおよそ心得ていた。両の親指で塞《ふさ》ぎ、全体重をかけ、ためらわず絞めつづけた。

美寿々が痙攣《けいれん》をはじめた。

意思に反して手足がばたばたと動く。滑稽な断末魔のダンスを踊る。

目から涙が噴きだす。鼻孔《はな》からは洟が、口からは舌が突き出て、多量のよだれを垂れ流す。顔じゅうの穴から体液が流れ出ていく。顔面は膨れて真っ赤だ。眼球が半回転して、白目を剝いている。

やがて、痙攣は小刻みになっていった。次第におさまりつつある。喉から洩れていた「ぐぷっ、ぐぐっ」という不気味な音も、すこしずつ弱まり、ちいさくなって消えていく。

美寿々が動かなくなってからも、八木沼はたっぷり一分以上絞めつづけた。

人間というのはもろい反面、ときに驚くほど頑丈だ。もう死んだだろうと思っても、蘇生することがまれにある。そうなったら面倒だ。いまのうち、しっかり殺しきってしまわねばならない。

さすがに絞め飽きた頃、八木沼は美寿々を離した。

立ちあがり、キッチンへ向かう。抽斗《ひきだし》という抽斗をすべて開けた。だが、予想どおりだった。

料理をしない美寿々はろくな包丁を持っていない。あるのはケーキやパンを切るような細長いナイフのみであった。試しに指を刃にすべらせてみる。洗っていないらしく、指さきがべとついた。

しかたなく八木沼は、ボディバッグから持参の包丁を取りだした。買ったばかりの新品だ。パッケージに『切れ味は保証つき!』との惹句《じゃっく》が刷ってある。

その真新しい包丁を使って、八木沼は美寿々を解体した。

まだ十二分にあたたかい体を楽しみながら、喉のすぐ下に刃さきを当てる。ぷつっと音がして、銀の刃がのめっていく。

思ったとおり、美寿々の体はやわらかく、臭くて脂肪が多かった。

心臓は完全に鼓動を止めている。胃がすこし硬い。肝臓はもっと硬い。加齢で皮膚の弾力は失われていたが、そこがまたよかった。内臓の隙間に両手を突っこむと、直に体温が伝わってきた。

八木沼の胸は震えた。

いい。すごくいい。この瞬間が一番好きだ。至福のひとときだ。

――シのシンセンスイ。

またもこの言葉が脳裏に浮かぶ。同時に『紫の神仙水』との文字が閃《ひらめ》いた。

ああそうだ、と彼は思う。

紫と書いてシ。シの神仙水。そうだ、どうして忘れていたんだろう。

いまのいままで、思いだせなかった自分が信じられない。そもそもおれが女の内臓に興味を抱いたきっかけは、あの水だったじゃあないか。

――これを飲むと内臓からきれいになるんです。内臓が若返れば、おのずと肌が美しくなり、女性機能だって活発化します……。

懐かしい声が、記憶の底でよみがえる。

顔は覚えていないのに、なぜか声ははっきり思いだせる。妙に気取った、そのくせ訛《なま》りを残した奇妙なイントネーション。興奮すると裏返る、耳に粘つくような声。

あの水を美寿々はまだ飲んでいたのかな、と八木沼はいぶかる。

再度、内臓に触ってみた。うん、やっぱり硬い。ほかのママたちと比べても色つやがよくないし、見るからに不健康だ。

でもまあいいや、と彼は思った。

この際、見てくれや感触は二の次である。殺しを重ねてわかった。大事なのは、そのあたたかさだ。体温で彼をやさしくくるみ、安心させてくれるかどうかであった。

美寿々から取りだした内臓を、八木沼は順に床に並べた。

並び終え、みずからの服を脱ぐ。丁寧に服をたたみ、脇へとどける。

慎重に八木沼は内臓の上に横たわり、そしてまるくなった。胎児の姿勢だ。膝を折り、肩を縮め、右手の親指をくわえる。

――いかれババア。

鼓膜の奥で再生されたのは、父の声だった。嘲《あざけ》りをたたえた声。

父はいつもそうだ。つねになにかを馬鹿にしていた。酔っては大声で怒鳴り、「あいつは馬鹿だ。あいつはくだらない」とどこかの他人を品評しては、悦に入っていた。

——あのいかれババア、近いうちに詐欺で捕まるぞ。

——さっさと病院にぶちこんじまえ。あの家に集まる女どもも同罪だ。全員ぶちこめ。

いかれ女は、牢屋と病院がお似合いだ。

父の向かいで「そうね」と母が小声で同意の相槌《あいづち》を打つ。しかし八木沼は、そう言う母だって〝あの家〟に通っていることを知っている。

——おれを、産んだほうのママ。

ぬらつく内臓に包まれて親指を吸いながら、八木沼はひさしぶりに実母を思った。

実母とは、もう何年も会っていない。完全に疎遠だ。

だって彼女は八木沼が中学生のとき、離婚して家を出ていった。八木沼のママであることをやめた。彼を捨てたのだ。だから以後の八木沼は、〝ママ〟になってくれる女を自力で探さねばならなかった。

彼は何度か寝がえりを打った。

かつてのママである美寿々の内臓は、早くも冷えはじめていた。悲しかった。

シのシンセンスイは、やっぱり効かないようだ。

なぜってあの水がほんとうに効くなら、すくなくとも三年以上飲んでいた美寿々はジョセイキノウがカッパツカしただろう。ならば、はらわたの体温だってもっと長く保たれたはずだ。

いかれババアは嘘つきだ。八木沼は舌打ちした。体温について、あんなに得々と女たちに語っていたくせに。この水さえ飲めばキソタイオンが安定し、冷え性もコウネンキのノボセも改善する、って。

――美寿々の娘も、あの水を飲んだことがあるのかな。

内臓を抱きしめ、切り口の端をしゃぶって八木沼は考える。

このマンションに、美寿々は娘の写真をいっさい飾っていない。アルバムなどもきっとないだろう。彼女はまめに写真や画像データを整理する女じゃない。折々に、スマホで娘を撮っていたとも思えない。

――でもいい。顔はもう知ってる。問題ない。

しばらく前から、八木沼は市川樹里について調べていた。

聖ヨアキム学院中等部二年C組。このマンションから通学できる距離なのに、学生寮の個室に住んでいる。棒切れのように痩せており、友達は一人もいない。自傷癖あり。摂食障害あり。クラスに馴染めず、教室に入れず、保健室登校をつづけている。

――まったく。あちこち見張らなくちゃいけないから、忙しい。

八木沼は向きを変え、左に転がった。その拍子に、敷きつめた内臓がどこか破けたらしい。むわっと新たな悪臭がたちのぼる。

その臭いを嗅ぎながら、彼は目を閉じ、心の中で指を折った。

やるべきことと、監視対象をあらためて心に刻む。

まず監視リストのうち、戸川拓朗のランクを下げよう。やつはもはや重要じゃない。戸川先生の元旦那だから完全にはずしはしないが、優先度は低まった。

いまはとにかく市川樹里だ。ああ、それから鹿原先生も忘れちゃいけない。いま大切なのは、なんと言ってもこの二人だ。

鹿原先生。戸川先生によく似た、きれいで賢そうな人。

あの人は見張り甲斐がある。むしろ、一生見張っていたい。利口な女は嫌いだが、戸川先生と彼女は例外で別格だ。あんな人に出会えるなんて、やっぱりおれは神に祝福されているんだ。

血とはらわたにまみれ、八木沼は微笑んだ。

5

「え、もうこんな時間？　ごめんね十和子、長電話して」

「ううん、気にしないで」

通話相手の友人に、十和子はそう応じた。

「最近ってほら、メールやＬＩＮＥが主流じゃない。電話する機会が減ってるから、つい嬉しくて長々と話しちゃった。ほんとごめん」

「いいんだってば。どうせ夫はいないし、一人だし」

「十和子の旦那さん、エリートだもんねえ。残業残業で、いつも遅いんだ？」

「うん。そんな感じ」

あいまいに十和子は答える。

茂樹と別居中だとは、まだ誰にも話していなかった。やりなおせると思っているわけではない。見栄ともまた違う。

──友人たちの口から、万が一にも母に洩れてしまうのが怖い。

もし母の耳に別居だ離婚だなんて情報が入ったら、どうなるか。想像するだけでこめかみが痛んだ。

もし知られたなら、母が十和子に浴びせる第一声は──。

わかっている。「考えてもみて」だ。

「考えてもみて、十和子。家族の恥になることなのよ」だろうか。「考えてもみて、世間の人がなんと言うか」か。それとも「あなたを産んだこと、後悔させないで」か。

「でもさあ、一人の夜が多いと寂しくない？」

友人が言葉を継ぐ。

「って、独身のわたしが言うのもなんだけどさ。ミカなんて『だから犬飼ったんだ』って言ってたわよ。あそこ、旦那がインドネシアに三年も単身赴任だもんね。十和子んとこって、ペット禁止だっけ？」

「禁止じゃないけど……。うーん、飼えないな。無理」

「なんで？　十和子、動物嫌いじゃないでしょ」

「犬も猫も好きよ。好きだから、飼うのに勇気がいるの」

スマートフォンを耳に当てたまま、十和子はソファにもたれかかる。

「わたしだって、そう帰りは早くないもの。ミカみたいに実家が近いわけじゃないし、平日はほとんど相手してあげられないでしょ。自分が寂しいときペットに癒やしてもらっても、逆にペットが寂しいとき、同じだけ返してあげられるかと思うとね……」

「やっぱり十和子は真面目だねえ」

耳もとで友人が嘆息する。

「ううん、違うか。情が深いんだよね。相手が誰であれ、いい加減にできない性格。無意識に尽くしちゃうタイプ」

「え、わたしが？」

十和子は驚いた。「まさか。正反対よ」

「なーに言ってんの。そう思ってるのは十和子だけ。嘘だと思うなら、いますぐＬＩＮＥグループでアンケ取ってみる？　十人中十人が、こっちに賛成するよ」

「やめてよ、もう」

言いながら、内心で十和子は苦笑する。

──情が深い？　このわたしが？

友人は知らないのだ。夫に「氷のようだ」と言われた夜も、わたしが初恋さえ知らないことも。夫がいなくなった衝撃はとうに冷め、いまや心安らいでいることも。

──そんなわたしのどこが、情が深いというの。

だがむろん、反論を口に出しはしない。かるく息を吸い、

「あ、そういえば聞いた？　マキ、旦那さんの実家に引っ越すんだって……」

すかさず、べつの話題を振る。

不自然に思われないタイミングは体得している。なぜって、慣れた手順だ。身に沁みついてしまった自己防御のすべであった。

犬も猫も好きなのは、ほんとうだ。子供だって好きだ。尽くすタイプとは思わないが、つい他人の面倒を見てしまうほう——のめりこむほうだとは、確かに思う。

酔いつぶれた友人を朝まで介抱したことも、子猫の引き取り先を探して奔走したことも一度や二度ではない。そんなことなら、すこしも苦ではない。

——でも夫が出ていってくれた事実を、いまわたしは喜んでいる。

わたしが選んだ別居ではない。これで離婚する大義名分ができた。彼が望んで出たのだから、わたしにはどうしようもなかった。そう言いわけが立つと安堵している。

一生の伴侶に選んだはずの人なのに、彼の不在の悲しみでなく、母への弁解で頭をいっぱいにしている。

——別居について友人に打ちあけられないのは、そのせいもある。

なぜ悲しんでいないの、と言われそうで怖い。

「十和子、どうしてそんなに平気そうなの？」「おかしいよ」「普通はそんなふうじゃないよ」と指摘されるのが恐ろしい。だって〝普通〟じゃなかったら。社会が決めた常識のレールをはずれてしまったら。

——母に、叱られる。

電話の向こうで、友人が声のトーンを上げた。

「うっそマキ、引っ越すの？　旦那さんの実家ってことは同居？」

「そうみたいよ、マキからこの前メールが来たの。二世帯住宅に建て替えるんだって」

「二世帯！　うわー大丈夫？　二世帯でうまくいった例って、まわりで一度も聞かないんだけどぉ？」

友人が怖気《おぞけ》をふるうように言う。

「かもしれないけど、はじめる前から『大丈夫？』とは言えないでしょう。マキが決めたことだもの。それにあの子はしっかりしてるから、中途半端な二世帯設計じゃOKしないだろうし」

「そうかもしれないけどさあ。もしうまくいかなかったら、どうすんの？」

「まあそのときは、マキの味方するしかないでしょう」十和子は言った。「わたしにできることなら、なんでもするしね」

本心から出た言葉であった。

「ほらあ、それそれ。そういうとこ」

友人がおかしそうに笑う。

「やっぱり十和子は、情が深いんだってば。ね？」

電話を切って、十和子は戸川拓朗の著作や論文を検索した。

意外にも、著作はくだけたものが多かった。

専攻が社会行動心理学だからか、国民的人気のコミックを社会学の観点から語る本が二冊、都市伝説を扱った本が一冊出ている。翻訳本も複数冊出しているようだ。どれも、若者主体のサブカルチャーをモチーフにした書籍であった。

だが逆に論文は、更紗と似かよったテーマが散見された。『現代社会における、性愛文化の多様化』『ポストジェンダリズムはジェンダーを越えるか』『二十一世紀の父権社会、または現代フェミニズムのバックラッシュ』……。

十和子は次に、彼のSNSへアクセスした。

こちらはもっとくだけていた。彼が一方的に情報発信するのではなく、交流がメインのようだ。学生からの質問に答えたり、一般フォロワーと議論を交わしたりで、そのやりとりすべてが公開されている。

返信欄をしばらく眺めてから、十和子は試みにメッセージを送ってみた。友人の誘いで作ったはいいが、長らく放置していた匿名アカウントからだ。

『戸川拓朗先生、はじめまして。先生の論文を興味深く拝読しました。立場は違いますが、わたしも十代を相手に教鞭を執る身です。先生のアカウントで勉強させていただきたく存じます。今度、若者文化についてお訊きしてもよろしいでしょうか？』

送信した。

送ってからすこし後悔したが、匿名だしいいだろう、と自分に言い聞かせた。

立ちあがって、コーヒーを淹れなおす。

ソファに戻ると、メールが届いていた。事務員の浜本夕希からだ。

――彼女がＬＩＮＥじゃないなんて、めずらしい。

そう思いながらひらく。件名は『夜分すみません』。本文がやけに長い。

『鹿原先生、夜にすみません。明日でもいいかと思ったんですが、市川樹里に関することなので、一応今日のうちにお伝えしておきます。

チェインメールの件です。美術部の生徒が顧問の森宮先生に〝こんなのが送られてきた。以前流行ったものの改変だと思うが、ひどい内容だ〟と相談したようで、森宮先生から杵鞭先生に、さらに灰田事務長に、そしてわたしに……と情報が流れてきました。以下、そのメールをコピー＆ペーストします』

十和子は画面をスクロールした。

くだんのチェインメールの全文があらわれる。


『突然ごめんね。

こんなの送っちゃってごめん。でも怖いんだもん。怖くて止められなかったの。

お願いだから五人に、次の文面コピペしてまわして。なにもなかったらそれでいいから。

まわすだけまわして。マジごめん。←←←

〃上和西区のマンション殺人事件〃みんな知ってるよね？

あれ、ふくしゅう殺人なんです。

テレビははっきり言わないけど、あの女は愛人業だったの。人の旦那を取る、悪い女です。愛人をやって、男からお金をもらって働きもせずに暮らしてました。社会のゴミです。ダニです。

わたしの友達は同じような女に、夫を奪われました。彼女は首を吊ってシにました。お腹には赤ちゃんがいたのに、赤ちゃんごとシんだんです。

わたしはふくしゅうすると決めました。愛人業をやってる悪い女、全員を同じようにころす！　そのためにＩＴを勉強してハッカーになりました。

このメールが届いたやつは、だから全員あやしいところがあるやつです。見たら必ず、

た。

このメールを止めたやつは、わたしから見たら、プログラムですぐわかります。止めたやつは間違いなく同類の愛人女でしょう。それで割り出して、上和西区の女をころしました。

命令どおり二十四時間以内に五人まわせば、わたしのプログラムに信号が来て、あなたはリストから除外されます。嘘だと思うなら「上和西区　マンション　殺人」で検索して。ほんとうにあったことでしょう？　犯人はわたしです。

もし二十四時間以内に五人にまわせなかったら、あなたもわたしの標的です。明日零時に、予告の電話をかけますからね。〟……』

読み終えて、十和子は唖然とした。

確かにひどい。故人に――市川美寿々に対する冒瀆《ぼうとく》と言っていい。「愛人業をやってる悪い女」だの、「社会のゴミです。ダニです」だの、完全なる誹謗中傷《ひぼうちゆうしよう》だ。

市川美寿々がほんとうに誰かの愛人だったのか、十和子は知らない。例の青いファイルには『自由業』とあった。ニュースでは『無職』と報道されたようだ。

だがどちらにしろ、こんなふうにチェインメールで面白半分に扱うのは許されない。まるで殺されたのは自業自得、と言いたげな書きぶりではないか。

怒りをこらえ、十和子はメールアプリを閉じた。

まさか誰か、市川樹里にこのメールをまわしていないわよね、とあやぶむ。それだけはないと思いたい。そんな真似は許されない。人間として、最低の所業だ。

コーヒーを呷《あお》った。

早くもぬるくなりかけている。苦みが舌にざらつく。

気を落ちつかせてから、十和子はふたたびスマートフォンを手に取った。

SNSに戸川拓朗の返信が届いていた。

『はじめまして。論文を読んでくださったとのこと、ありがとうございます。もちろん、いつでも質問してくださ い。お互い有意義な交流をしていけるといいですね』

6

千葉県警察本部庁舎一階にあるドトールコーヒーショップに、今道弥平は最低でも二日に一度は足を向ける。

彼が所属する地域安全対策室は、約十年前に新設された部署だ。

定年間際の口うるさいロートルが次つぎ放りこまれていくことから、〝象の墓場〟という景気の悪い渾名をいただいている。

当然ながらろくな仕事はない。この部署に飛ばされてからというもの、今道はすっかりドトールコーヒーの常連客となってしまった。

店内は手前が禁煙スペースで、奥に喫煙スペースが仕切られている。

いつものブレンドコーヒーを手に、今道はすこし迷った。そして結局、禁煙スペースに腰を下ろした。

ガラス越しに外を眺めつつ、コーヒーをちびちび啜る。

まだ梅雨入りもしていないのに、三日も雨がつづいていた。しっとりと濡れそぼった街並みは、いちめんグレイに沈んで映る。行きかうビニール傘の無機質さが、雨の街をいっそう味気なく見せている。

「あれミチさん、なんで禁煙席《こっち》にいるんです」

頭上から声が降ってくる。

顔も上げずに今道は「おまえこそ」と応じた。

見ずとも声の主が誰かはわかっている。いかにも体育会系らしい野太い大声だ。捜査一課の伊野田であった。

「しょうがないでしょ。いまの彼女から『禁煙しなきゃ別れる!』と脅されてましてね。で、ミチさんは?」

「まあ似たような——いや待て、違う。おれは別れるとは言われてないぞ」

隣に座る伊野田に、今道は慌てて手を振った。

「ただ『ひかえろ』と女房に釘を刺されただけだ。離婚ともなんとも言われてない。おれは違うぞ。おまえと一緒にしてくれるな」

「なにを一人であたふたしてるんです」

呆れ声を出して、伊野田はアイス宇治抹茶ラテにストローを挿した。

「今道家の夫婦事情なんか興味ないですよ。それより例のアーメン学校、どうでした? 今年も行ったんでしょ。マル害の娘に会えました?」

「ああ……いや」

今道はかぶりを振った。

「寮に閉じこもっちまってるそうで、駄目だったよ。先生たちもだいぶナーバスになってたな。まあ無理もないさ。十四年前と今回と、こうも不運がつづきゃあ評判にかかわる。私立のお坊ちゃま学校にとって、悪評はストレートに死活問題だ」

「十四年前か。おれはまだ大学にいた頃だなあ」

伊野田が抹茶ラテにガムシロップを追加して、

「その先生殺しが、噂のアレですよね。当時まだ警視だった総務部長が、初の主任官任命に気張りすぎての大黒星ってやつ。はは。県警《うち》じゃいまだに口外禁止扱いの、ヴォルデモート並みに名を呼べない案件」

早口でまくしたて、一人で笑う。

「吸えないからって、そうイラつくな伊野田」

今道はやんわり諫《いさ》めた。

「事件が解決しなかったのは、べつに主任官だけのせいじゃないさ。……それはそうと、現行の捜本《ソウホン》はどうなんだ。うまく運んでるか」

まわりに客がいないのを確認し、小声で切りだす。

「いまのとこ問題はないですね。楽勝ってほどじゃあないが、行き詰まる気配もありません。指紋、掌紋、唾液のDNA型を押さえてますし、複数の防カメがマル対をとらえてる。逮捕は時間の問題でしょうよ」

「唾液ってのは、例のプリン容器からか」

「ええ。ゴミ箱から採取したプラ製スプーンその他からもです。ふざけた野郎ですよ。右手人差し指の指紋《モン》がテレビのリモコンから出たんで、点けてみたらチャンネルはＮＨＫの教育テレビに合っていた。マル害の死亡推定時刻と防カメ映像の時刻から鑑みて、どうもやつは『まいにちホビー』とかいう幼児向けの工作番組を鑑賞したらしい。……こんなの、想像できますか？」

憤然と伊野田が言う。

「やつは自分が解体した死体の横で、プリンを食いながら工作番組を楽しんだんですよ。ちなみにその日の放送は『折り紙』だったそうです。どこをどう斟酌《しんしゃく》したって、まともな神経じゃあない。いかれてますよ」

「かもな」

今道は短くいなした。

「防カメの画像は、科捜研が分析中か」

「ほぼ終わってます。マンション出入り口のカメラに、自転車で来たマル対と、出ていくマル対が写っていました。サングラス、マスク、帽子着用。科捜研が三次元顔認証でビッグデータと照合しましたが、ヒットなし。指紋も同様にヒットなし。つまり前科はない模様です。生意気にも商店街を避けて帰ったあたり、防カメを意識する程度の知恵はあるようですね」

てわけか。妙なやつだ」
「指紋《モン》を残す無防備さと、ちぐはぐだな。指紋掌紋は知られても、家《ヤサ》は知られたくないっ
「まあ押し入った形跡がないので、顔見知りなことはほぼ確定です。あとは定石どおり、
地道に関係者を洗っていけばいずれ捕まるでしょう。身柄を確保しちまえば、指紋照合し
て一発だ」
「半端な小細工は、すこしでも逮捕を遅らせたいからか？　やけくそなのか冷静なのか、
よくわからんな」
「あ、そういや科捜研が、ご丁寧に犯人のプロファイルも作成してくれましたよ。一応ス
マホに保存してますが、どうします？」
「見る」
今道は即答した。
伊野田の言う〝保存〟は録音ではなく、捜査会議で配られた資料をスマートフォンで撮
った画像だった。今道は内ポケットから老眼用の眼鏡を取りだし、液晶に目をすがめた。
『上和西区マンション女性殺人事件・犯人のプロファイル。
殺害現場には混乱が見られるものの、計画性があり、被害者も気まぐれに選ばれたとは
思えない。強く抵抗した様子がなく、おそらく顔見知り同士。

防犯カメラの映像によれば中肉中背。サングラスとマスクで顔は見えないが、服装や動作からして老人ではあり得ない。二十代から三十代後半。

学生時代の評価は〝目立たない、おとなしい〟人物。十代の頃から妄想癖があり、空想を犯行に移したと見られる。犯行時にのみわれを忘れる陶酔型で、醒めれば切り替えが早い。

顔立ちは平凡か、やや小ぎれい。不潔だったり粗暴だったりと、女性に警戒されるタイプではない。

十中八九、一人暮らしの独身男性。交友関係はごく狭いか、友達がすくない。孤独を苦にしない。職業はフリーターなど、不定期で長つづきしない。

家庭環境は円満でなかった。母親の支配が強かったか、もしくは縁が薄かったかの両極端。マザコンの気味がある』

今道は読み終えて、

「マザコンねえ。まあ仮にやつが二十歳だとしたら、四十一歳のマル害は母親くらいの年齢になるものな。性的暴行の痕跡は？」

と問うた。伊野田が答える。

「なにしろあの遺体ですからね。『断定は困難だが、おそらくなし』だそうです。ひとまず精液は検出されませんでした。ただ内臓のいくつかと乳房から、唾液が採取できています。舐めたかしゃぶったかしたんでしょう」

「ママのおっぱいをしゃぶったか。なるほど、マザコン野郎らしい。内臓もってのは、ちょっとばかり特殊だが……」

腕組みする今道に、

「いや、おっぱい云々だけじゃないようですよ」

と伊野田が首を振る。

「これは科捜研の職員に直に聞いたんですが、やつが腹を裂いて取りだした内臓とたわむれたのは、〝母胎回帰願望のあらわれ〟と仮定できるそうです。もう一回ママの胎内に戻って守られたい、心から安心して甘えたいという願望が、ああいうかたちを取ったんだとか……。おれには理解できん心理ですがね。あ、それからもうひとつ」

「なんだ？」

「あくまでプロファイルに過ぎませんが、『はじめての犯行でない可能性が大』とのことでした。慌てた様子がなく、解体作業も巧くはないが手慣れている。さらに計画性があることからして、無秩序型ではあり得ない。なのに犯行のあと、テレビを観ながらプリンを食べるほどの図太さを見せた。――どう考えても、ルーティンの疑いが濃いらしい。野郎、すでに二、三人殺《バラ》してるかもしれません」

7

職員用の出入り口で、十和子はパンプスを上靴に履きかえた。

壁の時計を見上げた。午後五時四十二分。

身をかがめたせいで頬にかかった髪を払う。ただでさえ長雨で、ひどい湿気だ。おまけに冷や汗をかいてしまったから肌がべとつく。ハーフアップにしていても、耐えがたいほど鬱陶しい。

――そろそろ髪を切りたい。

でも美容院なんて、とうぶん無理だろう。やるべきことと、考えるべきことが多すぎる。連日遅くまで帰れないし、土日に出かける気力も残っていそうにない。

冷や汗をかいたのは、警察の取り調べを受けたせいであった。

正確には受けたのは市川樹里で、十和子は担任として付き添っただけだ。それでも緊張し、掌と頭皮とうなじにじっとり汗をかいた。やたらと捜査員に突っかかる杵鞭の態度にも、冷や冷やさせられた。

聖ヨアキム学院を訪れた捜査員は、ドラマでよく観るとおり二人一組であった。渡された名刺を、十和子はまず確認した。

いかにもベテランらしい年配の男は所轄署で、もう一方の大柄な若い男は県警の捜査員らしい。質問はベテランが主導でおこなった。若いほうは後ろでむっつりと立ち、合間にぽつぽつ質問を挟むだけだった。

ひさしぶりに保健室登校した市川樹里は、いっそう痩せていた。

眠れていないのか、顔が土気いろだ。自分で引っかいたらしい長い傷が、腕にいくすじもかさぶたを残していた。

「市川樹里さん。きみは何年前から、この寮にいるのかな?」

「……一年以上前。中学に入ったときから、ここにいる」

「きみのお母さんは上和西区のマンションに住んでいた。ここまではバスで三十分足らずだ。毎日通えない距離とは思えないが、どうして寮に入ったの?」

「知らない。申しこんだの、おれじゃねえし。入れたってことは、学校がいいって言ったんだろ。おれのせいじゃねえ」

「刑事さん、その質問は事件に関係あるんですか?」杵鞭が苛々とさえぎった。「関係ないなら、生徒のプライバシーにかかわる質問はひかえてください」

だが捜査員は杵鞭を無視して、

「べつにきみが悪いとは言ってないさ」

と樹里に微笑んだ。

「お母さんとは、どれくらいの間隔で会っていた？　土日は家に帰っていたのかな」

「帰んねえよ。帰ったって居場所ねえし。あいつも迎えに来たりしねえし」

「じゃあ最後に帰ったのはいつ？」

「……正月は、帰った。寮って正月はみんないなくなるし、メシも出ないから。ゴールデンウィークは、帰んなかった」

「じゃあマンションに帰ったのは五箇月も前か。それ以後、お母さんに会った？」

「会ってない」

「電話やメールは？」

「ない。おれスマホ持ってねえもん」

「寮に固定電話は？」

「あるけど、管理人さんに取り次いでもらわなきゃいけないし。あいつがそんな、めんどくせえことしたがると思う？」

「いや、しかしそこをだね……」

捜査員が口をひらきかけた。ふたたび杵鞭が割って入る。

「刑事さん、いったいなにを訊きたいんです。さっきからどうでもいい質問ばかりじゃないですか。こっちだって暇じゃないんですよ。いい加減に――……」

終始、こんな調子だった。

樹里はひたすら不愛想に「知らない」「わかんねえ」「会ってねえし、関係ねえ」と繰りかえした。その横で杵鞭は絶えず膝を揺すり、捜査員たちを睨《にら》みつけては「早く済ませてください」「警察に、教育機関の内情に立ち入る権利はないんですよ」と連呼した。十和子が口を挟む隙はほとんどなかった。

――疲れた。

廊下を歩きながら、ため息をつく。

いや、わたしが疲れたなんて言っちゃいけない。わかっている。一番つらいのは樹里だ。生徒がつらい思いをしているとき、教師が弱音を吐くなんてもってのほかだ。

――でも、心中でつぶやくくらいは許してほしい。

あたりに人気《ひとけ》がないことを確認してから、ゆっくり階段をのぼる。静まりかえった教室を通り過ぎ、角を曲がる。

渡り廊下は、生臭い雨の匂いに満ちていた。十和子は思わず眉をひそめた。カーテンが風になびいている。湿っぽい匂いは、ひらいた窓から風雨が吹きこんでいるせいだ。

また、志渡神父だった。

廊下なかばの窓を一枚開け、階下を見下ろしている。聖衣が濡れるのも気づかないふうだ。身動きもせず、一点を凝視していた。

おそるおそる、十和子は声をかけた。

「あの……、神父さま？」

びくり、と志渡神父の肩が跳ねる。

「ああ――、か、鹿原先生」

振りかえったその顔は、あきらかに狼狽していた。

「どうしたんですか。こんな日に窓を開けていたら濡れますよ？」

「は、いや、そうですね。ありがとう。なんだか、ついぼうっとしてしまって」

取りつくろうように言い、窓を閉める。しかしカーテンを挟んでしまった。慌てて神父は、もう一度サッシを開けて閉めなおした。

「ごきげんよう」

「ええ、ごきげんよう」

十和子は神父に会釈して通り過ぎた。歩きながら、ちらりと窓の外を見下ろす。

悪天候ゆえ、校庭に生徒はいない。しかし屋根付きの水飲み場に、数人の女子生徒が固まっていた。創作ダンス部の部員たちだ。

全員がひっつめ髪で、腰にサッシュを巻いたレオタード姿である。創作ダンスというより、モダンバレエのスタイルだ。

自分がバレエを習っていた頃を思いだし、十和子は頬をゆるめた。二十年以上の時を経ても、この手のスタイルは変わらないものらしい――。

しかし職員室に一歩入った瞬間、その笑みは消えた。

まず目に入ったのは、六月だというのに厚ぼったいカーディガンをまとう小柄な背中だった。

男性と見まがうほどざっくり切った髪。膝に載せた手製の布バッグ。この角度からわずかに見える頰には、まったく化粧気がない。

PTA副会長の、月村《つきむら》であった。

「鹿原先生」

あからさまに教頭がほっとする。灰田事務長が唇をかすかに曲げる。

事務員の浜本夕希はうんざり顔を隠さず、美術の森宮は同情の目つきで彼女を見やる。

「月村さんがお見えですよ。さ、早くこちらへ」

いそいそと手まねく教頭は、やけに嬉しそうだ。

やっと生贄《いけにえ》が帰ってきた、と言いたげな態度であった。十和子が近づくのを待たず、きびすを返して早足で退散していく。

「月村さん。お待たせしたようですみません」

瞬時によそいきの表情を張りつけ、十和子は深く頭を下げた。

「今日は、どのようなご用件でしょう？」

われながら白々しい。

月村の用件などわかっている。「早く市川樹里を退学にしろ、追い出せ」と今日もせっつきに来たのだ。

予想どおり、月村は会釈を返さなかった。眉ひとつ動かさない。

夕希の情報によれば、月村副会長は生粋のクリスチャンであるという。その経歴に恥じず、彼女は謹厳《きんげん》だった。つつましく奉仕的で、教育熱心で、なにより市川樹里を嫌っていた。

正確に言えば、「樹里がクラスに悪影響をもたらすだろう」と想像したすべてを忌み嫌っていた。たとえば樹里の言葉づかい。樹里の態度。樹里の自傷癖。樹里の摂食障害、その他もろもろ。

――なぜ月村副会長の娘と樹里を、今年も同じクラスにしたんだろう。

十和子は内心で愚痴る。

樹里が前年度の三学期から保健室登校になったのは、月村副会長に追いこまれたせいらしい。なのになぜ、彼女の娘と樹里を今年も同じクラスに割りふったのか。気が知れなかった。

座ったまま月村は「ふん」と鼻を鳴らし、

「聞きましたよ、警察が来てたんですって？　なんとまあ、恥さらしな。十四年前のあれもひどかったけれど、今回の事件は別格です。テレビで観ましたよ、行きずりの犯行ではあり得ないんでしょう？　ということは、間違いなく痴情のもつれじゃないですか。ふだんからの不品行が招いた結果ですよ。だから去年のうちに、あの子を退学にしておくべきだったのに……。わたしの助言を聞かないから、校名が泥をかぶる羽目になるんです」

高らかに、そう彼女は言った。

それから小一時間、十和子は首を縮めて月村のご高説を聞くほかなかった。

正直言って、十和子が彼女の抗議を聞く意味はない。樹里を放校するか否か、決める権限は十和子にないのだ。できることといえば、ひたすら苦情を聞き、頭を下げるのみである。

それでも当面は、彼女が矢面に立たねばならなかった。

市川樹里が在籍する二年C組の担任は十和子だ。そして月村の娘は、同じC組で学級委員長をつとめている。権限はなくとも、対応は担任の役目であった。

「やっぱり、赴任して一年目の先生が担任じゃあね。頼りないですよ」

月村が鼻息も荒く言う。

「はい。ご心配をおかけしてすみません」

十和子は頭を下げた。機械的に聞こえようと、保護者の気が鎮まるまで平身低頭するのがクレーム対応の定石だ。私立学校ならば、なおさらである。

「一刻も早く全校生徒と、保護者のみなさまに安心していただけるよう、当校としては誠意をもって……」

「だいたいねえ、ゲンがよくないですよ」

月村がさえぎった。

「鹿原先生、前の学校でも問題を起こしてらっしゃるんでしょ？」

「――……」

思わず、十和子は言葉を失った。

月村がつづける。

「確かそのときも、二年生の担任だったとか。一介の教師がたてつづけに刑事事件に遭遇するって、普通そんなことあり得ます？　わたし鹿原先生が、この学校に〝魔〟を運んできたとしか思えませんわ」

十和子の頬が強張る。さすがにここは謝罪できない。反論すべきだ。

そう思うのに、声が出てこない。喉の奥で凝って固まっている。指さきが、ひとりでに震えだす。

「まあ若い方は、どうせ非科学的だのなんだのとおっしゃるでしょうけどね。神を信じる身として、同様にわたしは魔の存在も信じております。ええ、鹿原先生が悪くなかったことは知ってますよ。わたし、ボランティアで顔が広いものですから、七星《ななほし》中学にも知人が何人かいるんです。市内では、けっこうな騒ぎになりましたしね」

月村の声が遠い。耳を素通りしていく。

聞こえているのに、ほとんど理解できない。できないのに、なぜか言葉の棘は的確に胸を刺し貫く。

「鹿原先生は完全な被害者ですよね。ええ、存じています。でも、まるきり落ち度がないとは言えませんわよね。教師としての指導力不足は否めませんわ。鹿原先生が担任教師の自覚を持ち、生徒の思考と行動を逐一把握してさえいればよかったんです。それができていれば、あんなことには――……」

職員室の引き戸が開いた。

入ってきたのは杵鞭だった。はっとして、十和子は彼を見つめた。

われながら、すがるような視線だった。

　杵鞭は学年主任だ。月村を、制してほしいとまでは思わない。だがいまだけでいい、割って入ってくれまいか、と願った。せめて十和子が体勢を立てなおせるまでの、助け船の一言がほしかった。

しかし、無駄だった。

杵鞭はちらりと十和子を一瞥《いちべつ》しただけで、まっすぐ校長室へ向かってしまった。

きっと樹里が受けた事情聴取について、校長に報告するのだろう。

確かに大事な役目だ。だが「目配りする」「生徒だけでなく、教師を守ることも学年主任のつとめ」とあんなに自信たっぷりに言ったではないか。

それに「市川はわたしの受けもち生徒でした」と言い張って、樹里を十和子に任せないのは杵鞭自身だというのに。

——クレームだけは、わたし一人に押しつけるのね。

湧いてきた恨みがましい言葉に、はっと十和子は息を呑んだ。

いけない、と唇を嚙む。子供じゃあるまいし、なにを考えてるの、と自分を叱咤《しった》する。

勝手に助け船を期待して、勝手に腹を立てるなんて馬鹿げてる。いい歳をして、上司に守ってもらいたいと思うなんて。

——やっぱりわたし、情緒不安定なんだ。

復帰は早すぎたのかもしれない。自信が音をたてて崩れていくのがわかる。まざまざと自覚する。

わたしは弱い。弱くなった。立ちなおったつもりが、そうじゃなかった。やはり駄目だったんだ。いまのわたしに生徒を指導し、教鞭を執る力なんてなかった——。

「誤解しないでください。わたしはべつに、鹿原先生を責めてるわけじゃありませんよ。ただ子供たちが心配なだけ。こんな恐ろしい事件が二度も起こって、子供たちがどれほど傷ついたと思います? 大規模なカウンセリングだって必要ですよ。でもまずはね、元凶を取り除くことからはじめないと……」

つばを飛ばして語る月村が、遠くに感じられた。

8

やっと帰宅できたとき、十和子は芯から疲れきっていた。

疲労困憊《こんぱい》とはこのことだ。このままベッドに倒れこみたい。着替えも食事も、メイク落としもしたくない。気力ゼロだ。これ以上、指一本動かしたくない。

しかし結局は、義務感が疲労をうわまわった。

着替えなくちゃスーツが皺になる。メイクを落とさずシャワーも浴びずベッドに飛びこんだら、シーツも枕カバーも汚れてしまう。それに夕食を抜いたら、また〝内なる母の声〟がうるさい。

――考えてもみて、十和子。

――生徒が待ってる。あなた一人の体じゃないの。

重い体を引きずって、十和子は脱いだスーツをハンガーにかけた。

さすがに浴槽にお湯を溜める余裕はない。シャワーを浴び、メイク落としのオイルとともにシャンプーを洗い流した。

――食欲はない。でも、食べないと。

冷蔵庫を開けた。ラップに包んだ冷やごはんと、同じく冷えた麦茶のボトルを取りだす。ごはんはレンジにかけず、茶碗にそのままあけた。

冷やごはんに、種を除いた梅干を載せる。さらにたっぷりのかつお節と刻み海苔をかけ、麦茶をかけまわす。

夏バテのときでも、ざくざく掻《か》きこめる冷やし茶漬けである。

夫の茂樹に出すときは、大葉だの茗荷《みょうが》だのと薬味を工夫し、ただのお茶でなく出汁をかけた。でも自分一人で食べるなら、これで充分だ。

お茶漬けのみを載せたお盆を持ち、リヴィングに戻る。

テレビを点けたが、騒がしいのがいやですぐ消した。スマートフォンをテーブルに置く。LINEを確認しながら、お茶漬けを流しこむ。

──茂樹はこの家に、二度と帰ってこないだろう。

だったら彼が嫌いだったインスタントの顆粒出汁や、市販の麺つゆを買ってもいいかな、とぼんやり考えた。

しばらく早い帰宅は無理だろう。となると夕飯が面倒だ。たまにならコンビニ弁当もいいが、毎日はさすがに飽きる。

麺つゆがあれば野菜炒めや玉子丼がさっと作れるし、顆粒出汁があれば味噌汁だって楽にできる。実母は合理主義でうま味調味料に寛大だから、〝内なる母の声〟だってうるさくは言わないはずだ。

十和子は左手でスマートフォンをタップし、SNSに繋いだ。

戸川拓朗から、ダイレクトメッセージが届いていた。

十和子が昨日送った質問に、返事をしてくれたのだろう。ひらいてみる。

長文の返事だった。食べ終えてから読もうと決め、先に彼のSNSに寄せられたメッセージや、リプライの数かずに目を通す。

戸川拓朗のもとにはここ数日、匿名の少年少女から恋愛や性衝動に関する質問が寄せられていた。

拓朗の発言がすこしばかり「バズった」せいである。彼はいま高視聴率を獲っているドラマの内容に触れながら、

「こういった〝恋にすべてを捧げる〟ドラマはいつの世も受ける。当然だ。ドラマに起伏が生まれるし、展開が激しやすい。しかしその一方で、ぼくは警鐘を鳴らしておきたい。このドラマが面白いからといって、〝恋にすべてを捧げられない人〟を否定してはならないと。感性や価値観は人それぞれだ。このドラマのように生きねばならないと思いこんだり、他人に押しつけるのはいけない。人は恋のみに生きるにあらず。二十世紀から連綿と

つづく恋愛至上主義は、人間を必ずしも幸福にしていない」

と発信した。

拓朗はドラマのファンから「わかってない」「逆張りの売名だ」「人の楽しみに水を差して嬉しいですか?」と猛烈に叩かれた。と同時に、

「ぼくも恋愛に興味薄いです。大人がわかってくれて嬉しい」

「あのドラマにハマれなくて、友達と話が合わずに困ってました。そうですよね、感性は人それぞれですよね」

「恋愛至上主義の世の中にはうんざりです」

との賛同も多く集まった。

十和子が見る限り、否が七割、賛が三割といったところであった。

しかし二日も経つと、〝否〟のリプライは飽きたのか消えていった。一方〝賛〟はフォロワーとして定着し、その多くが拓朗とやりとりをつづけた。

彼らの会話は十和子の目を奪い、釘づけにした。

「生まれてから一度も、人を好きになれない自分は変ですか?」

「高校三年生なのに、初恋がまだなんです」

「まわりのように彼女がほしい、セックスしたいと切実に思えません。ぼくはどこかおか

しいんでしょうか。だったらどの病院に行くべきか、教えてください」

そのひとつひとつに、拓朗はていねいに返信していた。けっして「成長が平均よりやや遅いだけだ」「そのうち運命の人に出会えるよ」などとは言わず、

「きみは異常じゃない」

「感情の強弱と、性的指向は人それぞれ」

「若者は恋愛すべきという強迫観念は、社会やマスコミが植えつけたもの。人生に恋愛は必須ではない。無理をすることが一番よくない」

と真摯に説いた。

彼らとの会話は今日もつづいていた。そのやりとりに目を通してから、十和子はダイレクトメッセージを再度ひらいた。

「ICE《アイス》さん、こんばんは。学校でチェインメールが流行っているとのこと、心配ですね。では以下、質問にお答えします」

ICEとは十和子の匿名ハンドルネームである。

茂樹に「氷のようだ」と言われたことを思い、自虐的な気分で付けたものだ。拓朗にメッセージを送る前に変更すればよかった、と悔やんだが、いまさら詮ないことであった。

「該当のチェインメールは、いわゆる『橘《たちばな》あゆみ型』ですね。細部は違えど『あなたの

位置を把握できる立場にいる。メールを止めたら殺しに行く』と宣言するタイプとして同一です。この型は、二〇〇〇年前後からインターネットを中心に膾炙《かいしゃ》した迷惑メールとして、もっともポピュラーなもので……」

都市伝説に関する著作を出しているだけあって、さすがにくわしい。十和子は箸を置き、からの茶碗に掌を合わせてから、スマートフォンを手に取った。

「チェインメールの元祖は、北魏の時代までさかのぼると言われています。日本では大正時代に『幸福の手紙』として、また昭和四十年代には正反対の『不幸の手紙』として大流行しました。

マスメディアの力を持たない一般人でも、見ず知らずの不特定多数の他人に情報を広められる手段として、ある意図のもと広まったと考えられます。一瞬で大量拡散できるインターネットを得た現代では不要なはずのものが、逆にそのツールを利用して再燃したというのは皮肉な話です。

チェインメールの目的としては、単なる愉快犯、自分の影響力と拡散力の確認、一体感への欲求、デマの拡散などが挙げられます。ICEさんの学校で今回流行ったメールは、概要を聞くに愉快犯とデマ拡散の複合型ではないでしょうか。ただし実際の事件を揶揄するなど、あきらかに悪意が濃く……」

読み終えて、十和子は礼のメッセージを打った。

「ありがとうございます。非常に勉強になりました」の定型文の下に、自分なりの意見と感想を五行ほど書きつらねる。

送信ボタンをタップしかけて、しばし迷った。

悩んだ末、十和子は文面を追加することにした。

「戸川拓朗さま。覚えておられないかもしれませんが、わたしは先日、聖ヨアキム学院でお会いした鹿原という者です。このたびていねいなお返事をいただいたことで、やはりご挨拶だけでもと思いなおし、名乗ることにいたしました。先に名乗らなかった無礼をお許しください。ご返信ありがとうございました。失礼いたします」

送る直前、ふたたび悩んだ。

だが覚悟を決めて送信した。

立ちあがり、茶碗を洗う。水切り籠に立てかけてリヴィングに戻る。スマートフォンはすでにスリープ状態になっていた。通勤用のバッグにしまう。

あとも見ず、十和子は寝室へ向かった。

拓朗の返信に気づいたのは、翌朝、出勤する寸前だ。

「もちろん覚えています。鹿原十和子先生ですね」

とメッセージははじまり、〝ICE〟の正体が十和子と知って驚いたこと、むろん怒ってなどいないこと、今後とも交流していきたいこと、とつづいていく。

——社交辞令よね。でも、よかった。

十和子は安堵した。

今後も、彼のもとに集まる少年少女を見守っていきたい。

公開アカウントだから閲覧は自由とわかっているが、こそこそした気分で覗き見るのはいやだった。それにアセクシュアルについても、いつか拓朗と語りあってみたい。

——もちろん、もっと長く交流してからでないと無理でしょうけど。

しかし一番下までスクロールして、十和子の指は止まった。

拓朗の文章は、こう締めくくられていた。

「ぶしつけは承知ですが、一度、直接会ってお話しできませんか。もちろん夜間ではなく、昼間にです。チェインメールについて、ネット越しではどうしても説明不足でした。ぜひお茶などご馳走させてください。ご一考いただければさいわいです」

第三章

1

がこん、と音がして、いちごオレのパックが落ちてくる。

自動販売機に背をかがめて、十和子はピンクの紙パックを取りだした。甘い飲みものを買うのは何年ぶりだろう。いまはとにかく、脳に糖分がほしかった。

聖ヨアキム学院の構内に、自動販売機は三つある。ひとつは玄関口に、ひとつは売店の横に、そして最後のひとつは北校舎のはずれに。

十和子はいま〝最後のひとつ〟の販売機前にいた。

授業中ゆえ、人気《ひとけ》はない。音楽室の方角からかすかにピアノの音が聞こえてくる。イントロのあとに、あまり上手くない合唱がつづく。

――わたしらしくないことをしている。

十和子は眉間に皺を寄せた。いちごオレのことではない。最近の自分の行動への述懐だ。夫の茂樹とは、まったく話し合いできていなかった。

離婚するとしても対話は必要だ。夫婦共有の貯金はどうするか、マンションを引きはらうか、それともどちらかが住みつづけるか、手続きは誰がやるか――。片付けるべきことは、山ほどある。

なのに茂樹は十和子の電話に出ようとしない。メールもＬＩＮＥも無視である。これでは離婚話を進めようにも、前にも後にも立ちいかない。

――でも、もとはといえば悪いのはわたしだ。

アセクシュアルであることに目をつぶり、ひた隠して結婚したわたしのほうだ。だから彼を強く責められない。おまけにこんな状況なのに、わたしは夫以外の男性と会っている。

相手は、戸川拓朗だった。

と言っても不倫だの色恋だの、艶っぽい話にはほど遠い。先々週は駅前のスターバックスで、先週はファミリーレストランで会って話した。平日の昼間だったため、ほんの小一時間だ。

一度目はチェインメールについて意見をもらった。二度目のときは、厳罰化する一方の校則を二人で憂いた。

驚くほど話は弾んだ。しかし別れの時間ともなると、お互いあっさり腰を上げた。思わせぶりな台詞や、意味ありげな視線は皆無だった。成人男性と話して、こんなに気楽だったのははじめてだ。そのせいだろうか、今週も会う約束をしてしまった。

――母が知ったら、どう思うだろう。

十和子は自販機と並ぶベンチに腰かけ、いちごオレにストローを挿した。ひとくち飲む。甘い。舌にもったりする甘さだ。

母がどう思うか、どう言うかなんて、悩むまでもない。

「考えてもみて。無分別だと思わない？」

「既婚女性なんだから、立場ってものをねえ」

「人さまが見たらどう思うか。考えてもみて」

間違いなく矢継ぎ早にそう言われ、ちくちくと責めたてられるだろう。

――母に、言えないことばかりが増えていく。

茂樹のこと。拓朗のこと。戸川更紗のこと。長年抱えている悩み。

そういえば、前の学校をなぜ辞めたかについても、母に百パーセントの真実は打ちあけていない。母が知っているのは十和子が流産したことと、その件で保護者と揉めたことだけだ。

辞めるときだって「休職でいいじゃない」「せっかくの公務員の座を」としつこく止められた。しかし十和子は振りきって退職した。

娘のはじめての反抗に、母は目を剝き、激怒し、ついには「勝手にしなさい！」とそっぽを向いた。

十和子は空を仰《あお》いだ。

数秒置いて、チャイムが鳴り響く。

いちごオレを飲みほし、彼女は立ちあがった。腕時計を見る。

十分の休み時間を挟んで、次はB組で四時限目の授業だ。いったん職員室へ戻って、教材を揃えなければならない。

早足で、十和子は回廊を抜けた。


職員室へ足を踏み入れた瞬間、ぎくりとした。

十和子の机に女子生徒がかがみこんでいる。椅子に掛けた、彼女の通勤用バッグを覗きこんでいるようだ。例の脅迫状が、素早く脳裏をよぎる。

――〝おまえをころす　ふつうの女のふりするな　これは天ばつ〟

そして同時に、一昨年に目にした文面も。

――〝こどもなんてつくるな〟

――〝おまえは、女じゃない〟

十和子はかぶりを振り、いやな記憶を追い落とした。目の前の光景に、あらためて目を凝らす。

誤解だ、とはすぐにわかった。女子生徒が覗いているのはバッグの中ではない。身をかがめ、デスクマットに挟まれた時間割表を確認しているのだった。

聖ヨアキム学院には立派な職員用ロッカールームがある。なのに前の学校の癖で、十和子はつい机のまわりに私物を置いてしまう。

そのせいで脅迫状の犯人を絞れなくなったのにね――。そう反省しつつ、

「月村さん」

女子生徒の背に、十和子は声をかけた。

「あっ、鹿原先生」

はにかんだ笑顔が振りかえる。

PTA副会長の三女かつ、二年C組の学級委員長だ。母親に似ず、おっとりした物腰の美少女である。小脇に、重そうな本を二冊も抱えている。

「どうしたの。わからないところでもあった？」

「あ、いえ。えーと、たいしたことじゃないんですけど……」

学級委員長は上目で十和子を見て、

「あの……母が、すみません」

小声で言った。

「学校に来て、騒いでいったんですよね。わたしそれ、昨日まで知らなくて。……でもわたしが頼んだわけじゃないっていうか、わたし自身は市川さんのこと、べつにどうとも思ってないんです。例のチェインメールだって、まわさずに止めたし……。母がうるさくして、ほんとすみません」

「そんな。月村さんが謝ることじゃ」

十和子は手を振った。

「それに、お母さまが心配なさるのは無理ないわ。大きな事件のすぐあとだから、みんな動揺して当たりまえ。二、三箇月の間を置いて、また話し合いの席をもうける予定だから、そのときはお互い冷静に話せるでしょう」

言いながら、無意識に距離をはかる。

この学級委員長に悪感情があるわけではない。だが生徒にそばに立たれるのは、正直言ってまだ怖かった。とくにななめ後ろや、背後に立たれるのは。

「それより、チェインメールって月村さんのところにも届いたの？」

十和子は水を向けた。

「はい。同じ部活の子から、いつも適当にまわされてくる感じ」

「ええと……いつもということは、二回とも来たってこと？」

そう尋ねた十和子の頭には、夕希から届いたメールの一節が浮かんでいた。

――チェインメールの件です。美術部の生徒が顧問の森宮先生に〝こんなのが送られてきた。以前流行ったものの改変だと思うが、ひどい内容だ〟と相談……。

改変というからには、原型もあったのだろう。そのときは気にかかったが、日々に忙殺されていつのまにか忘れ去っていた。

月村委員長がうなずく。

「はい、二回来ました。でも両方とも止めましたよ。わたし、ああいうの嫌いなんです。市川さんのお母さんが殺される前に流行ってたほうも、いやな感じでした」

と産毛の光る頬を歪める。

「そのメール、まだ残ってるかしら」

十和子は言った。

「二度目に流行ったメールは見たんだけど、最初のほうはまだなの。担任として把握しておきたいから、もし残ってたら見せてもらえない？」

「うーん、どうだろ。まだスマホのゴミ箱に残ってる……かな」

　委員長は眉根を寄せた。

「もし残っていたら、わたしのＬＩＮＥに転送して。無理しなくていいわ。あったら、でいいからね」

「わかりました」

　真剣な顔で月村委員長は請け合った。

　連絡網はもともとＬＩＮＥなので、あらためてＩＤを教える必要はない。いまやデジタル環境なしでは、教師さえつとまらない時代である。

「あら、それって卒業アルバム？」

　十和子は目をとめた。

　月村委員長が小脇に抱えた上製本である。背表紙に金箔押しのタイトル入りで、カバー付き。そして同じく箔押しで印刷された聖ヨアキム学院の校章。この豪華な造りは、間違いなく卒業アルバムだ。

「あ、はい。図書室の閉架から借りました。これから返しに行くとこです」

　と委員長は肩を揺すった。

「社会科の自由研究で『家族の肖像』っていうの、やろうと思って。兄さんたちが実家に置いてってくれなかったから、そのぶんを貸してもらいました」

彼女がそこで声を低め、ささやく。

「……ここだけの話ですけど、姉が同じテーマで提出したら、めっちゃいい点もらえたらしいんです。だからわたしも真似しようと思って。うちは母も姉も兄たちも卒業生だから、こういうの受けがいいんですよ」

思わず十和子は笑ってしまった。

「正直でよろしい」と親指を立ててから、その掌を差しだす。

「貸して。いまから図書室に行くんじゃ、四時限目に間に合わないでしょう。代わりにわたしが返しておく」

「え、いいんですか？　すみません」

「いいの。その代わりさっきのチェインメール、探しておいてね」

「了解です」

委員長が、にっと笑って親指を立てかえす。

――そうか。閉架に歴代の卒アルがあるんだ。

二冊のアルバムを受けとりながら、十和子は内心でひとりごちた。

ならば事件当時のアルバムもあるに違いない。更紗が殺された年の職員名簿はすでに目を通したが、アルバムでも確認しておきたい。

出ていく月村委員長を見送る。それを待っていたように、

「鹿原先生ー。今日お弁当ですか？　よかったら一緒にお昼……」

と浜本夕希から声がかかった。

ロングホームルームを終え、十和子は卒業アルバムを抱えて図書室に向かった。

「こちら、二年C組の月村から返却です。よろしければ、わたしが閉架に戻してきましょうか」

そう申し出ると、司書はすんなり閉架の鍵を貸してくれた。

「卒業アルバムって、よく借りられるものなんですか？」

司書に問う。

「そうでもないですね。いま貸し出しているのは月村さんにだけです。では先生、ごきげんよう」

「ごきげんよう」

笑顔で会釈し、十和子は図書室を出た。

閉架は一階上の、パーティションで区切られた『一般生徒立入禁止』区域にある。

鍵を開け、重い扉を押しひらいた。薄暗い。すべての窓のブラインドが下ろされている。ひんやりと静かで、埃っぽく、黴《かび》くさい古紙の匂いに満ちている。

ひとつひとつの棚を確認しながら、ジグザグに歩いた。

卒業アルバムの棚は、奥から二番目にあった。背表紙の年度を確認する。新しい年度から、順に目で追っていく。

――ない。

目当てのアルバムがなかった。更紗が最後に受けもったクラスが卒業した年、つまり二〇〇六年度のアルバムがだ。

ついさっき「いま貸し出しているのは月村さんにだけ」と言われたところなのに、と十和子はいぶかった。それとも貸し出しでなく、誰かがこっそり閲覧中なのか。

――だとしたら、誰が？

聖ヨアキム学院中等部は、二年次から三年次へ進級する際、クラス替えをしない。したがって戸川更紗が副担任をつとめた二年B組は、そのまま三年B組に繰りあがったはずだ。

十和子は手を伸ばし、二〇〇五年度のアルバムを抜いた。

ぱらぱらとめくる。

職員の全体写真に、戸川更紗が写っていた。グレイのスーツ姿で背すじを伸ばし、カメラをまっすぐ見つめている。わずか数箇月後に命を落とすとは思えぬ、澄みきった瞳だ。

真ん中に当時の校長。その横に、まだ教頭だった頃の現校長が座っている。杵鞭主任がおり、灰田事務長がおり、志渡神父がいる。

ページをさらにめくると、思いがけない顔があった。委員長の母親こと、PTA副会長の月村である。いや、この頃は会長をつとめていたらしい。

資料によれば、月村家は三十一歳を頭に五人の子供がいる。とはいえ中絶を禁ずるカトリックに、子だくさん家庭はめずらしくない。年齢からいっても不自然ではないな、と十和子は納得した。

次に二〇〇七年度のアルバムを抜き、めくる。

更紗は写っていない。当然だ。教師の顔ぶれは、二年前とほぼ変わっていなかった。

十和子はページを繰りつづけた。組ごとのページに切り替わる。生徒の個人写真が並ぶページだ。A組、B組、C組……。

ふと、手が止まった。

一人の生徒に目が吸い寄せられる。

十和子は急いで下欄を指でなぞり、生徒の名前を確認した。

――浜本夕希。

十二年前の、まだ十五歳の夕希だった。少女はカメラを睨むようにして、上目づかいの無表情で写っていた。

2

八木沼武史は、市川美寿々を殺した。

そして完全に冷えきってしまうまで、彼女のはらわたを堪能した。

一段落したところで空腹を覚えた。そういえば午前十時ごろに、コンビニのおにぎりをふたつ食べたきりだ。

裸のままキッチンへ向かう。冷蔵庫を開ける。予想どおり、ろくなものが入っていなかった。

チューハイの缶が六本。チューブ入りのわさびや辛子。マヨネーズ。開封済みのチーズ。プリンとプラ製スプーン。烏賊《いか》の塩辛。高価そうな箱入りのチョコレート。ジャムの壜。奥のほうでは、いつ買ったとも知れぬ福神漬けが黴を生やしていた。

炊飯器はからっぽだった。そもそも米を買っているかもあやしい。カップラーメンでもないかと抽斗に手を伸ばしかけ、やめる。

目の端で、時計の文字盤をとらえたからだった。

——いけない。『まいにちホビー』の時間じゃないか。

八木沼はプリンを掴んだ。

急いでテレビの前に走り、リモコンで電源を入れる。さいわい、オープニングが終わったばかりだった。ほっと胸を撫でおろし、血まみれのままソファに腰かける。

この『まいにちホビー』鑑賞は、彼の二十年来の日課だった。

八木沼は決まった習慣を崩すのが嫌いだ。朝はだいたい同じ時刻に起きるし、昼も夜も食べ慣れたものしか口に入れない。『新製品』や『新番組』の惹句を喜ぶやつらの気が知れなかった。人間には、安心できるパターンが必要なのだ。

今週の『まいにちホビー』は、折り紙特集である。はきはきしゃべる爽やかなお姉さんが、歌に合わせてフクロウの折りかたを教えてくれる。

画面を眺めながら、八木沼はプリンをぱくついた。

そう熱心に観るわけではない。画面のこちら側で、一緒に工作したこともない。肝心なのはそこではないからだ。大事なのは習慣を守ること、逸脱しないことだ。

プリンはカラメルが底に沈んだタイプではなかった。上に生クリームの層があり、彼好みの甘さで美味しかった。

部屋いっぱいに糞便の悪臭が漂っているが、とくに気にならない。嗅覚というのはあてにならない感覚で、あっという間に慣れて鈍る。それに八木沼は、生まれつき鼻炎気味であった。

ぼうっと番組を眺めつつ、彼はさっき見た冷蔵庫の中を思いだす。

ずらりと並んだ、ウォトカベースで度数の高い缶チューハイ。

――そういえばおれに缶チューハイの味を教えてくれたのも、みすずママだったっけなあ。

そうだ、はじめて口にしたのは中学生。場所は、美寿々の部屋だった。当時はべつのマンションだったが、似たような3LDKだったと思う。あのときの美寿々は、またもお腹が大きくなりかけていた。

――みすずママとはじめて出会ったのは〝あの家〟で、だ。

紫の神仙水。教祖気取りのいかれババア。行きたくなかったけれど、ママに無理やり連れて行かれてどうしようもなかった。

心はさらに、昔のママへ飛んでいく。あの当時、八木沼のママだった女。血のつながった実の母親に。

——おれの家は、変だった。

いまとなれば冷静にそう思える。たぶん
一般家庭とは違っていた。たぶん常識からして異なっていた。常識からして異なっていた。だが十三、四歳の八木沼には、それがわかっていなかった。

八木沼家は裕福だった。彼の父も、彼と同じく定職に就いていなかった。働く必要がなかったからだ。不動産が生む月々の収入だけで、家族を養っていくのに十二分な額だった。

彼がもの心ついたとき、八木沼家は父、母、父方祖母、そして八木沼武史の四人家族であった。

八木沼は実母を「ママ」、祖母を「お母さん」と呼んで育った。

そう呼ぶよう、祖母が命じたからだ。父のことは「お父さん」と呼んだ。

その呼称が象徴するように、家庭内で父と対になる存在は、いつでも母ではなく祖母だった。

父と色違いで揃いの食器を使うのも、表札や年賀状で父と名を並べるのも、父と同じ寝室で眠るのも祖母だった。

八木沼はといえば、小学六年生まで母と同じベッドで眠った。クイーンサイズのだだっ広いベッドだ。離れて寝るのは、母か彼が風邪で発熱したときだけだった。そういうときは、どちらかが客間で寝た。

子供の頃は、とくにおかしいと思っていなかった。

だって「お父さん」は、「お母さん」と寝てる。おれがママと寝るのも、それとおんなじだ。実の母子は一緒に寝るものなんだ、と。

しかし小学三、四年生あたりから「なんだか変だ」とおぼろげに感じはじめた。ドラマや漫画など、フィクションから知識を得たせいだ。テレビドラマじゃ、たいてい夫婦が一緒に寝ている。もしくは親子が川の字になって眠っている。

――なんでうちはそうじゃないんだろう。

なんでうちはアニメやドラマみたいに、「お父さん」のママを「おばあちゃん」と呼ばないんだろう。そういえば、ママのほうのパパとママのことは、おじいちゃん、おばあちゃんと呼んでいるじゃないか。どうして「お父さん」のママだけ、呼び名が変なんだろう。

だが八木沼は、その問いを口に出さなかった。理由はわからねど、訊いてはいけない質問だと心のどこかで察していた。

たぶんこれを訊いたら、「お母さん」がいやがる。「お母さん」が怒るようなこと、いやがることは、この家ではやっちゃいけないんだ――と。

八木沼の知る限り、父が母の寝室を訪ねたことはない。

両親が冗談を言いあったり、笑いあう姿を見た記憶もない。挨拶や会話さえ、ろくにない夫婦であった。

「ねえ武史ちゃん、兄弟がいたらいいわよね。下にもう一人、かわいい弟か妹がほしいでしょう?」

ある日、母にそう訊かれた。べつにほしくはなかったが、「うん」と答えた。母の望む答えだと、うっすら悟ったからだ。

「武史ちゃんは、弟か妹がほしいそうです」

その夜、食卓で母はそう言った。

数秒、テーブルには沈黙が落ちた。

ややあって、「必要ないわ」と答えたのは祖母だった。

「うちにはもう、こんな立派な跡取りがいるじゃない。必要ないわよ」

そう言って身をのりだし、向かいに座る八木沼の頭を撫でた。

母は口をひらきかけたが、

「もう一杯」

と父が、からのグラスを突きだしてさえぎった。意図的に発した声ではない。はなから母の声など、耳にも入れていない声音だった。

そしてグラスを受けとったのは、母ではなく祖母だった。

祖母が立ちあがったことで、強制的にその会話は終わった。あとには唇を嚙む母と、困惑する八木沼だけが残された。その後の食事の味は、まったく覚えていない。きっと砂を嚙むようだったろう。

それから何年も経って、八木沼は漫画で『おしとねすべり』という言葉を知った。

将軍の大奥に集められた女が老いるか、もしくは子を成したら将軍の褥《しとね》にはべるのをやめ、役目を引退することを指すらしい。

——ああ、ママはこれだったんだ。

そう悟った。

おれという子供ができたから、ママは『おしとねすべり』させられたんだ。お役御免と宣告されたんだ。もちろんそれを決めたのは「お母さん」だ。そして「お父さん」と寝る権利は、また「お母さん」こと祖母に戻された。

両親は、見合い結婚だったらしい。それ以上の知識を八木沼は持たない。

だがなんとなく、父の家柄のほうが格上らしいとは勘づいていた。母方の祖父母は、つねにどこか及び腰だった。遠慮があった。その遠慮は両親が離婚すると決まったときも同じで、文句も言わず彼らは母を引きとっていった。

――いま思えば、ママも気の毒な人だった。

プリンの蓋を舐めながら八木沼は思う。

屈辱的な結婚生活だったろうと、成人男性になったいまは同情できる。家庭の実権はすべて姑が握り、夫は重度のマザコンで会話すらろくにない。

かといって働きに出ることも「外聞が悪い」と許されない。おまけに唯一頼りになるはずの息子は、出来がよろしくないときている。八方ふさがりである。

――確かにかわいそうだ。かわいそうだけど。

でも、おれのママをやめたことは許せない。

理屈ではわかる。専業主婦で無収入の母には、弁護士を雇う貯金も才覚もなかったと。また跡取りたる八木沼を、祖母が母に渡すはずもなかったと。

でも、感情はべつだ。

ママが子供を手ばなすなんて、あってはならないことだ。なぜってママだからだ。

ママというのは、子供を無条件で愛し守るものだ。

ぼくを見捨てた時点で、あの女はママじゃなくなった。ママであることをやめた。そんなの、許せない。

——どんなに駄目な子だろうと、母親は子供を愛しぬかなきゃいけないんだ。

だから八木沼は、〝歴代のママ〟にプレイ中たっぷりと甘えてきた。安心して駄々をこね、排泄物の処理さえさせて恥じなかった。相手はママだからだ。

八木沼が「愛されるため、いい子でいよう」と気を遣った相手はただ一人、戸川更紗先生のみである。

戸川先生に可愛がられたかった。気に入られたかった。評価されたかった。

先生の前では、できるだけ行儀よくした。勉強だって、できないなりに努力した。先生の荷物を持ってあげたり、花瓶の水替えを手伝ってあげたこともある。笑顔でお礼を言ってもらえた。嬉しかった。

「とがわせんせい……」

気づけば、工作番組は終わっていた。

八木沼はリモコンでテレビを消し、プリンの容器とスプーンをゴミ箱に捨てた。

浴室へ向かう。体のすみずみまできれいに洗い、髪を乾かす。淡々と身支度を済ませ、ソファに放りだされていた美寿々のバッグを探った。

スマートフォンを取りだす。ＧＰＳが厄介なことくらいは知っているから、すぐに電源を切った。

スマートフォンは個人情報のかたまりだ。美寿々がまだ電話帳に彼を登録していたら、逮捕が早まってしまう。警察は無能だが、しらみつぶしの捜査だけは上手いのだ。

いずれ逮捕されるのはわかっていた。けれど、まだだ。まだその時期じゃない。おれはあとしばらく自由でいないといけない。

ポケットにスマートフォンをねじこみ、八木沼はマンションを出た。

3

その店は、なかなか雰囲気がよかった。

ぼんやりしたオレンジ色の照明が、黒板書きのメニューや北欧調のテーブルセット、趣味のいい食器を照らしている。店内にはジャズが低い音量で流れ、ほどよい喧騒とあいまってさざ波のようだ。

十和子と拓朗は、奥まった四人掛けの席に着いていた。

夜に、彼と会うのははじめてだった。

いつもなら十和子は、夜間に男性と二人きりで会ったりはしない。たとえ誘われても、相手の顔を立てながらやんわりと断ってきた。

だが拓朗なら大丈夫だろう、と思った。SNSのやりとりで、彼の人柄はある程度わかっている。彼とならおかしなことになるまい、と踏んでの邂逅《かいこう》であった。

メニューをざっと見て、

「わたしは黒ビールで」と十和子は言った。

拓朗が目を細める。

「お酒、飲まれるんですね」

「ええ。クリスチャンの女教師というと、世間では『お酒なんて！』というイメージを持たれがちなんですが」

十和子は微笑みかえした。

「べつだん、聖人君子ではないんです。羽目をはずすほどは飲みませんけど、お酒は好きです」

――とはいえ茂樹は、飲む女は嫌いだけれど。

そう内心でひとりごちる。

彼女が職場の忘年会や歓迎会、友人の結婚披露宴に出ることさえ、夫はいい顔をしなかった。面と向かって「もう独身じゃないんだぞ。みっともない」と吐き捨てられたことさえある。修学旅行の引率にスカートで行ったときは、その後何年にもわたってちくちく嫌味を言われたものだ。

「じゃあ、ぼくも黒ビール」

注文を取りに来たウエイターに、拓朗が快活に言う。

「あとはこの季節野菜のマリネというのを。鹿原さんも、食べたいものを遠慮なく言ってください」

十和子は牡蠣《かき》の香草バター焼き、若鶏のパイ包みを頼んだ。お互いアレルギーがないことはリサーチ済みだ。そこにウエイターおすすめの自家製パンとブルーチーズのディップを追加し、ひとまずのオーダーとした。

「乾杯」

「お疲れさまです、乾杯」

早々に届いた黒ビールのグラスを掲げ、乾杯する。

ぐっと呷《あお》った。独特の焦げくさい風味と、ほのかな甘みがたまらない。ひといきにグラスの三分の一ほどを空けてしまう。

「おっ、いきますねえ」

「せっかくの金曜日ですもの」

応えながら、そうだ金曜だ、と十和子は思う。

あの閉架で浜本夕希の顔を卒業アルバムの中に見つけたのが、火曜の放課後。翌日の水曜、木曜、そして今日と、夕希にはなにも訊けずじまいだった。

――でも、なにを訊くというの。

そう自問自答する。

卒業生だとなぜいままで話してくれなかったの、と？　何度もランチをともにし、雑談してきたのに、どうして話題に出さなかったの、と訊けとでも？

そんなのは夕希の勝手ではないか。第一、卒業生だからといって急にあやしく思うなんて、きっとわたしのほうがおかしい。いくら戸川更紗が校内で刺殺されたからって、生徒すべてが容疑者なわけでは――。

「お待たせしました。牡蠣の香草バター焼きと、自家製パンでございます」

ウエイターの声が思考をさえぎった。

一瞬にして、十和子は現実に戻った。バターの濃厚な香りが鼻さきをくすぐる。ぷっくりとよく太った牡蠣が、香ばしく焼けたパン粉と香草をまとってミディアムレアに焼けている。

「美味しそう」

「これはバゲットに載せて食べないとな」

われ先に手を伸ばす。

数分の間、二人とも黙々と食べた。だって、せっかくの牡蠣が冷めてしまったらもったいない。バターの風味は、冷えると十分の一以下に落ちる。

よく味わって咀嚼《そしやく》しながら、

――女友達といるみたいだ。

と十和子は思った。ふだんなら、男性といるときはもっと気を遣う。会話を途切れさせないように、オーダーは男性優先に、と配慮する。

でも今日はそんな気がまったく起きない。する必要がないとわかる。座の空気が、ひどく楽だ。

金曜の夜だけあって、店内は浮きたっていた。心なしかカップルが多い。だが、すこしも気まずいと思わなかった。思わずに済む空気を、向かいの拓朗が発していた。

二人は季節野菜のマリネと若鶏のパイ包みをたいらげ、黒ビールをおかわりし、さらに海老のアヒージョを追加オーダーした。

会話はいつしか、拓朗のSNSに集まる少年少女たちの話題に移っていた。

「初恋はまだな自分はおかしいのか」「恋愛に興味を持てないのがコンプレックスだ」と

せっせつと訴える、匿名の彼らの話題に。

相槌を打つだけにとどめなくては――。十和子は自制した。

拓朗に語らせ、自分は聞き役にまわるべきだ。

黒ビール二杯程度で酔いはしない。確かに拓朗は話しやすくて気さくだけれど、自分をさらけ出せる相手とは限らない。

「拓朗先生は、とても勉強熱心でいらっしゃいますね」

三杯目のグラスを手に、十和子はそう言った。

気安い呼びかただ。拓朗本人がSNSで推奨し、十和子にも「そう呼んでください」とうながした呼称であった。

「社会行動心理学の准教授とはいえ、ここまで若者の気持ちに寄り添える方はすくないと思います。悩み相談を親身に聞いて、ていねいに受け答えして……尊敬します」

「いえ、ときと場合によりますよ。むしろ答えられない質問のほうが多いくらいで。とくに恋愛沙汰の相談なんて、応じたのは今回がはじめてです」

拓朗はかぶりを振って、

「ぼくはそういうのは、ぜんぜん駄目ですから」

と海老を口に放りこんだ。

十和子の心臓がわずかに跳ねる。

駄目とはどういう意味ですか？　と訊いていいものだろうか。さすがに失礼か。まだ親しくないのに、踏みこみすぎと警戒されてしまうだろうか。

だが十和子が尋ねる前に、拓朗が言葉を継いだ。

「すこし酔ってきました。……この酔いに甘えて、立ち入ったことを訊いていいでしょうか」

彼が、姿勢をやや正す。

「鹿原さん。あなたはあの学校で、ぼくの妻に——戸川更紗に似ていると言われたことはありませんか」

瞬間、十和子は唇を引き結んだ。

動揺を顔に出さないよう、頰の筋肉に力を入れる。

まさかここで、拓朗のほうから切りこんでくるとは思わなかった。さりげなく、すこしずつ探っていこうと目論んでいたのに。

「いや、気に障ったらすみません。事件に巻きこまれた人間に似てるなんて、突然言われたら愉快じゃないですよね。でも、似てるんです。顔立ちじゃあない。雰囲気が……人間としてのたたずまいが、よく似てる」

真摯な口調である。十和子はフォークを置いた。

「……ええ。何度か、言われました」

ひかえめに認めた。

「わたし、せんに拓朗先生の論文を拝読したと言いましたよね。じつを言えば、戸川更紗先生の論文はもっと早くに拝読していました。『性の多様化を受け入れざる社会と、偏見および差別のメカニズム』『ジェンダーをめぐる法。少子化国家における性の多様化と司法』『セクシュアルマイノリティ、または性的差異への考察』そして『無性を生きる人びと──アセクシュアルと、現代社会の〝恋愛信仰〟について』……」

顔を上げる。

拓朗と目を合わせた。

彼の瞳に、十和子は不安と期待を読みとった。

そこにロマンティックな気配はかけらもない。けっして性愛の期待ではない。女友達が悩みを打ちあけるときに見せるのと、同じ瞳だ。

この人は自分を受け入れてくれるのか、理解できるのか──と期待しながら、同時に失望をも覚悟した瞳。傷つきやすい、ナイーヴな魂。

「──そうです。あの〝D夫妻〟は、ぼくたちです」

驚いたことに、先に口にしたのは拓朗だった。

十和子は息を呑んだ。無意識に、左手が紙ナプキンを握りしめる。

D夫妻――更紗の論文に何度か症例として登場した、アセクシュアル同士の夫婦だ。

拓朗がつづけた。

「妻の論文を読んでくださったのなら、話は早い。あれはぼくたちです。……じつは今夜は、鹿原さんとその話がしたかった」

「わたしもです」

彼の語尾に重ねるように、十和子は言った。

「わたしもそう。わたしも――同じなんだと思います。いえ、百パーセントの確信はありません。でもわたしは、自分をアセクシュアルだと思っています」

ああ、言ってしまった。脳内でもう一人の自分が叫ぶ。

母にさえ明かせていない秘密をしゃべってしまった。出会ったばかりの、他人にひとしい人に。母。母親。わたしをいつまでも優等生にしておきたい、わたしの意思など眼中にもない母――。

「だからわたしも、今夜、そのお話ができればと思っていました」

十和子は一語一語、区切るように力をこめた。

ふたたび拓朗と視線が合う。

お互い、ほっとしているのがわかった。痛いほど伝わってきた。

同族に出会ったときの歓喜。この人の前では己を偽らなくていい、打ちあけてもいい、という開放感。そして自分は孤独じゃないと確信できた安堵が、そのすべてをうわまわっていく。

「わたし――」

声が喉にひっかかった。十和子はちいさく咳払いをして、

「わたし、自分以外のアセクシュアルの方に会うの、はじめてです」

言い終えてから、すこし悔やんだ。こんな言いかた、失礼ではなかっただろうか。アセクシュアルの方、なんておかしな呼称だ。でもほかに、どう言っていいかわからない。

「悩みましたか」

拓朗が問う。静かな声だった。

「ええ」十和子はうなずいた。

「十代から二十代にかけては、とくに。結婚してからも悩みどおしでした」

「失礼ですが、旦那さんはご存じで？」

「いえ、夫は知りません」

十和子はグラスを摑んだ。ぐっと呷《あお》る。

「夫はなにも知りません。アセクシュアルという言葉自体……いえ、概念自体知らないと思います。わたしのこと、ただの不感症だと思っているみたい」

不感症。つねならば、男性の前では絶対に口にしないたぐいの単語だ。

性愛について鈍い十和子でも、酒の席でこの手の話題を出せばあとがややこしいことは体得している。はしたないと思われるか、誘っていると誤解されるかだ。どちらも御免こうむりたい。

――でも今夜は、そんな気遣いはしなくていい。

「ぼくも悩みました」

拓朗はさらりと言った。

「とくに思春期は、男特有の問題がありましたからね。体の構造上、しかたのないことです。排出の必要がありますから」

まったくの真顔だった。学術用語でも発するかのように、拓朗は「排出」の言葉を口にした。

「食事中にこんな話、すみません」

「いえ」十和子は首を横に振った。

「大丈夫です。ある程度は、わたしにも理解できますし……。感情とは、べつのところにあるんですよね。わたしたちはその現象に、特別な感情を駆りたてられない。そこに他人を必要としない」

「そのとおりです」

拓朗が応じた。

「男性のアセクシュアルを語る場合、この問題はどうしても切り離せません。ぼくは十代の頃も、いまも同じです。必要に応じて排出する。だが他人とそれを共有したいとは思わない。ぼくにとって性交は、他人と一緒にトイレに入って、一緒に排尿する行為と同義だ。そんなことは、とくにしたくないんです」

「わかります」

十和子は首肯した。

「わかります……とても」

——他人とそれを共有したいとは思わない。

——そんなことは、とくにしたくないんです。

その言葉に尽きる。必要に応じて受け入れられるが、それ以上でも以下でもない。自分からしたいとは望まない。「他人とひとつの個室に入れ」と命じられての排尿行為。確かに、感覚的には近いだろう。

拓朗がふっと笑った。

「すみません。べつに男のほうが大変だとか、苦労していると言いたいわけじゃないんです。あなたにセクハラしたいわけでもない。……ぼくらが、性的なハラスメントで楽しめるわけもないですしね。枕的な説明と思ってください。現にぼくより、妻のほうがよほど悩んでいた」

「でしょうね」

十和子は言った。言いながら、自分で自分に驚いた。

でしょうね、だって？　生意気な。更紗のことも戸川夫妻のことも、ろくに知っちゃいないくせに。

なにをしたり顔で小賢しげな口を叩いているの。こんなわたしを見たら、きっと母は怒るに決まってて——。

「でしょうね。だって娘には……、母親がいますから」

そう言ってしまってから、十和子は愕然とした。ひとりでに、口からすべり出た言葉であった。

拓朗が、指を組んでうなずく。

「よく、おわかりで」

双眸《そうぼう》が十和子をとらえる。

「そうか。もしかしたら、それをすぐに察せるあなただからこそ――、妻に似て見えるのかもしれませんね」

「ええ」

十和子の喉《のど》が、ごくりと上下した。

「ええ。わたしも……そんな気が、しはじめています」

鹿原十和子と、戸川更紗。

同じ大学の同じ学部、同じ学科で学んで、同じ教授に師事して、同じくクリスチャン。おまけに同じアセクシュアルだった。けれど、きっとそれだけじゃない。

母たちが娘たちに「こうあれかし」と望んだ姿が、きっとひどく似かよっていた。

典型的な優等生。ママのいい子ちゃん。いくつになってもご清潔でご立派な、近所にも親戚にも自慢できる娘。よその娘たちが反抗期を経て自然に降りていくレールを、わたしたちは走りつづけてしまった。

「今夜は、会えてよかったです。ほんとうに」

拓朗が言う。

「そうですね」

十和子も応える。

「わたしもそう思います。――ほんとうに」

そう言って、持ちあげたグラスを干した。

耳にようやく店内の喧騒が戻ってきた。騒がしい、と感じる。ほどよい騒がしさだ。テンポが速まったジャズのピアノが、鼓膜の底を叩く。

ついさっきまでは、おかしな話だが拓朗の声しか聞こえなかった。神経が研ぎすまされていたのだ。つまり、それほどに緊張していた。

「鹿原さん。プライベートのアドレスとIDを、おうかがいしていいですか」

拓朗がスマートフォンを出す。

十和子は了承してバッグを探った。そういえばお互い素性も顔もわかっているのに、いままで交信は必ずSNSを通していた。双方とも、今日まで心のどこかで警戒していたのだろう。

お互いのアドレスとIDを登録し終え、スマートフォンをしまう。顔を見合わせ、ふっと苦笑する。

拓朗が親指で壁の黒板をさした。

「……もう一杯、どうです？」

「いただきます」

十和子は笑んだ。

拓朗がスタンドからメニューを抜いて、

「じゃあぼくはワインに切り替えようかな。安心したせいか、あんなに食ったのに小腹がすいてきましたよ。このドライフルーツとチーズの盛り合わせというやつ、頼んでいいですか？」

4

その日は抜けるような青天だった。にもかかわらず、保健室のカーテンは端から端までぴたりと閉めきられていた。

外から覗けないように——というより、いかついスーツ姿の男たちを、生徒の目から隠すためである。

「だから……知らねえって」

樹里が自分の爪をいじくりながら言う。

「おふくろの男なんて、しょっちゅう入れ替わってたもん。なんも知らねえよ。何度も言ってるじゃん。おれに訊いたって無駄だってば」

いまどき男の子だって実母をおふくろとは呼ぶまい、と十和子は内心で思う。樹里の男言葉は、いつもどこか芝居がかって大仰だ。

「おふくろが、なんでおれをここに入学させたかって？　ここらで寮付きの中学なんて、聖ヨアキムしかないじゃん。あいつ、おれが邪魔だったんだよ。それだけ」

誰とも目を合わせず、ぼそぼそとうつむいて答える。

捜査員二人が顔を見合わせるのがわかった。今日もなにも聞けそうにないな――という、無言の会話であった。

今日はやけに無口な杵鞭主任が、十和子の隣で欠伸を噛みころした。

帰っていく捜査員を見送って、十和子と杵鞭は保健室を出た。

樹里はベッドから出ようとしない。仕切りのカーテンは隙間なく閉められ、彼女のシルエットさえ見えない。

職員室へ向かおうときびすを返したところで、

「鹿原先生」

杵鞭に呼びとめられた。

「はい？」

「あなた――退職する気はありませんか」

十和子はわずかに目を見張った。

唐突かつ、ぶしつけな言葉であった。青いファイルを思わず胸にきつく抱く。長身の杵鞭を臆さず見上げる。

意外なことに、目をそらしたのは杵鞭のほうだった。彼らしくもなく、もごもごと言いにくそうにつづける。

「こんなことを言って、すみません。……もちろん、あなたが悪くないことはわかっている。でもあなたがきっかけとしか思えない。あなたが赴任してきてから、なにもかもおかしくなった。チェインメールといい脅迫状といい、おまけにこの殺人事件……。まるっきり、十四年前の再現だ。厄災がふたたび目を覚まして、学校に襲いかかっているとしか思えない……」

十和子は立ちつくしていた。

杵鞭を見上げたまま、めまぐるしく頭を回転させる。トートバッグに入っていた脅迫状を、映像ごと思いだす。

――〝おまえをころす　ふつうの女のふりするな　これは天ばつ〟

チェインメールといい脅迫状といい、ですって？　なぜあの脅迫状のことを、杵鞭主任が知っているの。もしかして、わたし以外にも届いた？　十四年前の再現ということは、以前にも同じことが起きたの？

十和子はじっと杵鞭を見つめつづけた。

逆に彼は、十和子を見ようとしない。恐れるように顔をそむけている。

「すみません」

いま一度詫びて、杵鞭が離れて行った。足早に廊下を歩いていく。遠ざかる。広いはずの背中が、心なしかひとまわり縮んで見えた。

職員室へ戻ると、夕希が気づいて片手を挙げた。

「鹿原先生。今日、お昼――」

「ごめんなさい」咄嗟に片手で拝んだ。

「小テストの採点が溜まってるの。ごめんね、また今度」

「あ、そっか。事情聴取に付きあったから、一時間まるまる潰れちゃったんですよね。先生も大変ですねえ」

　同情されてしまった。あいまいに微笑みかえし、十和子は自席のブックスタンドに青いファイルを戻した。

　小テストの採点が溜まっているのはほんとうだ。でもじつを言えば、ランチに行けないほどではない。それほど差しせまってはいない。

――夕希と顔を合わせるのが、なんとなく気まずい。

　理由は、われながら判然としなかった。

　卒業生だと夕希が自分から言ってくれなかった。それだけではないか。たったそれだけのことが、なぜこんなにも引っかかるのだろう。どうしてわだかまりを覚えてしまうのだろう。

　理性は「邪推だ、考えすぎだ」と十和子を叱る。だが感情が付いていかない。もやもやする。気持ちが悪い。しっくりこない。落ちつかない。

「ちょっと閉架に行ってきます」

　椅子に腰を下ろすことなく、隣席の森宮にそう告げた。

「閉架？　調べものですか」

「ええ、ちょっと」

「勉強熱心だなあ。ぼくは休憩に入るんで、ついでに鹿原先生の行き先もホワイトボードに書いておきますよ。そのまま出ちゃってください」

──森宮先生って絶対、鹿原先生に気がありますよね。

夕希の言葉が、またも脳裏をよぎった。

彼にあまり頼みごとをしないほうがいいだろうか？　でもことわるのも不自然だろうか。こんな何気ないことにも、いちいち神経を遣う自分に嫌気がさす。

「すみません。ありがとうございます」

十和子は一礼し、机を離れた。

立ちあがった森宮がホワイトボードに向かうのを横目に、職員室を出る。

冷えた廊下のなかばで、十和子は足を止めた。

窓の外にはひさしぶりの青空が広がっていた。梅雨時期の、貴重な晴れ間だ。さやかな風が吹きこみ、すこし雨の香りを残した新緑が香る。

洗濯をしてくればよかった、と思った。

長雨のせいで、先週も先々週も洗濯物を部屋干しせねばならなかったのだ。青空のもと、風にはためく白いシャツが眼裏に浮かぶ。陽光を浴びた清潔なシーツ、タオル、パジャマ、夫のワイシャツ──。

十和子はこめかみを押さえた。

夫の茂樹とは、昨夜ようやく電話で話せた。

彼は「ビジネスホテルを転々としている」と言った。しかし電話越しにかすかに聞こえるテレビの音は、流行りの恋愛ドラマだった。

茂樹にドラマを観る習慣はない。浮気相手の女は、どうやら美男俳優とロマンスがお好きらしい。

——つまり、わたしと正反対のタイプだ。

嫉妬はなかった。だが見え見えの嘘をついて恥じない夫が悲しかった。

彼がはっきり「ほかに好きな人ができた。離婚したい」と言ってくれれば、離婚話はすんなり進むというのに。

——なのに夫の口から出るのは、どうでもいいごまかしばかりだ。

きみがいつも仕事優先なのが寂しかった。きみはいつも仕事だ家事だとばたばたして、家庭が安らげる場じゃなかった。あの流産の件がとどめだった。すまないが、どうしても乗り越えられない。流産で傷つくのは女ばかりじゃないんだ。男だって傷つくんだ。男ってのは繊細な生きものなんだよ。それをわかってほしかった……。

聞けば聞くほど、気分が白けていく。夫の声が鼓膜をすべっていく。聞こえているはずなのに、すこしも心に響かない。

——これ以上、話さないほうがいいかもしれない。

そう思った。彼の言葉を聞くほどに、抱いていたはずの親愛も情も薄れていく。以後は弁護士を通して、事務的に進めるべきだろう。

十和子は歩きだした。

床に靴底がわずかに粘るのは、雨期の湿気のせいだろうか。廊下の角を曲がる。

戸川拓朗とは、あれからほぼ毎日連絡を取りあっていた。LINEではなく長文のメールか、もしくは電話でやりとりしている。

ただしそこに不倫や、アンモラルな性愛の香りはかけらもなかった。育まれつつあるのは、〝同病相憐れむ〟の気配が混じった奇妙な友情であった。

——〝同病〟なんて、いやな言葉だけれど。

でもニュアンスとしては、きっとそれが一番近い。病気ではないにしろ、ある種のマイナーな体質であることは確かだ。

拓朗は自分について語り、たまに更紗との暮らしを語った。十和子としては、それが嬉しかった。更紗のことなら、どんなに些細であっても知りたかった。

「ひとくちにアセクシュアルと言っても、いろんなタイプがいるんです」

電話口で、拓朗は十和子にそう言った。

「性嫌悪が深い人もいるし、逆にまったくない人もいる。性欲が強い人もいれば、皆無に近い人もいる。またアセクシュアル同士の夫婦であっても、性行為と出産を経て子供を持った人たちもいます。『こうあるべき』なんていう型は、性的指向にはまったく意味がないですよ。人それぞれとしか言いようがないんです」

「わたしは、性嫌悪は乏しいほうだと思います」

十和子は相槌を打った。わたしはヒールの低い靴を好みます、とでも語るような、平らかな心持ちだった。

「結婚したら子供を作るものだ、と普通に思いこんでいましたし」

「ぼくの妻も、あなたとほぼ同じでした」

拓朗が言う。

「彼女に強い性嫌悪はなかった。むしろ妻は、自己嫌悪の念がまさっていましたね。アセクシュアルゆえに、母の望むとおりの完璧な娘になれないことを気に病んでいたんです。カトリックに帰依してからは、かなり精神状態が改善しましたが」

「どう改善したんでしょうか」

思わずすがるように訊いてしまう。

「ぜひお聞きしたいです」

「そうですね。説明がむずかしいですが……」

拓朗がすこし考えこんで、

「奉仕に目覚めた、とでも言えばいいんですかね。たとえば教師になったことも、母親のお仕着せでなく、神のおぼしめしと考えるようになった。天職ととらえるよう、考えかたを切り替えたんです。彼女は『生徒と接するのが楽になった』『母へのお義理と関係なく、いまは生徒のために動ける自分が嬉しい』と言っていました」

と言った。

「妻はあの頃、家庭に問題のある生徒を受けもっていましてね。そりゃあ親身になってやっていましたよ。それから、こうも言っていました。『以前はこういうとき、もう一人の自分が〝母に誉められようとして、いい子ぶっちゃって〟といつも頭の奥で笑っていた。でもいまは、その意地悪な声を逆に笑い飛ばしてやれる。〝天職なんだから、ほっといて〟と突き離してやれる』とね」

「うらやましい」

十和子はため息をついた。

「わたしも、そんなふうに思える域に行きたい。――うらやましいです」

そう言いながらも、頭の片隅で考える。

家庭に問題のある生徒といえば、わたしにもいま市川樹里がいる。杵鞭が「十四年前の再現」と言ったのは、そういった意味合いも含むのだろうか？　と。

「まあ妻の場合は、たまたまうまくいっただけでしょうがね。全員が全員、カトリックの洗礼を受けたからって楽になれるわけじゃない」

「ですね」十和子は同意した。

「わたしはプロテスタントですが、だからどうだ、と感じたことはありません」

拓朗がつづけて、

「さっきも言ったように、人それぞれなんですよ。病気じゃないから治療薬もない。この薬を飲んでこの運動をすれば快方に向かう、なんてこともない。結局、自分を受け入れるしかないんです。自分自身のありかたを受け入れ、認めていくことが社会に適応する第一歩なんだ」

そこで言葉を切ると、彼は照れたように笑い声を上げた。

「なんてね。偉そうなことを言いました。……じつはこれ全部、『ASMA《アスマ》』で聞いた受け売りなんですよ」

「アスマ……？」

十和子は問いかえした。すかさず拓朗が答える。

「『All Sexual Minority Anonymous』の略です。アセクシュアルを含む、性的マイノリティたちの匿名サークルですよ。一般に性的マイノリティといえば同性愛者や両性愛者やトランスジェンダーを指しますが、それよりもっと少数の性的指向を持つ人々の互助サークルなんです」

拓朗はそこで声を落とした。

「……更紗の死後、通いはじめました。彼女なしの世界が、ぼくには寂しすぎてね。一人じゃあ、耐えられそうになかったから」

「――……」

十和子は言葉を呑んだ。

「わかります」だの「共感できます」だのと、簡単に言ってはいけない気がした。そんな言葉は安っぽすぎる。寄り添う意図であっても、軽がるしく口にすべきではない。

わずかな沈黙ののち、拓朗は快活に言った。

「よろしければ、鹿原さんも今度ご一緒しませんか」

「わたしが？　その互助サークルに、ですか」

「ええ。でももちろん、無理には誘いませんよ。鹿原さんは、幼児洗礼を受けたクリスチャンだそうですしね。ちょっとあの空気はつらいかもしれない」

「つらい……というと？」

十和子は眉根を寄せた。

拓朗が苦笑を洩らして、

「だって聖書では、人間の女性以外との姦淫を禁じているでしょう。『骨肉の親に近づきて之と淫するなかれ、女と寝るごとくに男と寝るなかれ、獣畜と交合して身を汚すことなかれ』――。聖書の『産めよ増えよ地に満ちよ』の教えに反した、生殖をともなわぬ性を好む人たちだ。セックスに関する、露骨な話題もかなり出ますしね」

と言った。

「とはいえ『ASMA』に行けば、ぼく以外の人間とも交流できますからね。もっと話しやすい、同年代で同性の友人だって見つかるでしょう。もっともアセクシュアルだけの集まりではないので、話が合う人ばかりとは限りませんが――」

「行きます」

気づけば十和子は、前のめりにそう応えていた。

「大丈夫ですか」

「ええ。昨今のプロテスタントでは、ゲイの牧師さまがぽつぽつ増えつつあるんですよ。

LGBTQ＋に寛容な、メトロポリタン・コミュニティ教会だってあります。ですからわたし、会員のかたに拒否反応を示したり、無礼な態度をとったりしません。どうかご紹介をお願いします」

拓朗の言では、サークルの会合は毎週木曜日の夜だという。

基本的に匿名制。毎回ミーティングを設け、自分の半生について話したり、ディスカッションを交わしたりする。会員限定制であり、オープン・ミーティングはおこなっていない。

「次の会合前に、ぜひ声をかけてください」

と頼んで、十和子はその夜、彼との通話を切った。

――ああは言ったけれど……、ほんとうに行けるんだろうか？

廊下を歩きながら、そう自問自答する。

拓朗には勢いで「行きたい」と頼んでしまった。でも見ず知らずの他人の前でぺらぺらしゃべるなんて、果たして自分にできるだろうか。あんな事件を経てさえ、カウンセリングを拒みとおしたこのわたしに。

十和子は足を止めず、ふたたび窓の外を見た。

濁った気分を嘲笑うかのごとく、空がどこまでも青い。空気が澄んでいる。太陽が作ったプリズムの残像が、眼裏に焼き付いて鼻孔の奥をつんとさせる。

そのとき、内ポケットで着信音が鳴った。

立ち止まってスマートフォンを取りだす。ＬＩＮＥが届いていた。

学級委員長の月村からだ。

『鹿原先生へ。遅れてすみません。例のチェインメールの、第一弾のほう見つけました。以下転送します』

その場で、十和子はざっとメールの内容を読んだ。眉をひそめる。想像どおり、いや想像以上に不快な内容だった。

スマートフォンをジャケットの内ポケットにしまい、ふたたび歩きだす。

向かう先は、予定どおり図書室であった。


司書から鍵を借りて、十和子は閉架に入った。

黴くささにはすぐに慣れた。もともと古紙の香りは嫌いではない。子供の頃、近所にあった古本屋が思いだされて懐かしい。

お目当ては、先日貸し出されていた二〇〇六年度の卒業アルバムだった。更紗が最後に副担任をつとめたクラスが、卒業した年度のアルバムだ。

まずは棚に戻っているかを知りたかった。あの年度だけないなんて、不自然すぎる。そう思うと同時に、脳裏で杵鞭の言葉が再生される。

――あなたが赴任してきてから、なにもかもおかしくなった。

――チェインメールといい脅迫状といい、おまけにこの殺人事件……。まるっきり、十四年前の再現だ。厄災がふたたび目を覚まして、学校に襲いかかっているとしか思えない。

わたしのせいなんだろうか。十和子は思う。

むろん、杵鞭の言ったことはただの難癖であり、言いがかりだ。だがわたしという存在が、なにかのスイッチを入れたことは否定できない気がする。

――問題は、そのなにかがわからないことだ。

手前の棚には古い児童向け小説や、翻訳もののSFジュブナイル、世界名作全集などが並んでいる。その向こうは教育関係の棚で、さらに向こうは聖書の解釈本や教会史など、キリスト教関係の書籍が並ぶ。

なんとはなしに背表紙を追っていた十和子の目が、一点で止まった。

アメリカの新聞社、ボストン・グローブ紙が出した本である。タイトルは『スポットライト　世紀のスクープ　カトリック教会の大罪』。

神父たちの性的な児童虐待と、カトリック教会による長年の隠蔽を暴いたスキャンダラスな一冊だ。二〇〇三年度のピューリッツァー賞を受賞し、のちに映画化もされた。

――そういえば。

記憶がフラッシュバックする。

渡り廊下の窓から、熱心に階下を見下ろしていた志渡神父を思いだす。

そういえばあのとき、彼の視線の先にはなにがあった？　すんなりした手足を体操着から覗かせる生徒たちや、レオタード姿の女子生徒ではなかったか？

十和子はかぶりを振った。

まさか、と思う。まさかそんな。邪推が過ぎる。

そう思うのに、心は勝手にいやな考えを紡ぎだす。

もしほんとうに、神父が児童性愛者だとしたら？　拓朗は『こうあるべき』なんていう型は、性的指向には意味がない」と言った。だが児童への性虐待者だけはべつだ。ただの暴力であり、犯罪だからだ。そう、もしかして十四年前、戸川更紗が神父の邪心に気づいたとしたらどうだろう？　悟られたと気づいた神父は、その口を封じようと更紗を――。

「馬鹿馬鹿しい」

十和子は笑った。

まったくだ。われながら馬鹿馬鹿しすぎる。下手なミステリ小説じゃあるまいし、くだらないことを考えてしまった。どうかしてる。

額にかかる前髪を、ふっと息で吹きあげる。

——誰も彼もあやしく思えるなんて、わたし、やっぱり鬱っぽいのかも。

原因なら山ほど思いあたる。

帰ってこない夫。進まない離婚話。母のこと。市川樹里のこと。殺された樹里の母親。杵鞭の言葉。脅迫状。PTA副会長の棘のある態度。いまだ留守電に心ないメッセージを溜めていく、前の学校関係者。

「ええと、アルバムは……」

つぶやいて、棚の逆側にまわった。

十和子よりはるかに背の高い本棚だ。上から下までみっちりと書籍が詰まっている。たわみにくいスチール製の棚であった。閲覧より保存と収納が目的のため、棚と棚の間隔が狭い。

十和子は郷土史の棚を通りすぎ、卒業アルバムの並ぶ棚の前に立った。やや上を見上げる。首を上向きに持ちあげる。

ふいに人の気配を感じた。

だが、すでに遅かった。詰めこまれた書籍ごと、スチール製の本棚が十和子めがけて倒れてきた。

十和子は悲鳴をはなった。

5

千葉県警察本部庁舎一階のドトールコーヒーショップで、その日もやはり伊野田は禁煙席を陣取っていた。

手もとにはいかにも甘そうな、生クリームを浮かべたアイスココア。そこへ持ってきて、ミルクレープの皿をふたつも並べている。

「酒や煙草をやめた途端、なぜおっさんたちが太るのか身をもって理解できましたよ。ミチさん」

気配を察したか、振りかえりもせず伊野田が嘆いた。

「口さびしいから、暇さえあれば飴やガムを食っちまう。おまけに代わりの依存対象がほしくて、ついつい重たい甘味に走る」

「おまえは若いからまだいいだろ」

今道はトレイを置き、彼の隣に座った。

「体を動かすな。年寄りでデスクワークのおれが同じにやったら、糖尿まっしぐらだ」

だからおれはこいつで我慢――と、神妙にブレンドコーヒーを啜る。

「今日も機嫌がよくないようだな、伊野田。ヤニの禁断症状か」

「違います」

伊野田が首を振って、

「……情けないが、行きづまってますよ。上和西区のあれです。マンションの」と言った。

「なんでだ？　マル被候補が線上に浮かばんのか」

「逆ですよ。多すぎるんです」

今道の問いに、伊野田はうんざり顔で肩をすくめた。

「予想以上に素行のよくないマル害でした。男関係を洗っていきゃあすんなり解決すると思ってましたが、とんでもない。洗うべき〝男〟が山ほどいやがった」

「マル害は四十過ぎてたろう？　まだまだお盛んだったのか」

「でしたねえ。スマホがないんで携帯会社から通信履歴を取り寄せたら、一日のうち最低四時間は出会い系サイトに繋いでましたよ」

「あのマンションは分譲だったよな？　買い与えたのは誰かわかったか」

「もちろん。ちょっと驚きますよ、ほら、三区の……」

伊野田はグラスの水滴を指につけ、テーブルに漢字四文字を書いてみせた。地元では知らぬ者のない、二世議員の名だ。ナプキンですぐに拭き消して、

「マル害は長らく、やつの愛人だったようです」

とささやく。

今道は眉をひそめた。

「あの二世坊ちゃんなら、マル害より年下だろう。若い女に乗り換えなかったってことは……ああそうか、娘か」

「正解です。マル害の中学生の娘が、坊ちゃんの種かもしれないらしい。とはいえDNA型鑑定などはしていないそうです。親父の地盤を継いでデビューしたばかりのとこへ『責任とって。あなたの子よ』なんぞと迫られて、坊ちゃんはブルっちまったんだな。口止め料代わりに、言いなりにマンションを買ってやったってわけです」

「坊ちゃんも聴取したのか」

「いえ、どうもガードが固くてね。直接はまだです。いまんとこマル被候補の筆頭ではありますが、本人には確固たるアリバイあり。誰かを雇ってやらせたにせよ、不審な金の動きは発見できていません」

「まあ口封じで殺すなら、もっと早くやってただろうしな。他は？」

「その他もマル害から『あなたの子よ』攻撃を受けた男が、わんさといます。妊娠しては慰謝料をせしめる常習犯だったらしい。もっとも産んだのは、娘の樹里一人だけのようですがね。……不倫の常習犯でもあるから、本来なら容疑は男どもの女房にも広がるとこでした。今回の犯行は素人の女には無理だから、その可能性を除外できただけでもさいわいかな」

伊野田はミルクレープをフォークで切り分けて、

「ミチさんなら、どう睨みます？」

と訊いた。

「どんな男を犯人像として描きますか」

「なんだおい、おれにプロファイルの真似ごとをしろってのか」

今道は苦笑した。

「おれみたいな学のない男に、そんなもんやらせたって無駄だぞ。参考にもならん。だがまあお遊び程度に、実行犯イコール主犯と仮定していいなら……」

と彼は考えこんで、

「まず前科がないことはわかっちゃいるが、たぶん逮捕歴もないな。まっさらだ。無職か、もしくはパソコンで株をやるやつ——デイトレーダーだっけか？　ああいうたぐいの職業かな。すくなくとも外に出て働くタイプじゃない。おそらく裕福な生まれ。マザコン疑惑ありらしいが、両親は離婚したか、もしくは母親が早世している。マル害とは出会い系で知り会ったんじゃなさそうだ。だが性欲は強そうだから、風俗には通っていると思う。熟女系風俗ってのはあるのかね？　もしあるなら、常連を当たってみていいんじゃないか」

「ほう、すらすら答えるじゃないですか」

伊野田が顎を撫でる。

「失礼ですが、根拠をうかがっていいですか」

今道は眉を下げ、腕組みした。

「そう言われても、説明するほどのもんでもないな。……この犯人は、たいして賢くない。しかし防カメを気にしたあたり、まるっきりの馬鹿でもない。なのに指紋を無頓着に残したんだから、すぐに足は付かないと踏んだんだろう。つまり警察に自分の指紋はデータベース登録されてないと知っている。前科も逮捕歴もないってことだ」

今道はコーヒーで舌を湿して、

「ただしそれは、やつが品行方正だからじゃない。他人と接する機会が極端にすくなく、かつ金に困っていないから、前科を付けず生きてこれたんだ。それと科捜研は、腹をかっさばいた理由を母胎回帰なんとかだと言ったんだよな？　若い母親を求めるでもなく、実際の母親ほどの年齢を襲ったなら、おそらく本物の身代わりにしたんだろうさ。ということは、本物においそれと会えない立場ってことだ」

そこで言葉を切った。伊野田を見やる。

「ええと……おれはあと、なんて言ったっけ？」

「熟女系風俗の常連じゃないか、と」

「ああそうか。これはまあ単純に、社交性がなくて金のある男なら、出会い系より風俗を好むと思っただけだ。この手の男は、女を口説く手順を楽しまない。簡単に金でかたを付けるほうを選ぶ。ママをほしがっているならマル害と同年代の女を望むだろうし、その手の店があるなら通うだろうと思ったのさ」

「おお、立て板に水じゃないですか。ご立派ご立派」

伊野田が拍手する。

「刑事部《ジ》から地域部《チイキ》に異動して、何年になりますっけ？　まだまだ捜査員でいけそうですよ」

「馬鹿言え。おまえにのせられて口がすべっただけだ。年寄りを持ちあげても、一銭にもならんぞ」

「いやいや、ご謙遜を。それに例のアーメン学校の、十四年前の殺し。あの件だって、総務部長がミチさんの意見を無視したせいで大ポカこいた、と聞きましたよ」

「そんなもん、ただの噂さ」

「ですかねえ」

「噂に決まってるだろ。たかが一兵卒のおれになにができる。捜査本部《チョウバ》の決めた方針がすべてさ」

「ま、そういうことにしときましょ。ご意見はもう拝聴しましたしね。ありがたく参考にして、おれの手柄にさせてもらいます」

「勝手にしろ」

「お言葉に甘えて。で、ミチさんのほうでは、なにか訊きたいことあります？」

「おれが訊いてどうするよ。捜本の人員でもないのに」

「だって、どうせ暇でしょ。書類仕事の合間にでも、ぼうっと考えるネタにしたらどうですか」

「おまえなあ……」

　今道は苦笑してから、

「そういやマル害は、千葉《こっち》の生まれか？　生い立ちは割れたのか」

と尋ねた。伊野田がうなずく。

「下塚区の、はずれの生まれだそうです。以前は沼があったあたりですよ。ほら、しょっちゅう車が片輪落っこちてたあの沼。とっくに埋めたてられたけど」

「ああ、あの近辺か。マル害の両親と連絡は付いたか?」

「残念ながら、両親とも故人でした。戸籍によればマル害は七人兄弟の五番目だったそうですが、そのうち二人がすでに故人、二人が行方不明、一人が強盗で刑務所に収監中です」

「じゃあ話が聞けそうなのは、残る一人だけってことか。ひでえな。その一人は、いまなにをしてる?」

「マル害の次姉で、芽川区に住んでます。しかし二十年来の鬱を患っており、強い薬を服用中。そのせいか記憶の細部があやふやで、信憑性は乏しいですね。マル害とはずっと疎遠だったそうです」

「しかし四十代で七人兄弟とはめずらしいな。戦中並みだ」

「ええ。近所じゃ有名な一家だったそうですよ。おかげでマル害の年齢にもかかわらず、聞きこみが楽でした」

伊野田がスマートフォンのメモ帳アプリを立ちあげて、

「えー、マル害は婚歴なしなので、改姓もなし。下塚区鋸井二丁目の生まれ。七人兄弟の三女。父は一人親方の電気工事士で、母は専業主婦でした。なおこの両親は二回離婚していますが、そのたび一年以内にまた同じ相手と籍を入れています」

「派手な大喧嘩をしては離婚、仲直りしては再婚ってことか？　振りまわされる子供は、たまったもんじゃないな」

「同感です。ちなみにマル害は、両親の二度目の離婚中に誕生。そのせいかは不明ですが、あまり可愛がられちゃいなかったようだ。十三歳になるまでに、児童相談所経由で施設に三回保護されてます」

「虐待か」

「ええ。ただし身体的虐待、性的虐待の形跡はなし。養育放棄《ネグレクト》です。食事を与えない、話しかけない、登校させないってやつですな。母親は『すぐ下にちっちゃい子がいて、どうしてもそっちに手がかかる』『あの子はしっかりしてるから、ほっといても一人でやっていける』と児相の職員に言いわけしています」

「その言いわけ当時、マル害はいくつだった？」

「えーと、七歳ですね。小学一年生……のはずですが、一年間のうち、登校したのはたった十八日でした。むろん七歳の子が〝ほっといても一人でやっていける〟わけはありませんから、迷惑をこうむったのはご近所です。近隣の家に入りこんで、夜まで居座る常習犯だったそうですよ。『トイレを貸して』だの『変なおじさんに追いかけられた』だのと言って鍵を開けさせ、上がりこんで食事やおやつ、ジュースなどをたかるんです。

その頃もっとも居座り被害に遭った住民の証言によれば、『トイレを貸してくれとチャイムを鳴らされ、嘘だろうと開けないでいたら、玄関先でわざとおもらしされた。またやられてはたまらないから、次からは中に入れざるを得なかった。居留守を使いつづけた家は、塀や壁を汚されたり、子供をいじめられたりした。うちの夫に色目を使ってきたこともある。気持ちの悪い子だった』だそうです」

「父親は一人親方だと言ったな。仕事は順調だったのか？」

「いえ。腕は悪くなかったようですが、ギャンブル好きでね。工事を請けて現場に泊まりこんでる間に、日当をパチスロや競輪に突っこんじまう。金がないから母親は子供たちに当たりちらし、上の子たちは下の子をいじめることで苛立ちを晴らす。典型的な、悪循環ですよ」

伊野田は液晶をフリックした。

「マル害は十三歳以降、次々と彼氏を作り、彼氏の家に入りびたることを覚えます。邪魔にされたら彼氏ごと切って、次の彼氏の家に転がりこむってわけだ。当然ながら、高校は受験すらしていません。十五歳の秋から年齢を詐称し、キャバクラで働きはじめています」

「店での評判は？」

「客には、悪くなかったようです。だが同僚からは最悪でした。『平気で人の客を取る』『枕営業ばっかり』『若いし、ナマでやらせるからって人気だった』『妊娠と中絶を繰りかえしてた。中絶を屁とも思ってない様子だった』等々」

「人の客に手を出してばかりじゃ、店で長つづきせんだろう」

「ええ。どの店でもトラブルを起こして、一年以内に辞めています。そのたび前借《バンス》を踏み倒すんで、悪評が広まりましてね、どこのキャバクラでも採らなくなった。二十一歳で風俗落ちし、以降はピンサロ、ソープ、ＳＭクラブなどを転々とします」

「二世坊ちゃんの愛人になったのはいつだ？」

「十七、八年前だそうです。どうやらＳＭかなにか、変態プレイで結びついた仲だったようですな。このへん、もうちょい深く掘ってみます。ＳＭプレイが昂じての犯行という線もなくはない。すこしばかり昂じすぎですが」

「頑張れ」

短くねぎらって、今道はコーヒーを飲みほした。

トレイを持って立ちあがる。

「書類仕事にお戻りですか、室長」

「いや、ちょっと警邏《けいら》に出てこようと思ってな」

伊野田にそう応えて、今道は首をひねった。

「そうか、生まれは下塚区、か……。奇遇だなあ。下塚北交番《PB》のハコ長は、おれと顔馴染みなんだ」

「しらじらしい。ミチさんと馴染みじゃないハコ長なんていないでしょ」

伊野田は呆れ声を出してから、

「まあ警邏は地域部《チイキ》の大事な業務ですからね。市民の安全を守るには、マメな巡回が必要不可欠です。あ、そのトレイ、おれが片付けときますよ。行ってらっしゃい。お気をつけて」

と手を振った。

「すまんな」今道がトレイを置く。

「じゃあ頼んだ。おれはハコ長に挨拶するついでに、ちょっくら管轄区域の昔話を楽しんでくるよ」

第四章

1

性的マイノリティたちの匿名サークル『All Sexual Minority Anonymous』、略して『ASMA』の会合は、繁華街からやや逸れて建つ鉛筆ビルの一室でひらかれた。

その夜集まったメンバーは、拓朗を入れて六人。それぞれニックネームを記入した名札を、クリップで左胸に留めている。十和子以外はみな常連らしく、親しげに挨拶を交わしていた。

拓朗の名札には〝ラビ〟とあった。

指導者《ラビ》とはまたたいそうな、と戸惑ったが、あとで聞いたところでは卯年生まれだかららしい。ラビットのラビである。

十和子はアカウントネームそのままに〝ICE〟と名のった。

首を動かした拍子に、つんと左肩の湿布が香る。倒れてきた閉架の棚に当たって、派手な青痣《あおあざ》ができたせいだった。

七時を知らせるベルが鳴った。

パイプ椅子で作った車座のただ中で、司会兼リーダー格の〝JB《ジェイビー》〟がゆったりと立ちあがる。

「みなさん、今夜もお集まりいただき感謝いたします」

四十代なかばとおぼしき、痩せぎすで長身の男である。伸ばした髪を首の後ろでくくり、手入れのいい髭に、洒落たフレームの眼鏡をかけている。どう見てもお堅い職業ではない。

「今晩ははじめての方がおいでくださいましたので、まずはそのご紹介を。ＩＣＥさんです。どうぞあたたかくお迎えください」

「よ……、よろしくお願いいたします」

十和子はへどもどと頭を下げた。

拍手が湧く。拓朗とＪＢを除く四人が、

「よろしく」

「こちらこそよろしく」

「残念ながら今夜は、集まりがよくないけど」

とロぐちに言う。

「いつもなら十人前後いるんですがね。でもまあ雨期ですから、こんなもんかな。気圧の高低はてきめんにメンタルに影響しますから」

自分の言葉にJBはうんうんとうなずいて、

「ではわれわれのほうも、ICEさんに自己紹介しましょうか。まずはわたしですね。名札のとおり、ここではJBと名のっています。性的指向はリスロマンティックです。かつズーフィリアでもあります。つまり性的に愛する相手は人間ではなく、動物です。正確に言えば牡《おす》の犬のみです」

「ああ……、なるほど」

十和子はうなずきかえした。

書物で読んで、一応は知っている。リスロマンティックとは他人から好かれたい、恋愛感情を向けられたいと思わない性的指向だ。自分が「好ましい、素敵」と感じる相手にすら、両想いになりたいという欲求を抱かないらしい。そしてズーフィリアは、動物を性愛の対象とする人びとである。

JBは微笑んで、

「わたしはさいわいリスロマンティックの中でも、相思相愛に嫌悪を覚えるタイプではありません。とくに望まないというだけです。ですから現在は、牡犬のパートナーと暮らしていましてね。とくに大きな不満や、不自由はない生活ですが……」

そこで言葉を切った。

「ですが、社会に完全に適応できているとは言いがたい。両親にも周囲にも、いまだカミングアウトできていませんしね。とくに母はわたしの結婚をあきらめていないようで、折々に見合い話を持ちこんでくるのが困りものです。だから『ASMA』で、定期的に愚痴らせてもらってますよ」

ほろ苦く笑った。

「わたしの話ばかりしてもしょうがないですね。では次は〝ナミノ〟さん、自己紹介をお願いします」

「ナミノです、どうぞよろしく。わたしはレズビアンのマゾヒストです」

そう名のったのは、十和子と同年代の女性であった。右目に眼帯をし、唇は紫に腫《は》れあがっている。

「どういうわけか、わたしを殴ってくれない人をいつも好きになっちゃうんです。うまくいかないですよね」

苦笑すると、眉上の傷が引き攣れた。口調こそ明るいものの、その傷に長年の苦悩が透けて見えるようだった。

次に名のったのは二十代後半の、やはり自由業らしい風体の男性だ。

「はじめまして。〝猫井《ねこい》〟です。異性愛者《ヘテロセクシユアル》で、ＪＢさんと同じくリスロマンティックです」と一礼する。

「ただしぼくはＪＢさんより重症で、他人からの好意に拒絶反応しかありません。性欲は強いほうですが、性全般への嫌悪があります」

つづいて三十代なかばの男性二人が挨拶する。

「〝しずく〟と言います。トランスジェンダーです。今日は仕事帰りだから男装ですけど、プライベートでは女性として生活しています」

「よろしく。〝ウメダ〟です。女性をかたどった人形を愛しています。二年前にスーパードルフィーの妻と結婚しました。人間の女性に嫌悪はないですが、性愛の対象としては見られません」

最後に自己紹介したのは拓朗だった。

「どうも、ラビです。アセクシュアルで、かつての妻もアセクシュアルでした。彼女は性嫌悪なしでしたが、ぼくはありです。妻を亡くしてから、アセクシュアルだけでなく、あらゆる性愛を自由に語れる場を求めて、『ＡＳＭＡ』に入会しました。ＪＢさんと同じく、みなさんにいつも愚痴を聞いてもらっています」

　と目じりに笑い皺を寄せる。

　JBがあとを引きとって、

「このように、『ASMA』は、基本的にあらゆる性的指向者を受け入れます。ただし一応の会員資格はありまして、〝他者に対し攻撃的でないこと〟と〝犯罪行為を憎み、遠ざけていること〟がそれです。ですから前科のある方やレイプ願望持ち、盗撮を含む窃視症、痴漢、ネクロフィリアなどは受け入れを拒否しています」

　と言った。そこでウメダが口を挟む。

「お互いの同意を取るタイプの、被窃視症の会員ならいますけどね。この方は事前に依頼した上で〝覗いてもらう〟んだそうです」

「ええ。お互いに成人で、同意が取れているなら問題ありません」

　JBは首肯した。

「かく言うぼくもズーフィリアなので、『動物虐待ではないか』との誹《そし》りを受けがちですよ。ですからパートナーとはプラトニックな関係だ、と先にことわっておきます。ペニスを挿入する行為は、もともと好みませんし」

「ゲイにも多いんですよ、挿入行為やアナルセックスを嫌う人。世間じゃ誤解されがちですけどね」

　と横から言い添えたのはしずくだ。

「今日来ていないほかの会員には、性別をとくに定めないXジェンダー、対物性愛者、半《デミ》性愛者《セクシュアル》などもいます。ナミノさんやわたしのようなLGBT、つまりレズビアンやゲイ、トランスジェンダーは意外とすくないかな」

「ただのビアンだったら、ビアンのコミュニティに行けばいいんですもん。わたしたちみたいなダブル・マイノリティでない限り、『ASMA』までは来ませんって」

　ナミノが笑って相槌を打った。

「ほかにも鉱物と結婚した男性や、血縁にしか愛情を持てない会員などもいますよ」

　JBが言う。

「しかしわれわれは、誰のことも〝異常〟とは断じない。性愛のかたちに異常、正常の区別はないというのが、『ASMA』の基本理念です。例外は他人に危害を加えたり、なんらかの行為を強要したときだけです。逆に言えばそれらの暴力をともなわず、合意の上で成り立っている限り、すべての性愛行為はOKなんですよ。ぼくらは——というか世界は、愛に異常だの正常だのといった物差しを使うべきではない。すべてはOKかOKでないか、それだけなんです」

そうJBは言いきった。

浮かんでいる表情は柔和だ。しかし口調は断固としていた。

「……とまあ一口に『暴力を排除する』と言っても、これがなかなかむずかしいんですがね。世間には、性欲と加害欲を一緒くたにしている人が意外に多い」

「そうなんです。とくにレズビアンは、そういうやつらの標的になりやすくて」

ナミノが顔をしかめた。

「性的マイノリティを攻撃することで、性的興奮を覚える人たちもいるんです。『おれが男のよさを教えてやる』なんて言って、こっちを矯正してこようとする。こういう人たちは意図的に、女性の同性愛者やアセクシュアルを狙ってきますからね。注意が必要です」

「はあ」

気圧されつつ、十和子は首を縦にした。

「しかもね、その手のやつらはたいていレイプ神話を信じてるから厄介なんです」

しずくが眉間に皺を刻み、かぶりを振る。

「一度レイプしてしまえば相手は屈服して、なんでも意のままになると思っている。中にはレイプした相手は必ず自分に惚れる、と思いこんでいるやつまでいます。レイプは性器を用いた暴力であって、けっして性愛行為ではないのにね……。レイピストはただの犯罪者であり、卑劣漢ですよ」

「ええ。ですからさっきも言ったように、『ASMA』はそういう輩《やから》を弾きます。また、そのための事前対策も取っています」

JBが言う。

「基本的に紹介制で、三年以上在籍する会員から推薦されない限り、会合の場所を知ることはかないません。今回、ICEさんはラビさんからのご紹介でおいでになりました。ラビさんの在籍期間は長いが、新規会員の推薦ははじめてです。ですから、こちらもつい緊張しましたが……どうですか。ICEさん、そろそろ自己紹介をお願いして大丈夫でしょうか？」

「え、――あ、はい」

水を向けられ、十和子は思わず居ずまいを正した。

自己紹介――。そうだ、まずは名のらねば。自分について語らねばいけない。だってみなさんが先に、あんなに胸襟をひらいてくれたのだから。

そう思うのに、気ばかりあせる。言葉が出てこない。胸のあたりからせり上がってきた空気のかたまりが、きつく喉をふさいでしまう。

JBの視線が、いやこの場にいる全員の視線が、自分に集まっていると感じる。

皮膚がひりついた。空気の足りない魚のように唇を閉じてはひらく。だが、肝心の声が口から出てくれない。

――駄目だ。

十和子は目をぎゅっと閉じ、己に言い聞かせた。

――駄目だ。ここで臆していたら、わたしはいつまでも同じだ。良妻であろうとし、優等生の仮面を脱げず、母のお小言に怯えつづけたわたしのままだ。もううんざり。優等生も良妻の演技も、とっくにうんざりだ――。

「わ、わたし……」

言葉が途切れた。膝の上で拳を握る。目が開けられない。

喉もとのかたまりを、十和子は無理に呑みこんだ。

「わたし――わたしは、アロマンティックで、アセクシュアルです」

低く、声を押しだした。

「生まれてから一度も、恋愛したことがありません。誰かと性的な意味で触れあいたい、抱きあいたいと思ったことがありません。既婚者ですが、夫に恋愛感情を持ったことがありません」

一度堰《せき》を切ってしまうと、止まらなかった。

勝手に言葉があふれ出た。

「異性愛者でも、同性愛者でもないです。ない、と思います。そもそも定義すら、ぴんと来ません。性嫌悪も、おそらくないはずです。いえ、そう思っていたけれど、いまとなれば、ほんとうにそうだったのか自信が持てません。夫との結婚生活が……そもそもわたしには、よくわからない。うまくやれていたのか、そうでなかったのか、自分では判断できないんです――」

十和子はまぶたをひらいた。

天井から降りそそぐ蛍光灯のあかりが、目の奥につんと染みた。

2

十和子は会合を終えて、拓朗とともに駅前のファミリーレストランに入った。

「どうでしたか」

おしぼりの袋を破って、拓朗が問う。

十和子は額を指で押さえた。

「なんというか……まだ、おかしな気分です。ふわふわするというか、現実感がないというか。自分が知らない人の前で、あんなにしゃべったなんて信じられません。いまだに実感が湧かない……」

「最初はみんなそうですよ」

拓朗は首肯して、メニューをひらいた。

向けられたメニューの写真を見て、十和子ははじめて空腹だと気づいた。そうだ、夕飯を食べていなかったんだっけ。でもそれどころじゃなかった。まだ心臓がどきどきしている。頬が火照《ほて》って熱い。

あのあと十和子は、己の半生について語った。

思春期に「自分はまわりと違うのでは」と気づきはじめたこと。隠さねば、とずっと思いつめてきたこと。つねに劣等感と疎外感にさいなまれていたこと。夫への罪の意識と、離婚するかもしれないこと――。

ただ、母への感情については話せなかった。

自分の中で、いまだ整理できていないせいだ。ほかの感情とも複雑に絡まり、もつれていて、とても言語化できそうにない。

通りかかったウエイトレスに、拓朗はミックスグリルセットを、十和子は和風パスタを注文した。

ウエイトレスが立ち去るのを待って、ふたたび口をひらく。

「正直言って……あの場に行くまで、半信半疑でした。自分についてしゃべるなんて、わたしにできるだろうか、無理なんじゃないか、って。……でも行ってみたら、意外なほど解放できたというか……。JBさんが先に、『誰のことも〝異常〟とは断じない』と宣言してくれたからかもしれません。あの言葉どおりでした。会場内の誰も、わたしのことをおかしいと思っていなかった。奇異な目を向けられるかどうか、心配しなくていいという表情を向けてくれて――。すごいですね。それだけであんなに安心できるんだって、はじめて知りました」

十和子は言葉を切り、

「すみません。とりとめのないことばかり言って。でもどう表現していいのか、わからなくて……」

「謝らないでください」

拓朗が制した。

「いまのこの場も、会合の延長です。謝る必要はなにもありません」

「そう、……そうですね。はい」

十和子は納得し、まぶたを伏せた。

今夜の『ASMA』の会合は、三時間弱で終わった。早いほうだそうだ。集まった会員が多いときは、八時間に及ぶこともあるという。

まず十和子が語り、次にしずくが語った。ウメダ、ナミノ、JBの順で語り、拓朗と猫井は最後まで聞き役に徹した。話すかそうでないかは、その場そのときで選択していいのだそうだ。

「でもナミノさんの話は今回、ちょっとあけすけでしたね。鹿原さんが引いていないかと、内心で不安でしたよ」

と拓朗が苦笑する。

十和子はかぶりを振った。

「大丈夫です。わたしに向けて話しているのではないと、伝わってきましたから」

そう、セクシュアル・ハラスメントとは、けっして〝性に関する言葉や態度を示した〟ら、無条件に起こるものではない。そこに対個人間の侮辱と害意があって、はじめていやがらせ《ハラスメント》となる。TPOとコンプライアンスさえ守られていれば、話の内容が性的だろうと人は不快に感じたりしない。

ナミノは、つい先週の体験談を語った。「殴ってもらおう」とネットの出会い系で相手を募り、苦い思いをした顛末《てんまつ》であった。

「結局、いつもうまくいかないんですよね。どんなに吟味《ぎんみ》したつもりでも、結局は自称サディストって、暴力が好きなだけの支配したがりばかり……。わたしは同意の上でいじめてほしいのであって、暴力で抑圧してほしいわけじゃないのに」

赤裸々なSM描写のあと、ナミノはそう言って長ながと嘆息した。そのときの彼女の表情を十和子が思いかえしていると、

「……ぼくら性的マイノリティは、いつも、そうかもしれない」

拓朗がぽつりと言った。

「『誰かに理解してほしい』という期待と、失望のはざまで生きている気がします」

「でも」

十和子は口をひらいた。

しかしそこで、ちょうど料理の皿が運ばれてきた。

ミックスグリルセットと和風パスタがテーブルに置かれる。ウエイトレスが「ご注文はお揃いでしょうか」と確認し、離れていく。

「……でも、拓朗先生には、奥さんがいたじゃないですか」

カトラリーケースからフォークを取って、十和子は言った。

「アセクシュアル同士のご夫婦だったんでしょう？　だったら……理解してくれる相手が、ごく身近にいらっしゃったのでは」

「確かに彼女は、ぼくの一番の理解者でした」

拓朗が同意する。彼はプラスチックの箸をかまえて、

「失望させていたのは、いつだってぼくのほうです。ぼくは、彼女を理解しきれなかった。いや理解できずとも、まるごと許容してやればよかったんだ。……そう気づいたのは、彼女の死後ですよ」

と首を振った。

「とはいえ、仲はよかったんです。大きな喧嘩は一度もしたことがなかった。――アセクシュアル同士の夫婦と言っても、いろいろでしてね。たとえば性交渉するかどうか、子供をほしがるかどうかで意見がぶつかり、離婚にいたる夫婦はすくなくない。さいわいぼくらは二人とも〝性交渉なし、子供はいらない〟で一致していたから、そこの問題はありませんでした」

そういえば拓朗は「性嫌悪あり」と言っていた、と十和子は思いかえす。男性側が性交渉を求めないタイプなら、アセクシュアルの夫婦はスムーズに暮らせそうだ――と、おぼろげに想像した。

「恋愛感情は、あったんですか？」

会合の余波だろう、つい立ち入ったことを訊いてしまう。

「ぼくのほうはね」

あっさり拓朗は言った。

「ぼくはアロマンティックではないし、恋愛の対象は異性ですから。妻の更紗は、あなたと同じでしたよ。アロマンティックでアセクシュアル。でもぼくのことは『人類の中で一番好きで、一番安心できる』と言ってくれました。これって、最大の賛辞だと思いませんか？」

「思います」十和子は笑った。

次いで「あのう」と声を低める。

「あのう、拓朗先生が更紗さんを――奥さんを、理解しきれなかった部分というのは、どういう点なんでしょうか。あ、もちろん、答えたくなければ……」

「いえ」

グリルチキンを切り分けながら、拓朗が言う。

「かまいませんよ。……そうですね、たぶん……彼女がカトリックに帰依してから、遠く感じるようになったんだな。前にもすこし言いましたが、妻は自己奉仕や自己犠牲の念が強すぎた。『なにもそこまで』と思うことが増えたんです。なんというか……ぼくには、あやうく見えた」

「あやうく……？」

十和子は問いかえした。

「ええ、どう言ったらいいのかな……。ぼくらみたいな人間はもともと、傍目《はため》から〝ご清潔なやつ〟と映るらしいんですよ。それゆえに反感を抱かれることもあれば、いらぬ期待を寄せられることもある。たとえばぼくは、同性に『気取りやがって』『聖人君子のつもりか』と疎《うと》まれた経験が多々あります。女性には正反対に、人畜無害の王子様のようなイメージを何度か抱かれた。——妻の場合は、その傾向がさらに強かった」

拓朗は眉間に皺を寄せていた。

思わず十和子は、パスタを巻きとったままのフォークを皿に置いた。

拓朗が、言いにくそうに言葉を継ぐ。

「これは、心療内科医からの受け売りですが——。男性を求めない女性というのは、ある種の男にとって脅威なんだそうです。そしてべつのある種の男にとっては、救いらしい。前者は性依存気味の男性で、自分に見向きしない女性に対し反感と攻撃欲を抱きます。後者は逆に、性嫌悪持ちか未成熟な男性です。彼らは性の匂いのしない女性に安らぎを覚え、聖母に対するような憧憬《しょうけい》を寄せる」

彼はグラスの水で舌を湿して、

「奉仕者になってからの更紗は、どちらの男も惹きつけました。カトリックに帰依し、奉仕者になってからはなおさらでした。なのに彼女は、それを拒まなかった。奉仕者は、他人を拒否すべきではないという考えです。……ぼくには、危険だとしか思えなかった。カトリックの教えがどうであれ、他人の善意を信じすぎるべきではないと何度も諭《さと》しました。でも彼女は聞き入れず……そして、あんな結果に終わった」

最後の言葉は、這うような低い呻きだった。

「――犯人の心あたりは、ないんですか」

十和子は問うた。うつむいたまま、拓朗が答える。

「ここだけの話、いまでもぼくは学校関係者の誰かだと思っています。妻の交友関係は、けっして広くなかった。教会と家と学校を、往復するだけの日々でした」

「失礼ですが、どちらの教会に通われていたんでしょう？」

拓朗は答えた。志渡神父が所属する教会だ。

やっぱり、と十和子は心中でうなずいた。

――志渡神父だって〝学校関係者〟の一人だものね。

「いや、ぼくは教会の方がたのことはあやしんでいません」

心を読んだかのように拓朗が言う。

「べつだん『カトリックが殺人なんて』と思っているわけじゃないですよ。そうじゃなく……あれは、計画的な殺人でした。刃物を持った上で、深夜の学校に侵入しての犯行だった。内情を知らない教会の関係者に、できたとは思えません。あの脅迫状だって、学校の下駄箱に入っていたらしいし……」

「脅迫状?」

十和子は聞きとがめた。

同時にやっぱり、と納得する。やっぱりそうだ。更紗ももらっていたんだ。杵鞭だって言っていたではないか。十四年前の再現。脅迫状――。

拓朗が首肯して、

「あ、はい。妻は殺されるすこし前に、『殺す』と書いた紙を下足箱に投函されていたようなんです。それを知ったのは、ぼくもつい最近でしてね。去年に更紗の手帳を見かえしていて、ページに挟まれていた脅迫状を発見したんです。更紗は心配をかけまいとして、ぼくにも家族にも黙っていたらしい。同じページには、『いたずら? 本気? 誰かを不快にさせたらしい。反省』と走り書きがありました。……おかしいですよね。怖がったり恨んだりする前に、みずからを反省するあたりが、なんとも更紗らしいというか……」

拓朗は目を閉じ、天井を仰いだ。

短い沈黙が流れる。やがて拓朗は十和子に向きなおり、

「……いけませんね。料理が冷める」

と苦笑した。

「まずは食べましょう。話は、それからです」

「ええ」

納得して、十和子はフォークを持った。ふたたび二人が口をひらいたのは、食後のコーヒーが届いてからだった。

「あの……訊いてもいいでしょうか」

「なんです？」

十和子の言葉に、拓朗が目を上げる。

「手帳から見つかった脅迫状のこと、警察にご連絡は……」

「していません」

即答だった。

「正直言ってぼくは、警察をあまり信用していない。しろうと目にも、十四年前の捜査本

部はあさっての方向に進んでいるように見えましたよ。更紗の男関係ばかり、しつこく掘り起こそうとしてね。ぼくの話をまともに聞いてくれたのはただ一人、今道さんだけでした」

彼にはめずらしい、吐き捨てるような口調だった。

「今道さんが刑事部の捜査員でなくなったいま、警察に情報を与える義理はありません」

「……そうですか」

十和子はいったん受け入れて、

「では、奥さんのご遺族には？」と訊いた。

「まだご存命なんでしょう？」

またも沈黙があった。

「それは……いや、話していません」

ためらいがちに、拓朗が答える。

「こんなことを言ったら、薄情だと思われるでしょうが……ぼくは妻の死後、お義母さんとは必要最低限の連絡しか取っていないんです。前にも話題に出たとおり、妻と義母は、あまりいい関係じゃなかったのでね。いや、妻は好意的に乗りこえようとしていましたよ。でもぼくのほうが、妻に対する義母の態度に、我慢ならなかった……」

彼は上目で十和子をうかがって、

「それに、義母が脅迫状のことを知ったらきっと半狂乱になります。彼女は心臓がよくないので、あまり刺激したくない」

と言った。自分でも「取ってつけた言いわけ」と思っているのが伝わってきた。

「大丈夫です」

十和子はうなずいた。

「わたしも、同じです。母に脅迫状の件は話せていません。いえ、それだけじゃない。夫とのことも、なにもかも……。ですから、お気持ちはよくわかります」

「そう言っていただけると、ありがたい」

拓朗がかすかに頬をゆるめる。目線が正面から合った。

よかった、と十和子は思った。

この人といると安心する。すこしも触れたいとは思わないし、胸が高鳴ることもない。彼も同じく、自分にまったくときめいていないのがわかる。だからこそ、いっそう安心できる。

――この人に会えて、よかった。

冷めはじめたコーヒーを、十和子は飲みほした。

違和感を覚えたのは、帰宅してからだった。

あれ、とこめかみに指を当てる。

——わたし、脅迫状をもらったこと、拓朗先生に話したっけ？

チェインメールの件は、確かに相談した。どうやら脅迫状の件とチェインメールが、脳内でごっちゃになっていたらしい。つい自分がもらったのと同じ文面と決めこみ、「母に脅迫状の件は話せていません」なんて口走ってしまった。でも脅迫状については、まだ彼と話していなかったような。

——どうして拓朗先生は、「なんのことです？」とあのとき訊きかえしてこなかったんだろう。

ただ聞きもらしただけだろうか？　ただの会話の流れ？　感謝の言葉を優先した？　詮索のない人だから？　すべて知っていたような態度と感じてしまうのは、わたしの神経が過敏になっているせい？

駄目だ、と十和子は頭を抱えた。

目に付く人がみんな、あやしく思える。志渡神父、杵鞭主任、浜本夕希と来て、今度は拓朗先生か。きっとわたしはどうかしてる。被害妄想もいいところだ。

——でも、ほんとうにそうだろうか？

疑念が消えてくれない。胸がざわつく。

だって、脅迫状がわたしのバッグに入っていたのはほんとうだ。そして身近で殺人事件が起こった。直接の知人ではないけれど、生徒の母親が殺された。なおかつ勤務先でも十四年前、わたしに似た女性が殺されている。

——どこまでが被害妄想で、どこまでが正しい警戒心だろう？

閉架で本棚が倒れてきた日のことを思いだす。青痣のできた左肩が、ずくんと疼くように痛む。

月村委員長から転送されてきた〝第一弾のチェインメール〟が、文面ごと脳裏によみがえった。内容が内容なので、拓朗には打ちあけられなかったメールだ。

出だしこそ改変メールと同じだが、途中からが違った。

『……お願いだから五人に、次の文面コピペしてまわして。なにもなかったらそれでいいから。まわすだけまわして。マジごめん。←←←

〝東京で女性が何人も行方不明になっていること、みんな知ってますか？

あれ、連続殺人なんです。

テレビははっきり言わないけど、ほんとはもう五件起きてるの。

一件目はね、十四年前に聖ヨアキム学院事件で起こりました。そのとき殺されたのが、わたしの友達です。

彼女は妊娠中でした。お腹を刺されて、赤ちゃんごと殺されました。

わたしはふくしゅうすると決めました。事件にかかわったやつ、全員を同じようにころす！

そのために、ＩＴを勉強してハッカーになりました。このメールが届いたやつは、だから全員あやしいやつです……』


われ知らず、十和子はぶるっと身を震わせた。

3

「邪魔するよ、通指二課です」

そう声をかけ、今道は下塚北交番《PB》の軒をくぐった。

「おう、ミチさんじゃないの」

カウンターで巡連簿をひらいていた初老の男が顔を上げる。交番長《ハコ》の土肥《どい》だ。

この下塚北交番は、レゴブロックを組んだような角ばった建物である。壁はグレイと白の洒落《しゃれ》たツートンで、遠目には不動産屋の事務所とも見まがう。

しかし近づいてみれば白抜きの『KOBAN』の文字、入り口の赤色灯、そして引き戸の上に輝く桜田門のマークとが揃って、交番以外のなにものでもない。

「ミチさん、まーた書類仕事に飽きたのか。茶でも飲んでくか？　言っとくが、安物の茶葉で美味かぁねえぞ」

「いやいい。腹いっぱいだ」

今道は笑って手を振った。パイプ椅子を引き、土肥の向かいに腰をおろす。

「それより世間話――というか、昔話がしたくてね。土肥ちゃんが警察官《サツカン》になったのは、何年前のことだい」

「サツカンにぃ？　そうさな、三十五、六年前ってとこか」

「最初はどこの配属だった？」

「このPBじゃねえのは確かだな。なんだあんた、そんな昔の事件を掘っくりかえしたいのか。なにする気だ」

眼鏡をずり下げて、土肥がじろりと睨む。

今道は苦笑した。

「いや、事件じゃないのさ。ここの管轄区域のはずれに、沼があったろう。あの近くに住んでた一家の娘について知りたいだけだ」

「沼……。ああ、そういやそんなもんもあったな。とっくに埋め立てられちまって、いまや跡地にはでかいスーパーが建ってるが。その娘はいくつだい」

「四十一歳だ」

土肥は簿冊が並ぶ棚を見やって、

「さすがに四十年前の巡連簿はねえなあ。なんてえ名前の一家だ？」と訊いた。

「苗字は市川。子だくさんの家庭だったそうだ」

「市川ね。……ふん、上和西区のマル害が確かそんな姓だった気がするが、おれの勘違いかな。さすがに歳だ、聞き違いも増えた」

土肥は耳上に挿していたボールペンを抜き、カウンターに置いた。

「そういやスーパーの裏手あたりに、町の生き字引みたいな婆さんがいるよ。歳は九十四だそうだが、まだ頭も足腰もしっかりしてる」

「そうか、そりゃいい」

今道は応えた。土肥もうなずく。

「ああ。せっかく安全対策室の室長さんが来てくれたんだしな。巡回のついでに、婆さんとお話ししてくるかあ。最近の特殊詐欺はしつこいから、お年寄りにはまめに目を配らにゃいかんよな」

長ながと大声で言いわけしてから、土肥は奥の六畳間を振りかえり、

「おーい、ちょぃと巡回してくる。あとを頼むぞ」

と声をかけた。


生き字引の婆さんとやらは確かに矍鑠《かくしゃく》として、ものわかりも早かった。

「ああ、沼んとこに住んでた市川の家かあ。あいつらぁ、もともとこのへんの生まれでねえべよ。もっと西んほうからの流れもんだ。ええと……そんだな、うちの次男が中学に上がったぐらいでねえがや。湧いて出たみてぇにふらっと来て、いつの間にかあっこに居ついたんだ。やたらに子供ばっか、やしやし増える家だっただなあ」

そう言って茶ではなく、好物だという炭酸ジュースをぐいと呷る。

「ご近所付き合いは、していなかったですか」

土肥が問うた。

「市川ん家とは、してねがった」老婆が即答する。

「まあ向こうもこっちになんか、用事ねがったろう。あっこの嫁さん、いっつもでかい腹してふうふう言ってたっけよ、手ぇ貸してやろうとしたこと、何度もあんだ。けんど向こうがいらねって言うんだもん。そしたら、付き合いもなんも、しようがねっぺよ」

「子供が七人もいた上、あまりしつけがよくなかったとか」

「よくなかった、なんてもんでねえさ」

老婆は顔をしかめた。

「子供なんてよ、しつけしねぇでいたら猿と変わりねぇべ。それを市川ん家の嫁さんは、叱りもしねえ。言って聞かすどころか『こらっ』とも言わねえ。子供がどこで暴れようがなにを壊そうが、謝りにも来やしねえ。

日ごろなにしてんだかと思って、いっぺん家を覗いてみたらさ、嫁さんがゴミ溜めみてぇな床に赤子《ねねこ》転がして、ぼーっと座りこんでた。あっこはテレビもない家だったかん、ただ〝ぼーっ〟よ。まわりじゃ子供が、ぎゃんぎゃん泣いたり暴れたり。赤子が床の吸い殻を口に入れようとしてんのに、嫁さんは〝ぼーっ〟のまんまさ。したっけ、さすがに見てられねえでよ、『あーっ駄目！』って怒鳴っちまった。赤子が泣きだしたんで、さいわい吸い殻は口に入らねがったけど、肝心の嫁さんはあいかわらず〝ぼーっ〟の顔してこっち見てるばっかでさ。いやあ、あれはどうにも気味悪かっただよ」

「旦那さんは、子育てにはかかわってなかった？」

「かかわるどころか、あっこの旦那は滅多に家にいねがったもの。景気のいいときゃ工事現場に泊まりこんで、そうでねえときは雀荘だの競輪場に通ってた。あの旦那が家にいるときゃ、急にやがましくなるっけ、すぐわがったさ。夫婦喧嘩の声だの嫁さんの泣き声だの、とにかく筒抜けによう聞こえたっぺよ」

うんざり、と言いたげに老婆は首をすくめて見せた。

「じつは市川家の子供たちについて、お訊きしたいことが」

今道がそう切り出すと、

「子供？　ああ、そんならうちの孫に訊いたほうが早ぇべ」

老婆は固定電話の子機を手に取り、慣れた仕草で内線番号を押した。

「もしもし？　カズいるかね。ああそうか。カズおめぇ、確か市川んとこの何番目かの子と同級生だったろ？　ほれ、あの沼んとこに住んでた市川よ。そうそう。いま、ばあちゃんの部屋におまわりさんが来でっからよ、おめぇ、ちょっくら来てしゃべってやってくれ」

祖母の言葉に応じて馳せさんじた孫は、四十代なかばの男性だった。

まさかほんとうに警察官がいると思わなかったのか、目を白黒させつつ、今道たちの向かいに座る。

祖母が差しだす炭酸ジュースの缶を受けとって、

「いやあ、市川さん家の話と言われても……小学校のとき、同級生だったってだけですよ。お役に立てるかどうか」

孫息子はへどもどとプルトップを開けた。

「市川家の、何番目の子と同級生だったんです？」

今道が問う。

「ええと……次男だと聞いた覚えがある、かな？　当時ぼくは小学四年生でね。あそこの家に遊びに行ったとき、高校生くらいのお兄ちゃんがいたんです。で、『あの兄ちゃんが長男で、おれが次男』って言われたのを、なんとなく覚えてるような」

「市川家には、よく遊びに行ったんですか？」

「いやぜんぜん。あの頃はファミコン全盛期でしたからね、ファミコンがない家に行くことは、基本的になかったんです。市川くん家には、テレビすらなかったから……」

「それでも、たまに遊びには行っていた？」

「まあ、ごくたまにです。市川くんが『来い、来い』ってしつこくてね。ぼくみたいな気が弱くてことわれないやつは、五回に一回くらい付きあうしかなかった。本音を言えば、行きたくなかったですが」

「なぜ行きたくなかったんです？」

「なぜって、そりゃあ……」

孫息子は、眉を下げて苦笑した。

「こんな言いかたはあれですが、まあ、不潔な家でしたからね。赤ちゃんの汚れたおむつが、食べ残しのお菓子やなんかと一緒に床にほうってあるんですよ。夏なんか生ゴミが腐ってたし、トイレも汚かった。子供が大勢いれば汚れるもんだけど、あそこの家は格別でした。親が、掃除もなにもしなかったから」

「市川家の三女について、なにか覚えておられますか」

今道がそう問うと、孫息子は上目に彼を見た。

「そう訊くということは、やっぱり噂はほんとなんですね」

「噂？」

「上和西区で殺されたのは、あそこの娘だったって……。職場の人が、噂を」

そこまで言ったところで、老婆が「殺人？」と目を剝く。

孫息子は手で制して、

「ああ、ばあちゃんにはあとで説明すっから」

といなした。今道に向きなおる。

「三女というと、市川くんのすぐ下の妹だと思います。いっつも部屋の隅にいた子。なんでか市川くんのおばさんに嫌われてるっていうか、無視されてました」

「市川くんのおばさんというのは、つまり母親ですね？」

「そうです。あの子だけよその子なのかな、って思うくらい、邪険にされてました。市川くんに訊いたら『あいつができてすぐ父ちゃんがいなくなっちゃったから、エンギわりぃんだ。んで下の弟ができて父ちゃん戻ってきたから、弟は可愛がられてる』という答えでした」

――この両親は二回離婚していますが、そのたび同じ相手と、一年以内にまた籍を入れています。

――マル害は、両親の二度目の離婚中に誕生。そのせいかは不明ですが、あまり可愛がられちゃいなかったようだ。

伊野田の声が、今道の鼓膜《こまく》によみがえった。

なるほど「縁起が悪い」か、と思う。市川美寿々は母親にとって、「二度目の離婚、しかも妊娠中に逃げられた絶望」の象徴だったのだろう。

「まあ故人にこんなこと言うのはよくないですが……ぼくはあの三女、苦手でしたね」

孫息子が言葉を選びながら言う。

「なんだか、やけにべたべたしてくるんですよ。市川くんの見ていないとこで『さわっていいよ』と言ってきたり、スカートをめくって見せたり――。ああそうだ、思いだした。ぼくがあの家を苦手だったのは、なによりそういうとこです。なんというか、性の臭いがぷんぷんして」

彼は顔をしかめてから、

「いや、ばあちゃんの前で、こんな話するのはなんですけど……」

と老婆を横目で見やった。老婆が即座に手を振る。

「なあに、この歳になったらなんも気になりゃしねえさ。いいからしゃべれ」

そう言って、部屋の小型冷蔵庫に体ごと向きなおった。気を遣って、背を向けてくれたらしい。

孫息子が苦笑して言葉を継ぐ。

「では話しますけど……。あそこん家の両親がね、ぼくらが遊びに来てるのに、襖《ふすま》一枚隔てただけのとこで、――その、行為をしはじめたことがあるんです。ぎょっとしましたよ。

でも市川くんもほかの兄弟たちも平然としてた。いつものこと、って感じでした。もろに声が聞こえてきてね。興味が湧くとか興奮するより、ただ怖かったです。おばさんが叫ぶ声や言葉も、なにもかも怖かった」

「どう叫んでたんです?」

「『アレ付けて』って絶叫してましたよ。当時は意味がわからなかったけど、いまならわかります。『アレ付けてくれなきゃいやだ』『もう子供いらない。産みたくない』って叫ぶ声に、おじさんの怒鳴り声が重なって、殴る音がして——。帰りたいけど、帰ったらぼくまで殴られそうな気がして、動けませんでした。あの日以来です。なにがなんでも、市川くんの誘いをことわるようになったのは」

いやなことを思いだした、というふうに彼は顔を引き攣らせていた。

およそ三十年前か——。今道は内心でつぶやく。

現代では避妊なしの性行為を強いることは、ドメスティック・バイオレンスとされる。配偶者への暴力であり、肉体的および精神的支配なのだと理解が広まりつつある。しかし三十年前は『多産DV』という言葉はおろか、概念すらなかった。

——母親の『もう子供いらない』と泣き叫ぶ声を日常的に聞きながら、その母親に無視され、疎まれて育った市川美寿々。

来客相手にべたべた甘えたり、体をさわらせようとしたのは、「そうすればかまってもらえる」と学習したがゆえだろう。

逆に言えば、性的に触れるとき以外は誰も彼女にかまわなかったことになる。子供なりの悲しい処世術だ。同時に、ＳＯＳのサインでもあったはずだ。

「三女を最後にこのあたりで見たのは、いつ頃でしょうか」

「いつ頃って……うーん、ちょくちょく見かけてたからなあ」

「ちょくちょく？」

今道は問いかえした。意外な答えだった。てっきり十五で家を出て以来、生家には寄りつかなくなったと思っていた。

「おばさんが死んで家も取り壊されたから、最近はさすがに姿を見ませんがね。でも、それまではしょっちゅう見かけましたよ。見るたびお腹が大きいんで、失礼ですが『血は争えないな』と思いました」

孫息子が苦笑する。

「あそこ、七人兄弟でしたっけ？　でもほかの子は帰省すらしなかったし、市川くんなんていまや行方知れずですよ。結局親もとに通ってたのは嫌われてた三女だけ——なんて、皮肉な話ですね。もしかしたら、親にお金をせびりに来てたのかも……ああいや、それはないか。あそこのおばさんに、貯金なんかあるはずないもんなあ」

4

十和子は眉間にこれでもかと皺を寄せ、聖ヨアキム学院の中庭を歩いていた。

職員室に戻った途端、杵鞭に手まねかれたのが、一時間目を終えてすぐのことだ。その時点で、いやな予感はしていた。だが事態は予想以上であった。この眉間の皺は、しばらく消えそうにない。

——まさか市川樹里が、寮を追いだされるだなんて。

ことの起こりは昨夜である。

食堂で夕飯をとっていた樹里に、スポーツ特待生の一人がちょっかいをかけたのだそうだ。

この特待生は三年生の女子で、樹里が功績もないのに個室を占領していることが以前から業腹だったらしい。炭水化物抜きの特別メニューを前にした樹里に、

「なにそれ、鳥の餌っつっついてんの？」

「食べないならさっさと部屋に引っこみなよ、うっとうしい」

としつこく絡んだ。

しかし樹里は反応せず、苛立った特待生はさらにエスカレートした。樹里の母親が殺されたことを、みんなの前でからかいはじめたのだ。

「気のせいかなあ。なんか、このあたりだけ臭いよ。血の臭いがしない？」

「あっ、身内が新聞沙汰になった人がいたんだっけ、ごめんごめん」

「でもさ、被害者って言ってもいろいろだよね。通り魔とかなら同情しちゃうけど、愛人やってたような女が殺されても、正直、自業自得としか思えないっていうか」

「まあ親が親なら、子も子ってやつ？　たいていそうだよね。変な親を持つ子供って、間違いなくその子も変――……」

言葉はそこで途切れた。

特待生の顔面目がけて、樹里が卓上の一味唐辛子をぶちまけたからだ。

両目にもろに唐辛子の粉を浴びた特待生は、悲鳴を上げた。顔を押さえてよろめく。一、二歩後退する。

すかさず樹里は立ちあがり、彼女の肩を力いっぱい突いた。

食堂には長テーブルがいくつも並んでいた。食事どきで、テーブルの上には食器があふれていた。

特待生は長テーブルふたつと、下級生二人を巻きこんで倒れた。不運なことに、倒れた体勢がよくなかった。利き腕がテーブルの下敷きになった上、割れた食器の破片が腕をざっくり裂いたのだ。

約十五分後、特待生は救急車で病院に搬送されていった。

七針も縫う怪我だったという。さいわい神経に支障はなかったが、全治二週間との診断が下った。スポーツ特待生にとっては、死活問題と言える長さであった。

というわけで昨夜から今朝にかけて、学院の電話は鳴りっぱなしだったらしい。むろん特待生の両親からの、苦情の電話だ。

そうして今日の午前、特待生両親は校長室へと怒鳴りこんできた。背後には、利き腕を三角巾で吊った娘を連れていた。

話し合いの席には校長、教頭、寮の管理人、学年主任の杵鞭、十和子、そしてなぜかPTA副会長の月村が着いた。

とはいえ話し合いとは名ばかりだった。月村副会長を除く全員で、特待生一家の怒りをなだめることに終始した。月村副会長はといえば、つばを飛ばして抗議する両親を全面的にバックアップした。

「とにかく、明日にでもあの子を学院から追いだしてください」

怒鳴り疲れたのか、父親は肩で息をしながらそう締めくくった。

その横で母親も涙を浮かべ、

「そうですよ。あんな恐ろしい子と、これ以上ひとつ屋根の下で暮らさせるなんて。これはもう虐待です。人権侵害もいいところです。スポーツ特待生にとって、メンタルを保つのがどんなに大事か、教育者が知らないわけはないでしょう。これはうちの子だけの問題じゃありません。特待生すべてにかかわる問題です」

と訴えた。

「よろしい。署名を集めましょう」

月村が重々しく言う。

「民意を問うんです。わたしが発起人になってもかまいません。市川樹里の退学に賛同する保護者の署名運動を起こしましょう。まずはＳＮＳで拡散するため、専用アカウントを立ちあげます。それからマスコミにも――」

「ま、待って。待ってください」

校長が泡を食って腰を浮かす。

「そんなマスコミだなんて、大げさな。第一、市川樹里は被害者側なんですよ。被害者遺族を退学にしろとは、あまりに乱暴な」

「被害者と言ってもねえ、ふだんの不品行が招いたことじゃないですか」

月村がぴしゃりと言った。

「ひとくちに犯罪と言っても、同情できるケースとそうでないケースがあるでしょう。ですから民意を問いましょうと言ってるんです。世間の声を聞くのは大事ですよ。とくに聖ヨアキムのような、歴史ある高名な学校ならなおさらです」

「——……」

校長はシャツの衿を、冷や汗でびっしょり濡らしていた。

特待生の両親は得たりとうなずいた。杵鞭は苦虫を嚙みつぶしたような顔で立っていた。

十和子は口すら挟めずにいた。

そんな大人たちを後目に、腕を三角巾で吊った特待生本人は、うとうとと居眠りしていた。

ようやく話し合いに決着がついたのは、約四時間後だ。

結論はこうだった。

——市川樹里の退学については、三年ぶんの学費を前納済みなこともあり、考えられない。ただし寮のほうは近日中に退去させる。

十和子は反対した。

母親を亡くしたばかりの子を退寮させるなんて、あんまりだ。だいたい樹里は母一人子一人だった。寮を追いだして、いったいどこへ行かせると言うのだ、と。

しかし十和子の訴えなど、誰も聞こうとはしなかった。

「引きとってくれる親戚が、一人くらいはいるでしょう」

「もしいなくても、こういうときのために行政があるんですよ」

「学校は教育機関であって、慈善事業とは関係ありません。生徒一人の事情より、ほか四百人の生徒の安全と、心身の健康を優先すべきです」

とくに怒濤のごとく言いつのったのは月村だった。彼女が連呼する「マスコミ、SNS」の言葉に狼狽した校長は、青い顔で椅子に縮こまるばかりだった。

そうしていま、十和子は怒りを抑えきれぬまま中庭を歩いている。

――信じられない。

たった四時間の話し合いで、あんな重大な事柄を決めてしまうなんて。大の大人がよってたかって、母親を失ったばかりの少女の居場所を奪うだなんて。

確かに樹里は、相手に怪我をさせた。七針縫ったのだから大怪我だ。

だがそもそも喧嘩を売ったのは特待生のほうではないか。樹里は応じただけだ。本来ならば、喧嘩両成敗で済ませるはずのケースだろう。いくらマスコミをちらつかされたからって、弱腰にもほどがある。

憤然と十和子は歩いた。怒りのあまり、思わず大股で早足になる。こんなに怒ったのはひさしぶりだ。まわりの物音が遠い。視界が狭まっていると感じる。

ふいに、けたたましい破裂音が響いた。

一瞬、十和子は動けなかった。

その音がなんなのか、どこからやって来たのか理解できなかった。

立ちすくむ。あたりを見まわし、数秒置いて、背後からだと気づく。ゆっくりと振りかえる。

地面で、植木鉢が割れていた。

落下してきたのだ、と悟るまでに、さらにゼロコンマ数秒を要した。

落ちてきた？　どこから？　ああ、この鉢には見覚えがある。そう、確か五階の視聴覚室に飾られていたベゴニアの鉢だ。

——その鉢が、なぜ落ちてきたの？

混乱しながら、十和子は考えた。

窓際に置かれていたならまだしも、視聴覚室の棚にあった鉢である。風で傾いて落ちる、だなんてあり得ない。

　それに五階から落ちたとして——もし当たっていたなら、どうなった？　もし自分の頭に当たっていたら？　いや肩にぶつかったとしたって、大怪我をしたはずだ。

　十和子はいま一度、あたりを見やった。

　誰もいない。授業中だ。中庭を歩いているのは、自分だけだ。

　慌てて五階を見上げる。

　人影はなかった。誰も下を覗きこんでなどいなかった。もし誤って鉢を落としたなら、即座に謝罪の声が降ってくるはずだ。だが、森閑《しんかん》としている。

　——誰かが、わざと落とした？

　ようやくその考えにいたる。

　誰かがわたしを目がけて？　狙って鉢を落としたのか？　もしまともに当たったなら、死ぬかもしれないのに——。

　ざわり、と全身が粟立った。

　立っていられず、その場にしゃがみこむ。

　パニックが襲っていた。去年の記憶がよみがえる。津波のごとく襲ってくる。

　脅迫状。背中を押した手。痛み。腿をつたって落ちた、なまぬるい血の感触。悪意。笑顔。通りいっぺんの謝罪。心ない悪罵《あくば》。

さらに海馬はここ二箇月、立てつづけに起こった事象を呼び覚ます。

ふたたびの脅迫状。殺人事件。出ていった夫。信用できない同僚。溜まっていく一方の留守電。チェインメール。狙うように倒れてきた、閉架の棚。

――わたし、どうしていままで平気でいられたんだろう。

麻痺していた。ううん、違う。意図的に目をつぶり、心を閉ざしていた。鈍感であろうとしていた。

だってそうしないと、耐えられないから。また家に閉じこもり、物音に怯え、不眠と偏頭痛の日々に戻ってしまうかもしれないからだ。だから脳が防衛本能を働かせ、いち早く感覚ごと鈍らせて逃避させた――。

しゃがみこんだまま、十和子は横目で植木鉢を見やった。

割れている。真っぷたつだ。あれがもし頭蓋骨に当たっていたらと、考えるだけでぞっとする。

足が震えていた。立てそうにない。

だが、立たねばならなかった。あたりに遮蔽物《しゃへいぶつ》はない。いい的だ。もう一度落とされたなら、逃れようがない。

がくがくと震える足を操り、十和子は中腰で物影へ逃げこんだ。
日陰に入って、ようやく息をつく。まだ安堵はできない。だが、さっきよりはずっとましだった。

――どうしよう。

もし狙われているのが確かだとして――わたし、誰を頼ったらいいの。

拓朗の顔が浮かぶ。

だが、瞬時に打ち消した。彼のことは、まだ信頼しきれない。

では母は？　まさか。言えるわけがない。夫なんて論外だ。友人たちにも言えない。そもそも前の学校を辞めた理由さえ、誰にも打ちあけていない。

じゃあ誰に？　杵鞭？　浜本夕希？　あり得ない。それなら警察？　でも警察が当てにならないことは、一昨年の事件で骨身に沁みた。

そのとき、頭の端で記憶がちかっと光った。

鼓膜の奥で、穏やかな声が再生される。

――市民の通報を受け、警邏をし、交通指導をし、泥酔者を保護し、ときには緊急配備の発令もします。課によって受けもちは分かれますが、基本はなんでも屋です。

――いわゆる窓際族ってやつです。その代わり、地域の安全に関することならたいてい首を突っこめるんですよ。

そうだ。あの刑事さん。

確か、今道……と言っただろうか。あの人なら、話くらいは聞いてくれそうだ。拓朗だって「ぼくの話をまともに聞いてくれたのは今道さんだけでした」と言っていたではないか。直通の電話にかければ、すくなくとも無視はされまい。

校舎の陰で身を縮めながら、名刺をどこへしまっただろう——と十和子は記憶を掘り起こした。

5

「ほう、書棚に植木鉢ねえ。なんとも古典的ですな」

アイスコーヒーのグラスを前に、今道がのんびりと相槌を打つ。

時刻は午後六時半。十和子と今道は、コーヒーショップ『Y'sコーヒー』で奥のボックス席を陣取っていた。

夕飯前の半端な時刻だからか、客の入りはまばらだ。梅雨明けはまだだというのにエアコンがきんきんに効いて、七分袖のブラウスでも肌寒い。

十和子はアイスではなく、ホットのブレンドを頼んだ。相手は公務中の警察官ゆえ、支払いはむろん割り勘である。

「確かに古典的ですけど……」

十和子はカップを両手で包みこみ、

「それってつまり、古典になるほど繰りかえし使われてきた手口ってことでしょう。一定以上の効果がある証拠じゃないですか？」

と反論した。

今道が声を上げて笑う。

「確かにそのとおりです。失礼しました」

目じりに笑い皺を寄せ、頭を掻く。その仕草になんともいえぬ愛敬があった。

——感じのいい人だ。

あらためて十和子は思った。

堅気《かたぎ》の会社員にはとうてい見えないが、武張《ぶば》った印象はごく薄い。威圧的なところもない。好々爺《こうこうや》と呼べる歳ではないのに、全体に枯れた雰囲気が「お爺ちゃん特有の可愛げ」を思わせる。

――祖父に、すこしだけ似てる。

とうに鬼籍に入った父方の祖父に、だ。

顔はまったく似ていない。でもかもしだす穏やかな空気が似ている。だからだろうか、こうして正面に座っているだけで、なぜかしら安心できる。

「こちらこそ失礼しました。わざわざ出向いてくださったのに」

十和子は咳《せき》払いして、椅子の背もたれに掛けたバッグを探った。

「それと、こちらも見ていただきたいんです。わたしの通勤バッグに、いつの間にか入れられていたもので……」

取りだしたのは、例の脅迫状であった。見つけたときのまま四つ折りにして、市販の白封筒に入れてある。

「拝見します」

今道がハンカチを出し、布地越しに封筒をつまんだ。

同じく指紋が付かぬよう、慎重に中身を抜いてひろげる。ややあって、片目が細まる。

「差出人に、お心あたりは？」

「それは……あるような、ないような……」

あいまいな答えを返す十和子に、今道の片目がさらに細まる。

覚悟を決めて、十和子は吐息とともに言った。

「じつを言いますと――一昨年もらった文書に、内容がすこし似ています」

「一昨年？　でもその頃は、確かまだ」

「ええ。まだ聖ヨアキム学院には在籍していません。当時は、隣市の公立中学で勤務していました」

十和子はテーブルに視線を落とした。

「そのときは最寄りの警察署にお世話になりました。被害届は取り下げましたから、結果的に刑事事件にはなりませんでしたが」

「脅迫状をもらった時点で、被害届を出したんですか？」

「いえ。それは、もうすこしあと」

今道の問いに、十和子はかぶりを振ってから声を押しだした。

「一昨年の文面は、こうです。『おまえは、女じゃない。こどもなんてつくるな。おまえに、天ちゅうをくだす』――……」

言葉を切る。

顔が上げられない。

「……そのときわたしは、妊娠十六週でした。安定期に入ったため、職場に報告した矢先のことです。……正直言って、驚きました。驚いたし、怖かった。だから、用心していたつもりだったんですが……」

「被害届を出すようなことが、起こったんですね」

今道が言う。

十和子は「ええ」と答えた。

膝の上で拳をきつく握る。脳内を、ふたつの文面が駆けめぐる。

――〝ふつうの女のふりするな　これは天ばつ〟

〝おまえは、女じゃない。こどもなんてつくるな〟

「ええ。……わたし、流産したんです。受けもちの生徒に、階段の踊り場から突き落とされて」

語尾が震えないよう、低く声を抑えた。

あの日のことは忘れられない。昼休み中だった。窓からは秋のやわらかな陽が射し、空気が凪いでいた。あたりは心地よい喧騒に満ちていた。壁には卒業生が描いた海の絵が掛かっていた。その涼しい青を、いまもあざやかに思いだせる。

押された、と感じたときはすでに遅かった。

世界がスローモーションに映った。手すりにすがろうと伸ばした手は、むなしく空を切った。

痛み。かん高い悲鳴。そういえばあの声は、誰の声だったのだろう。まわりにいた女子生徒か、それともわたし自身が上げた悲鳴か。

気が付いたとき、十和子はリノリウムの床に突っ伏していた。腿《もも》の間を、ぬるりと生あたたかいものがつたう。血だ、と悟った。痛い。落下したときに打った背や肩が痛い。でもそれ以上に、下腹部が激しく痛む。

十和子は顔を上げた。

生徒たちが自分を取り囲んでいた。

助け起こすでもなく、駆け寄るでもなく、ただ遠巻きに彼女を見ていた。

一様に、無表情だった。

いまならわかる。生徒はただ、呆然としていたのだと。どうしていいかわからず立ちすくみ、不慮の事態に戸惑っていたのだ、と。

だがそのときの十和子は、恐怖を感じた。生徒たちの無表情が、ただ恐ろしかった。下腹部を押さえたまま、十和子は「助けて」と呻いた。

助けて。誰か、先生を呼んできて――。

あとから冷静に考えれば、先頭の生徒の目を見て「ほかの先生を呼んできて」と言うか、知っている顔を探して名指しで頼むべきだったのだ。

だがその瞬間、十和子は生徒たちに恐怖を感じてしまった。

そして生徒たちは「誰かって、誰？」「すくなくとも自分じゃない」と解釈し、おろおろするばかりだった。

結局、通りかかった三年生の女子が養護教諭を呼んでくれた。ようやく救急車が学校に到着したのは、十和子が落下してから四十分後のことだった。

「……やっと、さずかった子でした」

十和子は言った。

「結婚して七年目で、ようやくだったんです。不妊治療をはじめるべきか、迷って、迷って……その矢先にできた子。なのに、流産するときは、あんなにあっさりだなんてね。……ほんと、簡単なものでした」

自嘲の笑みで、前髪をふっと吹く。

あの日、十和子がふたたび目を覚ますと、そこは病室だった。無機質な白いベッド。硬いシーツの感触。看護師が忙しそうに歩きまわっていた。

かたわらには母と、義母がいた。

「……茂樹さんは？」十和子が問うと、義母は「仕事中で、連絡が付かなくて」と目をそらして答えた。

嘘だとはすぐにわかった。だがその瞬間、十和子は怒りも悲しみも感じなかった。

ああそうか、と思っただけだ。

ああそうか、夫は来ないのだ。それもそうか。もともと、妊娠や子供には興味の薄い人だった——と。

検査の結果、彼の精子にいささか問題があるとわかったのは四年前だ。

「マジか。学生の頃、いちいちゴム着けて損したな」

と彼は笑い、つづけて十和子にこう言った。

「不妊治療？　べつにおれはどっちでもいいよ。あ、でも子供ができないと、きみの肩身が狭いか。お義母さんやうちの親父が、うるさいに決まってるもんなあ」

その言葉はほんとうだ。義父は小言の多い人だった。

何年も子供ができないことに、もっとも頻繁に嫌味をぶつけてきたのも義父である。原因が自分の息子にあると知ってトーンダウンしたものの、

「畑を変えれば、うまくいくかもしれないぞ」

「もっと若い女に取り換えたらどうだ」

十和子がいる前で、その後もそんな冗談を言いつづけた。実際、彼は面白いジョークだ

した。

と思っているらしかった。十和子は愛想笑いもできず、気の弱い義母は青い顔で右往左往した。

——これは罰だろうか。

ベッドに横臥《おうが》し、十和子は自問自答した。

脅迫状のとおり天誅《てんちゅう》が下ったのだろうか。アセクシュアルであることを隠して、結婚して妊娠したから。不誠実なふるまいを正さぬまま、わが子をこの腕に抱こうとしたからなのか。

十和子を突き落とした生徒は、すぐに判明した。

目撃者が大勢いたおかげだ。十和子が担任するクラスの男子生徒だった。クラスカーストで上位に入る、陽気な人気者である。

あきらかな傷害事件だった。警察も介入した。

しかし十和子は結局、被害届を取り下げた。取り下げざるを得なかった。

なぜって相手は教え子だ。まだ未成年で、中学生で、なにより大ごとにするのを周囲が望まなかった。

夫も、母も、義父も義母も、校長も教頭も保護者たちも、口を揃えて言った。

「子供の未来を閉ざさないで」

「報復のつもり？　そんなことしたって、誰も幸福になりゃしませんよ」

「お子さんのことは残念ですが、運がなかったと思って」

「そういう運命だったんだよ」

どの言葉も、十和子の耳を右から左へ素どおりした。すこしも心に響かなかった。

十和子を突き落とした生徒が――いや、生徒たちが病室へ見舞いにあらわれたときも、同じだった。

驚いたことに〝犯人〟は一人ではなかった。

十和子の受けもちクラスは三十二人編成で、男子が十七人、女子が十五人だ。そのうち九人の男子生徒が、十和子を突き落とす計画に加担していた。

退院後、十和子は校長と教頭をまじえ、〝犯人〟たちと、その保護者と話し合うべく席をもうけた。

「だって、……先生が妊娠したのが、いやだったんです」

十和子の背を突き飛ばした生徒は、涙声でそう主張した。

「鹿原先生は、だって、ぼくたちの先生なのに。もう子供じゃないから、みんな知ってます。赤ん坊ができたってことは、セックスしたってことでしょう。そんなのおかしい。ぼくらは来年受験なのに。受験生になるぼくらをほっといて、先生がセックスして子供を作るなんて、そんなの無責任じゃないですか」

十和子は愕然《がくぜん》とした。

確かに教師の産休および育休については、しばしば問題になる。受験生を受けもつ担任ならなおさらだ。三年生を担任しながら学期なかばで妊娠した先輩教師が、

「途中で生徒を放りだす気か」

「責任感がなさすぎる」

と糾弾されるのを、何度か目のあたりにしてきた。だから来年は、担任からはずしてもらうよう校長にすでに頼んであった。

――なのにまさか、階段から突き落とされるとは。

呆然とする十和子をよそに、男子生徒は、

「ネットで『先生を流産させる会』の記事を見て、参考にしました。漫画やドラマは嘘ばっかりだけど、これはほんとうにあった事件だから、ぼくらにもやれると思った」

とべそをかいた。

ほかの生徒たちも次つぎと、彼の供述を認めた。

『先生を流産させる会』とは、二〇〇九年に愛知県の中学校で起こった実際の事件だ。部活動について注意されたこと等で、妊娠中の担任に不満を持った男子生徒十一人が、

「あの先生、流産させちゃえ」と計画したのだ。

担任の給食に異物を混入する、椅子に細工する、精液を模した液体を車にかけるなど、いやがらせは多岐にわたった。発覚後に校長が会見し、

「ゲーム感覚でやったことで、本気で画策したわけではない」

と発言したことも物議をかもした。

話し合ったあの日、男子生徒は泣きながら十和子に言った。

「鹿原先生のこと、好きです。でも妊娠してる先生は好きじゃない。ぼくらはただ、もとの先生に――無責任じゃない先生に戻ってほしかったんです」

そして、涙で濡れた瞳でじっと彼女を見つめた。

許しを期待している瞳だった。揺るぎなくまっすぐに向けた目は、十和子が「いいのよ」と言ってくれると決めこんでいた。

――だって、鹿原先生だから。

ぼくらの知ってる鹿原先生は、いつも最後には許してくれる。絶対にぼくらを見捨てたりしない。いまは怒ってるけど、きっとまたいつもみたいに笑って「もう、しょうがないなあ」と頭を撫でてくれる――。

そう信じきった瞳だった。

十和子の世界が、ぐらりと揺れた。

座っているのに、めまいが襲う。視界がまわる。胃の底から酸っぱい胃液がこみ上げて、息ができない。座っていられない。

それきり、意識が途切れた。

目覚めると、また病室だった。失神して倒れこんだとき、机の角で頭を打ったのだという。

脳波を採った結果、さいわい異状はなかった。一晩入院して、十和子は自宅に戻った。夫はやはり来なかった。タクシーを使っての帰宅だった。

そのまま十和子は休職した。

十日後、宅急便で生徒たちからの寄せ書きが届いた。金泥で縁どりされた色紙である。

「先生ごめんなさい」

「大好きです」

「早く元気になって、戻ってきてください」

と、子供たちの愛らしい字でいちめん埋まっていた。なかばまで読んで、十和子はトイレに駆けこみ、激しく嘔吐した。

攻撃は生徒たちからだけではなかった。保護者からも、十和子は突き上げられた。

「謝ったのに、なぜ許さないのか」

「未熟な子供にあやまちは付きもの。反省していないならまだしも、非を認めて謝った子供相手に大人げない」

「クリスチャンなら、罪を憎んで人を憎まずの精神を貫くべきでは？」

違う。許すべきだ、と誰より十和子自身が思っていた。

許さねばならない。そのためには一刻も早く復帰し、生徒たちに笑顔で声をかけてやらねばならないと。

だが、できなかった。

焦れば焦るほど、十和子の心は萎縮《いしゅく》した。学校へ足を向けるどころか、マンションから出ることも、しまいにはベッドから下りることさえできなくなった。

そんな十和子を、母は「だらしない」と叱った。義父は呆れ顔をした。夫は残業を口実に、深夜まで帰ってこなくなった。

結局、復帰できぬまま十和子は退職した。

もとどおりのサイクルで寝起きし、まともに家事ができるようになるまで、八箇月近くを要した。

その間に、夫の心は十和子から完全に離れた。

寝室を分け、入浴中もスマホを持っていくようになった。食べものの好みが変わった。財布やネクタイや名刺入れが、順に見覚えのない品と入れ替わっていった。

十和子は、嫉妬は覚えなかった。それどころか、夫の面倒を見なくて済むようになったとほっとした。心置きなく彼女は、自分だけの悲しみに浸った。

だが自尊心は傷ついていた。肝心なとき寄り添ってくれない夫と、そんな配偶者を選んでしまった自分。情けないと思った。とはいえ夫を責めることは、やはりできずじまいだった。

――だってわたしは、彼が望む可愛い妻になれない。

子供も産めなかった。夫が離れて当然だ。彼を引き止めるすべを、わたしは持っていない。

心療内科には、かかった。投薬を受けた。

しかしカウンセリングは頑《がん》として拒んだ。心のたけを他人に打ちあけるだなんて、恐ろしくてできなかった。

「……それが、去年までのことです」

喉につかえたような声で、十和子は言った。

「その後、恩師の紹介で、聖ヨアキムに採用してもらえて——赴任したのが、今年の春です」

アセクシュアルである部分だけを除き、十和子は今道にすべてを打ちあけた。その、締めくくりの言葉であった。

今道は相槌も打たず、ただ無言で聞いてくれた。

気づけばアイスコーヒーの氷が溶けて、グラスの上部に透明な層を作っていた。

「ですから、今回の脅迫状には……ぎょっとしました。また同じことがはじまったのか、と思ったんです。一昨年のように、また生徒たちに狙われるのか、と。でも、まさかと思って——そう言い聞かせて、押しこめてしまった」

十和子は頭を垂れた。

「わからない。もう、なにが正しいのかわからないんです。全部わたしの被害妄想なのか、それとも逆に、麻痺して鈍くなっているのか。……いま身のまわりで起こっていることが、普通じゃないとはわかります。でもそれに対して、自分が正常に反応できているのか、ちゃんと対処できているのか、まったく自信が持てない……」

沈黙が落ちた。

しばし、十和子も今道もものを言わなかった。

聞こえるのは店内を低く流れる、ゆるいテンポの音楽だけだ。

だが不思議と気づまりではなかった。早く言葉を探さねば、という焦りもなかった。

たっぷりとした静寂ののち、十和子は顔を上げた。

今道と正面から目が合う。

「……なぜです？」

十和子は問うた。

「なぜなんですか。あなただけは、わたしを見ても驚かない。十四年前の事件の関係者なのに、わたしの向こうに更紗さんを見る目つきをしない」

「お二人は、似てらっしゃるそうですね」

今道はうなずいてから、

「だが、わたしは生前の戸川更紗さんを存じませんのでね」と肩をすくめた。

「知っているのは、せいぜい写真の彼女だけだ。あなたと彼女を見比べて、驚けるような立場じゃないんです」

「え、でも写真だけを見た友人だって、みんな……」

そこで十和子は口をつぐんだ。今道の表情に気づいたからだ。

のりだしかけていた体を引き、十和子は唇を結んだ。思わず心臓に手を当てる。深呼吸する。

「――なるほど。あなたたちは、鏡なんですな」

　今道がゆっくりと言った。

「人はみな、あなたたちの中に自分の見たいものを見る。そしてあなたたちは、反射的に願望に応えようとしてしまう。とはいえ媚びているわけじゃない。自己犠牲の精神、というのとも違うな。ともあれあなたたちは、人の期待を無視できない――無視するまいと、われ知らず動いてしまう人たちだ」

　静かな声音だった。

「だからある種の人間は、あなたたちにどうしようもなく惹かれる。さらに彼らの一部は、あなたたちが期待した人間像からはずれると、強い憤りを感じる。好意を踏みにじられた、と感じてしまう」

「それは――」

　十和子は口をひらいた。

「それは、殺意につながるほどの憤り、なんでしょうか」

「さあ」今道が首をかしげる。

「そこは人それぞれ、としか言えません。しかし一昨年にあなたを階段から落とした生徒と、加担した生徒たちは、近い感情を抱いたはずだ。彼らはあなたが好きだった。好きだからこそ、堕落したあなたが許せなかった」

「堕落……。わたしが、夫の子を妊娠したから？」

「中学生と言や、処女受胎を信じる歳じゃありませんからね。あなたが聖なる存在ではなくなった、と思ったんでしょう。プラス、あなたが担任をはずれるだろうと予感したせいもあるな。彼らは受験する年も、変わらずあなたに受けもってほしかった。しかし産休に入れば、どうしたってその願いはかなわない。あなたの妊娠は彼らにとって、クラスへの裏切り行為だったわけです。だから彼らは、裏切り者のあなたを罰した」

「そんな」

十和子は反駁《はんばく》しかけて、

「いえ、そう――そうですね」と額を手で押さえた。

「わかります。ええ、きっとそう。裏切り行為……。そうです。あの子たちにしてみたら、わたしはひどい裏切り者だった……」

独り言のように、十和子は言う。

数秒置いて、ふっと今道が笑った。

「ほら、それだ」

「え?」

「鹿原先生、あなたはそこで納得しちゃいけません。反省したり、傷つくのも違う。大きな声で『ふざけるな』と言ってください。あなたが受けた仕打ちは、誰から見たって理不尽だ。かつての生徒たちを許せない自分を、恥だと思わなくていい。そもそも許す必要なんてないんです。もし今後もいやがらせがつづくようなら、『ふざけるな。わたしは被害者だ。わたしの赤ん坊を返せ』と怒鳴りかえしなさい。その後、わたしに通報すればいい。そして電話を切ったあと」

今道は、彼女を見た。

「――亡くなったお子さんを思って、気の済むまで泣いてください」

ふたたび沈黙が落ちた。

十和子は顔をそむけた。

今道の顔をこれ以上見たくなかった。見たら、この場で涙をこぼしてしまいそうだった。彼の言うとおりだ。わたしはまだ、十分に泣けていない。

子供のために涙を流しきれていない。

泣く前に、感情を押しこめてしまった。母に叱られるのがいやで、これ以上周囲に責められたくなくて、もとの自分に戻ることに専念した。

平気なふりをしよう。冷静であろう。感情をあらわにするなんてみっともない。こみ上げる涙は呑みくだすしかない。そう思いこんでしまった——。

今道が手もとのグラスを引き寄せて、

「この脅迫状はお預かりします。こちらで調べてみましょう」

と言った。氷が溶けて水っぽくなったアイスコーヒーを、ストローでていねいにかき混ぜる。

「脅迫状、閉架の棚、植木鉢……。どれもこれも、古典的でまわりくどい。犯人があなたを本気で傷つけるつもりなら、もっとストレートにやっていると思いますよ。これらはただの脅しでしょう」

のんびりした口調で言う。

「とはいえ脅迫は犯罪だ。警察の出番です」

今道はアイスコーヒーを半分ほど飲んでから、

「そういえば鹿原先生。わたしからも、ひとつお願いが」と言った。

「え、はい。なんでしょう」

急いで十和子は向きなおった。目じりをそっと、しかし素早く指でぬぐう。

今道がつづけた。

「市川樹里さんを、できるだけ気にかけてやってください」

十和子は目をしばたたいた。

意外な言葉ではなかった。なのに、一瞬虚《きょ》を衝《つ》かれた。「ええ」意味を咀嚼《そしゃく》してから、深くうなずく。

「ええ。――はい、もちろんです」

第五章

1

八木沼武史はベッドに寝転がり、報告書をめくっていた。

自宅のベッドではない。貝殻がひらいたような馬鹿げたかたちをして、枕もとにスイッチがごちゃごちゃ付いただだっ広いベッドだ。

彼は、ラブホテルの一室にいた。

はじめて使うホテルだが、一人で入ってもあやしまれることはなかった。同じようにデリヘル嬢と待ち合わせる客はすくなくないのだろう。遅れてやって来た嬢の出入りも、ごくスムーズであった。

デリヘル嬢はいま、シャワーを使っている真っ最中だ。

浴室も馬鹿みたいな造りだった。浴槽はやはり貝殻形で、壁いちめんに波が描いてある。

シャワーヘッドはイルカ、椅子は亀を模してあった。

どうやら部屋全体が海をモチーフにしているらしい。簡素なテーブルに置かれたパンフレットの表紙には『人魚姫のマリーナ』と書かれていた。

阿呆くさい、と八木沼は失笑した。

部屋の装飾がどうだろうと、やることは一緒ではないか。セックスするのに、貝殻もイルカも必要あるまい。それとも「人魚姫の部屋に行こうよ」などと誘われて、ほいほい付いてくる女は多いのだろうか。だとしたら、世の女の馬鹿さ加減にあらためて呆れかえる。

——小利口な女は多い。だが大半が、勉強だけできる馬鹿だ。

八木沼がもっとも嫌う人種である。八木沼より勉強ができて、なのに馬鹿な女。女どもの九割がこのパターンだ。

例外はごく少数だった。そして、すくないからこそ尊い。

美しく清らかなひと。穢《けが》れない、聖なるひと。

凜としたまなざし。清廉なたたずまい。なめらかな陶器のごとき、整った横顔。

——戸川先生と、鹿原先生。

ほうっと八木沼はため息をついた。

われながら熱っぽい吐息だった。

ベッドに仰向いたまま、報告書をめくる。すでに二度読んだが、何度読んでも飽きない。尊敬する美しいひとのことなら、何百回読もうが新鮮だ。

興信所に依頼した、鹿原先生の調査報告書であった。

昨日ようやく届いたのだ。宅配便で受けとってすぐ、八木沼は報告書と旅行バッグひとつを抱えて家を出た。

――どのみち警察は、じきにおれの身元を割りだす。

だったら家でつくねんと待っているなんて、間抜けのすることだ。確かに彼は劣等生だったが、まるきりの馬鹿ではない。一たす一は二で、家にずっといれば逮捕が早まることくらいは理解できる。

しばらくはホテルを転々としよう。そう決めていた。

ラブホテル。ビジネスホテル。カプセルホテル。ネットカフェ。泊まる場所はいくらでもある。どうせもう金なんて必要ない。

捕まったら、その後はずっと拘置所暮らしだ。税金で食っていくのだ。裁判になったら死刑に決まっているし、二度と金を遣う機会はない。残高すべて、遣いきってかまわない。

――でも捕まるまでに、使命だけは果たしていかないと。

八木沼は調査報告書を閉じ、顔の上に伏せた。

まぶたを下ろす。たった今読みかえしたばかりの情報を、頭の中で反芻《はんすう》する。

――鹿原十和子。三十五歳。

一九八四年四月十一日生まれ。血液型A型。無機化学工業メーカーに勤める父親と、教師の母親のもとに生まれる。同胞《きょうだい》はなし。一人っ子。

既婚者。離婚歴なし。夫の姓名は鹿原茂樹。十和子より二歳上で、医薬品卸売会社に勤務。二人の間に子供はなし。

市立上城小学校、同中学校卒業。学業優秀、品行方正な生徒として有名だったという。習いごとはピアノ、バレエ、書道、英語。いずれも好成績だった。

私立徳敬高等学校卒業。清耀女子大学教育心理学科卒業、ならびに同大学院修了。大学院まで一貫して優秀な成績をおさめ、発表した論文も高い評価を得ている。

卒業後は、教師として市立乙橋中学校に着任。担当は英語。

二十八歳で現在の夫と結婚。夫の会社からほど近い、みどり野区の賃貸マンション三階に居をかまえる。

翌年、船戸中学校へ異動。さらに三年後、七星中学校に異動。

一昨年、七星中学校において階段から落下し、流産する。

事故として処理されたものの、「生徒に突き落とされた」という噂はいまだ絶えない。

同年、七星中学校を退職。

今年四月、私立聖ヨアキム学院に着任。二年C組の担任教師となる。

夫とは現在同居していない様子。夫は部下である女性社員のアパートから毎日出勤し、同アパートに帰る。

女性社員のアパートは古寺区に建つ2DK。関係は二年前からつづいているようだが、鹿原十和子が把握しているかは、周囲の証言からうかがえない。離婚するか否かも、同じく不明。

——ふん、馬鹿な男だ。

調査報告書で顔を覆ったまま、八木沼は舌打ちした。

鹿原先生のような女性と結婚できたというのに、浮気だの別居だのと愚かすぎる。身のほど知らずの糞野郎だ。

——でもまあ、流産したのはよかった。

こんな野郎の遺伝子を残したって、社会になんの益もない。しかも鹿原先生の遺伝子と混ぜるだなんて、汚らわしい冒瀆だ。流れるべき命だったと言えよう。

——この馬鹿夫、殺しちゃおうかな。

彼はしばしし思案した。

男を殺したことはないし、趣味でもない。でも、やってできないことはないだろう。足が付く可能性はいまより格段に高まるが、どうせ逃げおおせる気はない。くだらないやつは、さっさと死なせたほうがいい。

──生きる価値のないやつは、生かしておく意味がない。

ふと脳裏に、〝かつてのママ〟が浮かんだ。

彼自身が殺したママだ。市川美寿々こと、みすずママ。樹里の母親。彼にとって、もっとも付き合いの長いママだった。

できれば殺したくなかった。でも、殺さないわけにはいかなかった。だって生かしておいたら害があったからだ。取り除くしかなかった。

八木沼は首をもたげた。

調査報告書が顔からすべり、シーツに落ちる。

室内を見まわした。濃いブルーと薄いブルーがつくる波模様の壁紙。貝殻形のベッド。天井からは、安っぽいイルカのモビールが吊り下がっている。

──そういえば紫の神仙水も、海のミネラルがどうとか言ってたっけ。

ふっと八木沼は笑った。

母なる海から生まれた水だから、母となる女性にとっても最適ななんとかかんとか。あれをもらうために通いつめ、ありがたがって飲む女がたくさんいた。

――あれはきっと、洗脳みたいなものだったんだろう。

おれを産んだ実のママも、洗脳された信者の一人だった。あの家のいかれババアを崇めたてまつっていた。そして、みすずママのことも。

みすずママは、しょっちゅうお腹を大きくしていた。でもものすごく大きくなる前に、たいていその腹はぺしゃんこに戻ってしまった。

変な人だった、といまでも思う。

いろいろなことを教わった。恩人と言ってもいいくらいだ。でも、やっぱりみすずママは変な人だった。

シャワーの音が止まった。

ああ、今回のママが浴室から出てくるな、と八木沼は察する。髪をざっと乾かしたら、こっちの部屋へ戻ってくるに違いない。

彼は身を起こし、調査報告書をバッグにしまった。

見られるわけにはいかない。いまのところ、このデリヘル嬢を――〝キープ中のママ〟を殺す予定はなかった。よけいな騒ぎは、いまはいらない。

スマートフォンは自宅に置いてこざるを得なかった。GPSで追跡されるかもしれないから、持っていたってどうせ使えない。キープ中のママたちの電話番号は、しかたなくアドレス帳に手書きでひかえた。

ドア越しに、ドライヤーの音が聞こえてくる。

低い唸《うな》りにも似た音を聞きながら、八木沼は目を閉じた。

そして、あのママの脳に熱湯を注いだらどんな音がするだろう、と想像した。

2

「――というわけで、この歳になっても結論が出ないんです。いつもヘテロの同性ばかりを好きになってしまう自分は、はたしてゲイなのか、それともリスロマンティックなのか……」

身をよじるようにして〝トニオ〟が嘆く。

そのなため向かいで、十和子は熱心に耳を傾けていた。

「自分では毎回、無作為に好きになっているつもりです。でも報われない恋だとわかっているからこそ、安心して恋に落ちている気もする。体の欲望を発散する手段なら、いくらでもあります。でも心をどう満たしていいのか、そもそも満たされたいと思っているのか、自分で自分がわからない……」

その夜、『ASMA』の会合には二十人近くのメンバーが集まっていた。

男女比はおおよそ六：四。年齢層は下が二十代前半から、上は六十代までだ。

かっちりしたスーツ姿の男性もいれば、ゴスロリファッションの女性も、はたまた涼しげな絽《ろ》の着物をまとった男性もいる。

戸川拓朗は、今夜は出席していなかった。

心のどこかで十和子はほっとしていた。先日の疑惑が、いまだに胸の底でわだかまっている。完全に晴れないうちは、彼と顔を合わせるのは気まずい。

——わたしが一方的にあやしんでいるだけだろうけど、それでも。

語りつづけるトニオの隣には、先日も出席していた〝しずく〟がいる。さらに三人置いた隣には〝猫井〟がいた。さらに司会は、変わらず〝JB〟である。

全体的にアットホームな雰囲気だった。

ことさら親密そうに話しこんだり、笑顔を見せ合うわけではない。だが、室内に漂う空気が和やかだ。

およそ相容れなそうな人たちばかりが集っているのに、全員が親戚同士のように自然にくつろいでいる。

——不思議な感じ。

十和子は胸中でつぶやく。でも、ひどく居心地がいい。

なんというか——そう、許されている感覚がある。おまえはここにいていい、居場所がほしいなら空けてやる、という寛容と許容を肌で感じる。

トニオが語り終えた。

JBが一同に拍手をうながす。全員が手を叩いた。十和子も惜しみなく叩いた。

替わって語り部となったのは、しずくだった。

先日とは違い、女性の服を着ている。シンプルなIラインのワンピースに、黒のキャスケット。かかとの低いサンダル。

化粧はしているものの、ごくヌーディなナチュラルメイクである。肩幅や筋張った腕はやはり男性のものだが、長年スポーツに打ちこんだ筋肉質な女性と言っても通りそうだ。

「この前、行きつけのバーに行ったときのことなんです……」

うつむきがちに、しずくは切りだした。

そのバーにはしずくと同年代で、同じくトランスジェンダーの常連がいるらしい。その常連に「職場にカミングアウトした」と告げられ、しずくは激しく動揺してしまったという。

「なんとなく、そんな気はしてたんですよ。あ、この子、まわりにカミングアウトしたがってるな。そのために、いろいろ手まわししてる最中だなって。じつを言えば、そんな気配は前々から感じてたんです。だからそのときが来たら、『おめでとう』って言ってあげようと思ってました。成功したら一緒に喜んであげよう、もし失敗でも一緒に悲しんであげなきゃって、心の準備をしてたんです。でも、いざ現実になってみたら――ぜんぜん、駄目だった」

しずくは頭を抱えた。

「『おめでとう』の言葉が、口から出てこないの。言わなきゃ、言わなきゃって焦るのに、そう思えば思うほど、顔が強張って……。まわりのみんなが『おめでとう』『おめでとう』って言いだしてから、ようやくわたしも言えたけど、きっとあの子、気づいてたと思う。わたしがこっそり葛藤してたこと……。ううん、嫉妬してたことに」

しずくは両の目に涙を溜めていた。

「だって、わたしの職種じゃ、カミングアウトなんて無理ですもの。夢のまた夢。ううん、完全に無理。クビを覚悟でやらなきゃいけない。だから……だから、『なんでよ』ってつい思っちゃったんです。この子とわたし、歳も学歴も条件もそう変わらない。なのになんでこの子だけ楽になれて、わたしは駄目なのよ、って思っちゃった。そんな自分の心の狭さに、わたしもう、いやになっちゃって――……」

　掌で顔を覆う。

　しずくの隣に座っていた女性が、慰めるようにその膝へ手を置いた。ためらわず、しずくが握りかえす。

　まるで性的な匂いのない仕草《しぐさ》だった。その事実に、十和子は胸を衝かれた。

　あの二人は女性同士なのだ、とあらためて実感する。

　女性の友人同士だからこそ自然に膝に触れ、しずくもその手を握りかえした。ごく当たりまえに交わされた親愛に、なぜか胸が詰まった。

「……わたし、年子の姉がいるんです」

　洟を啜りながら、しずくは言った。

「お揃いの服や文具を、よく親に買ってもらいました。必ず赤いほうが姉で、わたしは青いほう。漫画雑誌だって、姉には『マーガレット』で、わたしは『少年ジャンプ』。わたし、ほんとは『マーガレット』のほうが好きでした。『高校デビュー』って漫画に出てくるヨウくんていう子が好きで、読むたびどきどきしてた。でもそれをこっそり姉に打ちあけたら、『お父さんには絶対言っちゃ駄目だよ』って怖い顔をされました。……わたしは、うん、ってうなずいた。姉の言っている意味が——父が怒るだろうってことが、おぼろげでも理解できたから」

しずくはおとなしい子だったという。家で本を読んだり、可愛い小物を集めるのが好きだった。

しかし父は無理やり彼に野球をやらせ、キャンプや釣りなど、アウトドア活動に連れまわした。

どうして自分だけ、としずくは父に訊いた。

「どうして自分は野球やキャンプをしなくちゃいけないのに、お姉ちゃんは外に出なくていいのか」と。

父は当然のように「なぜって、女の子は家にいるもんだ」と答えた。

姉は長子らしい、ちゃきちゃきした性格だった。成績だって姉のほうがよかった。しかし「跡取り、跡取り」とちやほやされ、高い学費をかけてもらえたのはしずくのほうだった。

陰で姉に「なんであんただけが塾に行けるの」と恨み言をぶつけられたことがある。わたしのほうが頭がいいのに、なんで男だっていうだけで、あんたが——と。

「……姉の気持ちは、よくわかります。でもそれは、けっしてわたしが望んだことじゃなかった」

　しずくは絞りだすように言った。

　視界の端で、猫井がかすかにうなずくのが見えた。

「はっきりした性格の姉と違って、わたしは引っこみ思案でした。運動神経は鈍かったし、勉強だってさほど好きじゃなかった。もしわたしが、心だけじゃなく体も女の子だったら、父は『おっとりした、お嫁さん向きの子だ』って喜んだと思います。わたしは野球もキャンプもせず、家で大好きな漫画を読んでいられたでしょう。……ときどき、思ってしまうんです。ほんとうにわたしは、先天的なトランスジェンダーなんだろうかって。これは単なる父への反発で、父が押しつけた〝男らしさ〟を放棄した結果に過ぎないんじゃないか、って……」

　そう言うと、しずくはハンドタオルで顔を覆った。

　次に語ったのは、フィクトセクシュアルの女性〝メイ〟だった。

　フィクトセクシュアルとはアセクシュアルの一種で、アニメやドラマの登場人物など架空のキャラクターにしか愛情を抱けない指向のことである。

「……わたしも、トニオさんやしずくさんと同じです。自分では、自分をフィクトセクシュアルと判断しています。でも心のどこかで、ほんとうにそうなのか、わからないままでいるんです」

　よく通る、きれいな声だった。

「子供の頃から、父にセクハラされてきました。ちいさい頃は、体をいじられたり、無理やり口にキスされたりです。十歳を超えると、胸やお尻をさわられるようになりました。親戚が大勢いる前で『こいつ、もう生えてるんだぞ』って大声で言われたこともあります。生理がはじまったときなんて、大喜びで言いふらされた……」

　メイは唇を噛んだ。

「現実の恋愛に興味がないのは、ほんとうです。でもこれが生まれつきなのか、後天的な性嫌悪から来るものなのかが、わからない。生来からのフィクトセクシュアルだとは、自信を持って言いきれません」

　うつろな口調だった。

「今年、わたしは三十歳の誕生日を迎えました。途端に父は豹変しました。それまではスマホを覗いてチェックするほど異性関係に厳しかったくせに、『そろそろ結婚しろ』『いい男はいないのか』と百八十度違うことを連呼しだしたんです。横で聞いていた弟が『親父、うるせえよ。それハラスメントだぞ』って言いかえしてくれたけど、父は激怒して、襖《ふすま》を蹴倒して出ていきました。……もう、うんざり」

メイはかぶりを振った。

「いまは母に会いたいから実家に通っていますが、母がいなければ、とっくに縁を切っているでしょう。……結婚する気は、一生ありません。母に孫を抱かせてあげられないのは申しわけないけど、自分の子供もほしくない。現実の異性に近寄りたくはないし、かといって同性と必要以上に親しくしたいとも思わない。……その気持ちは、確かです。自分の中に確固としてあります。でもこれがフィクトセクシュアルと呼べるのか、性嫌悪から来る忌避なのか、区別がつかない。……父のセクハラがいやだから、性一般が苦手になったのか。〝苦手〟と〝興味なし〟の境目はどこにあるのか。わたしにはなにひとつ、わからないんです」

その言葉を最後に、彼女は語り終えた。

拍手が湧いた。

「――後天的だって、外因性だっていいんじゃないかな」

そう言ったのはJBだった。

「理由や由来は、ひとまず置いておいていいと思うんですよ。たとえ親の影響でトランスやフィクトセクシュアルになったとしても、それがいまのあなたなんだから」

彼は一同を見まわした。

「だからあなたは、いまのあなた自身を肯定してあげてほしい。先天的だから是、後天的なら否、なんてことはないんだから。大事なのは、現時点のあなたです。いまのあなたと、これからのあなたが幸せになる方法を、みんなで考えましょう。わたしが思うに、ここに集まってわれわれが語りあっているのは、〝いまの自分のままで幸せになる〟方法を探るためなんじゃないかな」

「ぼくもそう思う」

真っ先に賛同したのは猫井だった。

「わたしも」「おれも」と次つぎに声が上がる。

「悩むのは、しょうがないと思うんですよ。悩むのも泣くのも、過去を振りかえるのも人間なんだから当然。でも、いまの自分を否定するのだけはやめましょう」

そうJBが締めくくる。

ひときわ大きな拍手が起こった。輪の中で、十和子も手を叩いていた。

――やっぱり、来てよかった。

そう思った。いま一度ここに来るのは、正直ためらった。でも弱気にくじけず、今日ここへ来てよかった。

ほかの人と気持ちを分かちあえるだけで、こんなにも安らぐ。わたしたちは異常じゃない。孤独じゃないと思える。

メイさんの手を握りたい、と十和子は思った。

さっきしずくの手をそっと握った女性のように、わたしも彼女の手を取りたい。親愛の証《あかし》として触れてみたい。こんな気持ちははじめてだ。

――市川樹里の気持ちが、すこしわかった気がする。

保健室で、下級生の体にさわった樹里。みな彼女を頭ごなしに叱った。けれど他人をすこしでも知りたいと願うとき、人は「触れたい」と思うのかもしれない。

それでなくとも樹里の生い立ちは複雑だ。コミュニケーション能力に難があり、親からのしつけも不充分だった。彼女はあの下級生に興味を持ったからこそ、つい触れてしまったのではないだろうか。

――ただ叱るのではなく、教え諭すべきだった。

十和子は悔やんだ。

他人の体に許可なく触れてはいけない。それは他人の権利をおびやかすことだと、穏やかに言い聞かせればよかった。

お互いの間に信頼があり、お互いに許可があれば、触れることはけっして悪ではない。あくまで一方的だからよくなかったのだ、と。

――市川樹里と、二人だけで話す機会がほしい。

杵鞭主任も養護教諭もいないところで、話すチャンスはないだろうか。

思案しながら、十和子は手を叩きつづけた。


帰宅してすぐ、ポストの投函口に気づいた。封書が二通挟まっている。

一通はダイレクトメールだが、もう一通は手書きの白封筒だった。十和子宛てである。

――夫の字だ。

靴を脱ぎながら、十和子は封筒を裏返した。やはり差出人は夫だった。しかしリターンアドレスの記入はない。

リヴィングに入り、鋏《はさみ》で封を開けた。

入っていたのはたった一枚、離婚届であった。ひろげてみる。未記入だ。添え書きもなにもない、ただ四つ折りにしただけの用紙である。

二枚目ね、と十和子は冷静に思った。

家を出たとき、彼は離婚届を一枚置いていった。だからこれで二枚目だ。

――送るなら、自分の記入欄を埋めてから送ってほしい。

内心でつぶやき、十和子はふっと前髪を吹いた。

3

市川樹里の、退寮後の引き取り先が決まった。

芽川区に住む母方の伯母である。ただし現在は離婚して、長男一家と同居中だそうだ。おまけに鬱を患っており、殺された美寿々とは折り合いがよくなかったという。

「大丈夫なんですか。そんな方に任せて」

杵鞭に向けた十和子の声が、思わずとがる。

なかば以上は抗議だった。なぜいつも事後報告なのか。樹里の担任は自分なのに、なぜ話し合いに参加させてくれないのか。抑えきれない憤懣《ふんまん》が声音にこもった。

「大丈夫に決まってますよ。なにしろ実の伯母なんですから。『血は水より濃い』と、よく言うじゃないですか」

気のない声で杵鞭は言った。

「それに、もう決まったことですから」

言い捨てて、十和子の反論を待たずに背を向けて去っていく。

十和子はその後ろ姿を睨みつけた。

最近の杵鞭はずっとこうだ。「あなたが赴任してきてから、なにもかもおかしくなった」と十和子に言いはなって以後、木で鼻をくくったような態度を崩さない。

しかたなくその足で、十和子は保健室へ向かった。

だが樹里には会えなかった。登校こそしたものの発熱で伏せっているそうで、

「いまはそっとしておいてあげてください。刺激しないで」

と、養護教諭にぴしゃりと追いかえされてしまった。

十和子は不満を抱えたまま職員室へ戻り、コーヒーを立てつづけに飲んだ。

隣席の森宮に「荒れてますねえ」と苦笑される。

「そうなんです。荒れてるんです」

「杵鞭主任でしょう？」

「わかりますか」

「そりゃまあ。ぼくらのストレス源といえば、おおかた決まってますから」

お互い大変ですねえ、と笑みを交わし合う。

三杯ぶんのカフェインで自分を奮い立たせ、なんとか十和子は午前中の授業をこなした。

昼食は、売店のサンドイッチにした。

避けられているのに気づいたか、さすがに浜本夕希も最近は誘ってこない。かといって、一人ぶんだけの弁当を作る気力も起きなかった。なのでここ数日は、もっぱら売店のパンに頼っている。

名門私立だけあって業者を吟味しているらしく、棚に並ぶのは有名なベーカリーの商品だ。とくにサンドイッチの種類が豊富だが、定番のツナや玉子、旬のフルーツサンドはあっという間に売り切れる。

とはいえ今日は、チキンと野菜のサンドイッチをなんとか確保できた。袋を胸に抱え、職員室へと早足で戻る。

渡り廊下に差しかかり、十和子はぎくりと足を止めた。

──神父さま。

志渡神父が、窓から首を突きだすようにして階下を見ていた。食い入るような視線だ。無意識に十和子は、彼の視線を追った。

誰もいない。

昼休みに入ったばかりの校庭に、生徒の姿はなかった。十和子は戸惑った。

立ちすくむ彼女に気づいたか、神父がゆっくりと振りかえる。

「鹿原先生ですか。……ごきげんよう」

「ご、——ごきげんよう。神父さま」

喉にからむ声を返し、十和子は思いきって彼に歩み寄った。すぐ隣に立つ。彼が覗きこんでいたものを、同じように見下ろしてみる。

やはり、誰もいなかった。

では彼はいつもなにを見ていたんだろう——？　そういぶかしむ十和子に、

「……申しわけありません」

押しころした声で、志渡神父が言う。

十和子は面食らった。

「は？」

「わたしの力が及ばず、ほんとうに申しわけない。こんなことになるとは思わなかった。まさか母親が殺されるような事態になるとは、想像もしませんでした。あの子を、こんな中途半端なところで放りだす羽目になるだなんて……。あの子はきっと、見捨てられたような思いでいることでしょう。自分の無力さを、これほどまでに突きつけられたのははじめてです」

なんのことですか、と問いかけて十和子は言葉を呑んだ。

いま一度、窓の下を見下ろす。そして、ようやく気づいた。

神父が見ていたのは校庭ではない。聖ヨアキム学院の、H字形の校舎。短い横棒にあたる、この渡り廊下。

ここから見えるのは、そう、保健室の窓だ。

――彼が気にかけていたのは、市川樹里か。

十和子は愕然とした。

保健室登校しかできない生徒。ほぼ毎日、窓際のベッドを陣取っている少女。志渡神父はいつも、樹里を見ていたのか。

「……あの子をね、寮に入れるよう口添えしたのは、じつはわたしなんです」

沈痛な面持ちで、神父は言った。

十和子は神父の横顔を見つめた。

それは、十和子自身も不思議に思っていたことだ。樹里の母親は上和西区のマンションに住んでいた。学院まではバスで三十分足らずの距離である。なぜ樹里が学生寮に入れたのか。警察だって、不自然だと感じて追及していた。

窓の外を見ながら、志渡神父が言う。

「わたしは、あの子の家庭環境を知っていました。あの子の生家の近くに、わたしどもの教会がありましてね……。あの子は、母親にまったくかまわれていなかった。母親はきらびやかに装っているのに、あの子は不潔で、がりがりに痩せて、いつも教会の炊き出しの列にもぐりこんでいた。母親に何度かかけ合いましたが、のれんに腕押しでした。わたしにできることは、母親に『あそこなら寮があります』と聖ヨアキム学院を紹介することと、校長を説きふせることくらいでした……」

そうだったのか、と十和子は心中でつぶやいた。

志渡神父を児童性愛者ではと疑った自分を、同時に強く恥じた。

心が不安定だからって誰かれかまわず疑うなんて、卑《いや》しい真似をしてしまった。せめてもの謝意をこめて、彼の片頰を見やる。

「あの子の母親も……、思えば、気の毒な方でした」

神父の口調は、なかば独り言に近かった。

「彼女は彼女で、愛情に飢えていたのでしょう。彼女自身が、精神的に子供だった。成長できないまま、体だけ大人になってしまった。金銭や異性で心を埋めることに必死で、わが子に愛情を与えられるだけの余裕がなかった……。せめて神が彼女の御霊をお救いくださるよう、わたしとしては祈るほかありません」

時刻は午後七時半。

十和子は着替えもせず、スーツのままリヴィングのソファに突っ伏していた。

——考えることが多すぎる。

脅迫状のこと。閉架の棚と植木鉢のこと。夫のこと。浜本夕希。戸川拓朗。市川樹里。離婚のことを、母に報告すべきか否か。クラスのこと。夏休みに出す課題のこと。いざ離婚となったら、このマンションを引きはらうかどうか——。

スマートフォンが鳴った。

突っ伏した姿勢でバッグに手を伸ばす。

ちらりと液晶を見、十和子は急いで身を起こした。夫からだった。

「……もしもし？」

「ああ、——おれだけど」

茂樹の声だった。

押しころした、だがどこか投げやりな口調だ。ふてくされたような、と言ってもいいかもしれない。

「ちょっと、時間いいか？」

「ええ」十和子はうなずいた。

応えてから、茂樹との会話を億劫《おっくう》がっている自分に気づく。駄目、と己を叱咤《しった》した。大人なのだ。終わらせるときは、きちんと話し合わなくてはいけない。

ソファにきちんと座り、十和子は居ずまいを正した。電話の向こうの茂樹に見えないとはわかっていたが、気持ちの問題であった。

「ちょうどよかった。話し合わなきゃと思っていたの」

「べつに話すことなんて、いまさらないけどさ」

やはり茂樹は、投げだすように応答する。

「——離婚届、もうそっちに着いただろ。書いてくれよ」

「書くのはいいけど、どこに送りかえせばいいの？　封筒に、リターンアドレスがなかったけど」

「それは……」茂樹が詰まる。

「証人欄は空欄のままでいい？　あなた、書いてくれる人の当てはあるの」

「まあ、なんとかなるだろ」

「でも二人必要なのよ。わたしのほうで、一人ぶん埋めておこうか？」

「いいって。やめろよ、世話女房ぶるの」

「べつにぶってるわけじゃないわ。それから、離婚協議書をつくらないと」

「はあ？　なんだよそれ」

茂樹の声が棘を帯びる。

「そんなのいいよ。ややこしくするなよ」

「でも決めなくちゃいけないこと、たくさんあるでしょう」

「決めることってなんだ」

「たとえば離婚後は除籍するかとか、財産分与のこととか。わたしたち共有の預金通帳があるし、このマンションだって二人で借りたものだし……。不貞については、慰謝料請求するつもりはないから安心して。ただしあとあとを考えれば、書面の形式で残しておいたほうがいいと思うの」

「…………」

ふたたび茂樹が言葉を失くす。

「そんなの……いいさ。きみの好きにしていい」

「そういうわけにいかないでしょう」

十和子は諭した。

なんだろう、今日の茂樹は反抗期の子供みたいだ。不機嫌さをあらわにして威嚇《いかく》し、十和子をコントロールしようとしている。教師である十和子には、そんな手管《てくだ》は通用しないというのに。

そこまで考えて、ふと気づく。

——ああそうか。〝彼女〟にはこれが通用するのね。

茂樹がいま一緒に住んでいる女性。彼女には、こういう態度で接すると効果があるのだろう。彼がむっつりしてみせると、懸命に機嫌を取ってくれる女性なのだ。

「きみの好きにしていいって言ってるだろ。意地張るの、よせよ」

「べつに意地じゃないわ。でも、そうね、あなたが面倒がる気持ちもわかる。だから第三者を挟みましょう。行政書士に依頼して——」

「ほらな、そういうところだ」

茂樹が怒鳴りだした。

「おまえのそういう、なんでも理詰めなところがいやなんだ。気取りやがって。おれを追いつめて楽しいか。え？　上から目線でおれを馬鹿にして、楽しいかって聞いてんだよ、答えろよ」

「あなた……」

「おれが聞いてんだ。答えろ、答えろ答えろ答えろ！」

十和子はスマートフォンを耳から離し、スピーカーに切り替えた。

この人、酔ってるのかしら、といぶかる。

だが平日の七時半である。酩酊するほど飲んでいるとは思えない。もし酔っているとしたら自分にだろう。不機嫌と罵声で、女を意のままにする自分に。

——同棲相手は、よっぽど彼を甘やかしたのね。

思わず十和子がため息を呑んだとき、

「……おまえ……いけるのか」

茂樹の呻くような声がした。

「え?」

「おまえ、おれと別れて生きていけるのかよ……。おれは、おまえのはじめての男なんだぞ。そのおれと別れるってのに、よくそんな平気な声、出してられるな」

「は……」

今度こそ十和子は呆れた。

あなた、なに言ってるの? という問いが喉もとまでこみあげる。

確かに結婚したとき、十和子は処女だった。アセクシュアルゆえ、誰とも交際した経験がなかったからだ。茂樹の語彙《ごい》を使えば「はじめてを捧げた」ことになるのだろう。

——でも、それがなんだっていうの。

馬鹿馬鹿しい。はじめて性交渉を持った相手と添い遂げなければ「生きていけない」なら、人類の大半が死んでしまうではないか。

第一それを言うなら、茂樹自身はどうなのだ。彼ははじめての相手と別れるとき、取り乱して相手にすがったのか。もしそうでないなら、十和子を責める資格はない。いやそれとも「女はべつだ」とでも言う気なのか。

「やっぱり、第三者を挟んだほうがよさそうね」

言いはなち、返事は待たずに切った。

切ってから気づく。

変わったのは彼だけじゃない。わたしもだ、と。

以前なら茂樹にああ言われたら「やっぱりわたしはおかしいんだ」とうろたえていた。普通の反応とは違うんだ、と動揺し、なにも言えなくなっていたはずだ。

――でも、いまは違う。

自分は異常じゃないと思える。

確かに茂樹や母が思う〝普通〟ではないかもしれない。少数派なのかもしれない。だからって、アブノーマルではない。おかしくもない。少数派イコール異常ではないのだと、いまならわかる。そう言いきれる自信がある。

十和子はソファから立ちあがった。スーツを脱ぎ捨て、浴室へと向かった。

シャワーを終え、冷蔵庫を開ける。

缶ビールを抜いた。茂樹のために買い置きしてあった缶ビールだ。プルトップを開け、呷《あお》る。爽やかな苦みが、食道を通って胃まで落ちていく。

そして「考えてもみて。夕飯を抜くなんて脳によくない」と脳内でわめく母を黙殺し、戸棚を開けた。クラッカーの箱を引きだす。同じく茂樹のための買い置きだった。

クラッカーの箱を小脇に抱え、缶ビール片手に十和子はソファへ戻った。

テレビを点ける。チャンネルを次つぎ変える。

BS放送でキアヌ・リーブスのアクション映画を放映していた。ちょうどいい、この映画なら以前に観た。途中から観たってストーリイはわかる。

十和子は鑑賞しながらビールをぐいぐい呷り、味に飽きるとクラッカーをかじった。

映画の途中で缶がからになった。ソファを立ち、ふたたび冷蔵庫を開ける。

新たな缶ビールと、チーズや調味料を抱えて戻った。クラッカーにチーズを載せ、ときおり黒胡椒をふり、ときおりジャムをすこし塗っては食べつづけ、飲みつづけた。

二本目のビールが空いたところで、笑いがこみあげる。

――なんだ。反抗期の子供はわたしじゃないの。

茂樹だけじゃない。わたしだって同じだ。ううん、わたしのほうが、よっぽど子供みたい。

この歳になって、ようやく母に逆らっている。反抗の第一歩だ。しかも、こんな幼稚な手段で成しとげている。

——でもいま、すごく気持ちがいい。

十和子はスマートフォンを手に取った。

そして市内に何十軒とある行政書士事務所の、口コミ評判を検索しはじめた。

4

目覚めはあまり爽快ではなかった。

ビール一缶ぶんよけいだったかな、と反省する。二日酔いと言うほどではないが、頭の芯がいまひとつすっきりしない。

——電話越しに付きあい酒だなんて、慣れないことをしたせいね。

そう苦笑する。

昨夜はあれからBSの映画を観終えて、なんの気なしにSNSへログインした。するとダイレクトメッセージが一通届いていた。戸川拓朗からであった。

すこし迷ってから、十和子は返信した。

なぜ脅迫状のことを知っているのか、と疑念を抱いて以来、彼とはコンタクトを取っていなかった。だってあのときは、疑心暗鬼に陥《おちい》っていたのだ。周囲のすべてがあやしく見えた。

しかし志渡神父への誤解が晴れたいまは、自分の神経過敏ぶりを認めるしかない。今道に事件を託したこともあり、十和子の心はだいぶ軽くなっていた。

「ご無沙汰しています」と文頭に付けた、短いレスポンスを送信する。

スマートフォンが鳴ったのは、それからわずか数分後だった。電話アプリの着信音だ。

応答してしまったのは、やはり気分が高揚していたせいだろう。

「――はい。鹿原です」

「鹿原さん。夜分にすみません、戸川拓朗です」

拓朗の声は、どこかゆるんでいた。その語気に、十和子は自分と同じゆるみを嗅ぎとった。アルコールによる弛《し》緩《かん》だ。

「ダイレクトメッセージを見たものだから、つい……。いま、お話ししても大丈夫でしょうか」

はい、と十和子は答えた。

ふだんなら、酔った男性とはむやみに会話しない。好き嫌い以前に、あとが面倒だからだ。脈があると誤解され、付きまとわれた経験が複数回ある。

――でも拓朗先生が相手なら、その心配はない。

「なにかありましたか?」

十和子は問うた。

人は酒気が入ると、誰かと話したくなるものだ。彼女とて例外ではない。二本の缶ビールがいつになくガードを下げ、人恋しくさせていた。

「なにか、というわけでもないんですが……。すみません、突然電話してしまって。じつはその……今日は、妻の誕生日なんです」

吐息とともに、拓朗が言う。

十和子は思わずスマートフォンを握りなおした。

「だから墓参をしたんですが……妻の母と、ちょうど鉢合わせしてしまった。義母が来ない時間帯を選んだつもりだったんですがね。いや、向こうも同じことを考えた結果かもしれないな」

語尾に、自嘲が滲む。

「いろいろ嫌味を言われましたよ。義母は激して、更紗のことまで『親不孝者』となじりはじめました。親より先に死んだ、逆縁の親不孝者だとね。彼女の墓前で、そんな言葉は使ってほしくなかったんですが……」

相槌を打つべきか、十和子は迷った。しかし呑みこみ、無言で言葉のつづきを待った。

拓朗が言う。

「言いかえさず、走って立ち去るのが精いっぱいでした。……おかげでいま、無様にも自《や》棄酒《けざけ》ってわけです。だから酔いのせいで、つい鹿原さんにダイメを送ってしまった。あなたのことが、心配で」

「心配……？」

「ええ。あなたが、あまりに妻に似ているから。だから……墓前で罵倒された更紗のぶん、あなたが今日つらい思いをしたんじゃないかと思って。すみません、だいぶ非科学的なことを言っていますね、ぼくは……」

はは、と拓朗が笑う。湿った笑い声だった。

「酔ったときまで、百パーセント科学的で論理的でいられる人間はすくないでしょう」

と十和子は受けてから、

「それに、拓朗先生のご心配は三割くらい当たってます。わたしもいま、酔ってるんですよ。なぜかというと、別居中の夫と電話で喧嘩したばかりでして」

「えっ」

拓朗がぎょっとした声を出す。

「それは――え、大丈夫なんですか、鹿原さん」

酔いが半分がた醒めたような声音だった。十和子はうなずいて、

「ええ。それが、自分でも意外なほど大丈夫なんです」

と答えた。

数秒の間があく。ややあって、拓朗が笑いだした。十和子も笑った。

ひとしきり声を揃えて笑ったのち、立ちあがって彼女は冷蔵庫へ向かった。新たなビールを抜き、ソファへ取ってかえす。

「これで三本目です」

プルトップを開けながら、電話口で拓朗にそう告げる。

「拓朗先生こそ、お暇ならわたしに付きあってくださいませんか。わたし、家でこんなふうに一人で飲むのははじめてです。お夕飯抜きで、しかも夫用のビールを勝手に……。母が見たらきっと、目を三角にして怒るでしょう」

と言ってから、

「親より先に死んだ、逆縁の親不孝者――。わたしがいま死んだなら、きっとうちの母親も同じことを墓前で言いますよ。わたしと更紗さんが似ている以上に、わたしたちの母親は似ていると思います」

と付けくわえた。

「ええ」拓朗が同意する。

「ええ。きっとそうだ。――でも更紗はたぶん、あなた以上に、自分が置かれた環境に苦しみ、あがいていました」

酔いでぼやけた口調だった。

「義母は……更紗の母親はね、自分がなりたくてなれなかったものを、かつての理想を、すべて娘に押しつけたんです。子供の頃にやりたかった習いごと、行きたかった学校、なりたかった職業。すべてにレールを敷き、はずれることを絶対に許さなかった。更紗は彼女を失望させたくない一心で、そのレールを走りつづけた。幼少期からいい子で、優等生で、誰に対しても礼儀正しく愛想よく、口ごたえひとつしなかった。

なのにあの義母は、満足を知らない人でした。いつもいつも、会うたび更紗に言うんです。『あなたなら、もっとできると思ったのに』『がっかりだわ』『もっと上を目指せたはずよね。どうしてわたしに恥をかかせるの』……」

——それは、わたしの母もよく言う台詞だ。

十和子は唇を嚙んだ。

『考えてもみて。それはわたしに恥をかかせるも同じよ』『こっちの世間体も考えてちょうだいな』……。いつだって主体は『わたし』で『こっち』なのだ。母は自分、自分、自分ばかりだ。

「……わかります」

押しころした声で、十和子は言った。

「この手の母親にとって、娘はただの、母の人生に付随するアクセサリーでしかないんですよね。わかります」

「そうです。アクセサリー。そのとおりです。義母にとって優等生の更紗は〝自分を着飾るためのアイテム〟でしかなかった。更紗に点数を稼がせて、手柄を自分のものにした。称賛を浴びるのは、更紗本人ではなくつねに義母のほうだった」

拓朗の相槌を聞きながら、ええ、それもわかるわ、と十和子は思った。

なにもかも理解できる。乾いた紙に水が染み入るように、彼の言葉がすんなりと入ってくる。戸川更紗という人物を、家族より近しく感じる。

「更紗が教師になったのも、義母のためです。義母は、教師になりたかった。でもなれなかった。親の反対で、学校を出たらすぐ結婚しなくちゃいけなかったから。その夢を、代わりに更紗がかなえたんです」

ええ、わたしもそう――。十和子は思う。

経緯はやや違えど、母のために教師になったところは同じ。

母自身が教師だったから、わたしにも同じ道を歩ませたがった。わたしは黙ってそれに従った。

「結婚した当時から、更紗は不眠と偏頭痛に悩まされていました。あきらかにストレス性の疾患です。だんだん悪化して、強い薬でも眠れなくなって……。教会で洗礼を受け、信仰に目覚めるまで、何軒もの医者をはしごしました」

電話の向こうで、拓朗が酒を呷る気配がする。

「カトリック教徒になってから、更紗はかなり楽になったようでした。聖母であることを受け入れた、とでも言うのかな。他人のために生きることにひらきなおった、ようにも見えました。とくに生徒に対しては、前にも増して献身的になりましたよ。休み返上で課外授業に打ちこんだり、電話があれば夜中まで悩み相談に付きあったり、不登校の生徒の家まで足しげく通ったり……。前にも言ったように、彼女は奉仕者になったんです。そうなることで彼女は救われたが……ぼくは、妻を失った」

語尾が、涙でふやけた。

「晩年の彼女はもう、ぼくの妻じゃなかった。〝みんなの戸川更紗〟でした。そして、あげくに殺され――ぼくは彼女のすべてを失いました。存在そのものが、ぼくのもとから消え失せてしまった」

せめて脅迫状を受けとった時点で、ぼくに打ちあけておいてくれれば――。苦い声で、拓朗が言う。

「ひどい文面でした。殺すと書くだけならまだしも、『ふつうの女のふりするな』なんて書いてあった。まるで彼女のコンプレックスを知って、えぐるような文章でしたよ。『ふつうの女のふりするな　これは天ばつ』……」

十和子はスマートフォンからすこし顔を離した。

やはりだ、と思った。先月、わたしのバッグに放りこまれていたのと、まったく同じ文面だ。

――〝おまえをころす　ふつうの女のふりするな　これは天ばつ〟

戸川更紗が受けとったのと、完全に同じ文面の脅迫状。

いったい誰が出したのだろう？　十四年のときを超えて、なぜいま？

「その、脅迫状……」

「え？」拓朗が訊きかえす。

十和子は声音をあらためて、

「その脅迫状、手帳に挟んであったのを見つけたとおっしゃっていましたよね。やっぱり警察に……今道さんにお預けしたらどうでしょう。なにかしらの手がかりにはなると思います」

「そう思われますか」

「ええ」

十和子自身がすでに今道を頼ったことは告げず、ただ語気に力をこめた。

拓朗がふっと息を吐いて、「そうですね」と声を落とす。

「そうですね。……考えてみます」

数秒の間があった。やがて拓朗が、忍び笑いを洩らした。

「すみません。つまらない長電話に付きあわせてしまった。今日のぼくは、ほんとうにどうかしています」

「いえ」

十和子は首を横に振った。

「わたしこそ、ありがとうございました。夫とのことがありましたから、ちょうどよかった。気がまぎれました」

と告げる。ややあって、拓朗が言いにくそうに言葉を押しだす。

「その……旦那さんのほう、ほんとに平気なんですか」

「ええ」十和子は答えてから、

「まだよくわからないけど、たぶん」と付けくわえた。

「よろしければ、ぼくの知人の弁護士を紹介しますよ。彼を経由して、離婚問題に強い弁護士を探してもらいます」

「ありがとうございます。じゃあお願いしようかしら」

「ぜひ頼ってください。ぼくは妻とは死別ですが、生きて別れるための離婚はまた違うエネルギーがいるらしい、とよく聞きます。第三者の、プロの力を借りるのがベターでしょう」

「ですね」

うなずいてから、十和子は一拍置いて、

「もうひとつ、ありがとうございます」と言った。

「はい？」

「更紗さんのお話。……あれを聞いて、離婚のことを母に打ちあける勇気が湧いた気がしました。まだ百パーセントではないですけど……。でも更紗さんのぶんも、母に言いたいことを言わなければ、という気になれました」

「それはよかった」

拓朗が笑う。十和子も笑った。

短い挨拶を最後に、二人は通話を切った。


それが、昨夜のことだ。その後十和子は三本目のビールを飲みほし、テーブルを片付け、歯をみがいて寝た。

こめかみを指で押さえる。

頭痛はない。胃のむかつきもない。すこしばかり頭の芯が重いだけだ。それに、気分はすっきりしている。拓朗に付きあいがてらとはいえ、多少なりと母の愚痴をこぼせたおかげだろう。

――それに夫にも、第三者を挟むことを宣言できた。

一歩前進だ。しかも、大きな一歩だと言える。

十和子は伸びをして、ベッドから下りた。

登校し、職員室に一歩入って十和子は驚いた。

ざわついている。いつもは校長室にいるはずの校長が、青い顔で窓際をうろついている。教頭はといえば、そんな校長を棒立ちで見守っていた。一方、杵鞭は渋面で椅子にそっくりかえり、腕組みしている。

――まさかまた、市川樹里になにかあったのでは。

そう考え、十和子の顔からも血の気が引く。

杵鞭に駆け寄ろうとした。だがその前に、真横から伸びた腕が彼女を摑んだ。

十和子は瞠目《どうもく》し、腕の主を見た。灰田事務長だった。

「鹿原先生。もう、お聞きになりましたか」

「え? いえ――なにをですか?」

十和子は戸惑い、問いかえした。灰田事務長が言う。

「浜本夕希さんのことですよ。ついさっき、彼女のところに警察が来たんです」

事務長の目は爛々《らんらん》と光っていた。

「どうも事情聴取されるみたい。じつはわたしね、彼女が警察に連れていかれるとき、小耳に挟んでしまったんです。……驚かないでくださいね」

彼女は声を低めてささやいた。

「すこし前、この学院の教員数人に脅迫状が配られたこと、ご存じですか？　その犯人がね、なんと浜本さんだったようなの。ね、びっくりでしょう？　あんな虫も殺さない、可愛い顔をしてるくせにねえ。陰でそんな企みをしていただなんて、世も末ですよ。わたしはもう、恐ろしくって……」

どこか嬉しげにまくしたてる灰田事務長を、十和子は呆然と見かえした。

5

しかし驚きはそれだけでは終わらなかった。

五分後、十和子のスマートフォンに今道から着信があったのだ。

彼によると、脅迫状を教員たちに〝配った〟のは浜本夕希の仕業だった。しかし彼女は従犯に過ぎなかった。計画を立てた主犯は、ほかにいたという。

その主犯とは、戸川拓朗であった。

千葉県警察本部庁舎一階にあるドトールコーヒーショップは、エアコンが効いて快適だった。

まだランチタイムに遠い店内は客もまばらで、今道と伊野田のまわりには誰もいない。

「マンション殺しの容疑者は、着実に絞られつつあります。解決は間近ですよ」

伊野田がアイスティーにふたつめのガムシロップを注いで、

「マル害のかつての客やパトロン、出会い系で知りあった男などをしらみつぶしに当たった結果、残り三人まで絞れました。あとは指紋とDNA型を採取し、容疑を固めるだけです」

と言った。

「そいつはよかった」今道はうなずいた。

「ちなみに二世議員の坊ちゃんはどうした。容疑からはずれたかい」

「はずれましたねえ。やつだったら面白かったのに……とは言っちゃいけないか。ともかく、やつの政治家生命はからくも守られました。親父ゆずりの地盤は強固ですし、次の選挙も通るでしょ」

と伊野田は首をすくめて、

「それとマル害の兄弟のうち、行方不明になっていた二人を見つけましたよ。一人は六年前に路上で凍死。もう一人は覚醒剤の乱用で廃人同様。現在、山奥の収容施設にいるようです」

「幸薄い一家だな」

今道は嘆息した。

「ところで容疑者を絞れたってことは、殺害の動機も割れたのか？」

「いや、そこは逮捕してからですね。マル害の素行が素行なんで、ぶっちゃけ可能性が多岐に渡りすぎなんです。彼女の得意技が妊婦プレイだったことからしても、動機はいくらでも考えつきます」

「ニンププレイ？　なんだそりゃ」

「妊娠したご婦人、つまり妊婦の特性を生かした性的プレイですよ」

伊野田は言った。

「医療記録を照会した結果、マル害は十五歳から三十六歳までの間に十七回妊娠し、四回早期流産し、十二回堕胎していました。顧客にナマでやらせる上、妊娠したら妊婦プレイで楽しませてくれるってんで、その道じゃ有名な女だったそうです。プレイの中身はえーと、母乳を飛ばすだの飲ますだの、男が赤ちゃんになっておむつ替えをしてやるだの……。おれなんかには、ちょっと付いていけない世界ですね」

今道は伊野田の言葉を受け流し、

「死体は、腹を切り裂かれ、唾液が乳房に付着していた……。ふむ、赤ちゃんプレイか。なるほどな」

とテーブルを指で叩いた。

伊野田が首肯して、

「というわけで、いろんな線が考えられるんです。女房にバレたか、もしくはバラされそうになったのかもしれない。またはなんらかのきっかけでマル害との関係を恥じ、関係を清算しようとして揉めたかもしれない。世間的に誉められた性癖じゃないのは、誰から見たって明白ですからね」

「おい待て、そんなマル害が出産したのは、ほんとうに一回だけなのか？　陰で産んだ可能性は？」

「そいつももちろん考えましたよ。どっかに隠し子がいて、その子の存在が犯人の不利になるため殺されたんじゃないか――とね。しかしマル害の出産は、一回きりしか確認できませんでした」

「確かか？　健康保険はどうなってる。マル害はどう考えても毎月きちんと払うタイプじゃない。無保険で産んだかもしれんだろう」

「いやあ、無保険の堕胎ならまだしも、出産はさすがに隠せませんよ。ちなみにマル害は、毎回同じ産科医にかかっていました。人体の構造からして、堕胎してまたすぐに妊娠できるわけじゃありませんしね。生理が再開して、ようやく妊娠可能になるメカニズムです。二十一年間に十七回の妊娠って時点でぎりぎりですし、マル害の生活パターンからして、臨月の腹を誰の目にも触れさせないのは不可能でしょう」

「三十六歳以降に妊娠した可能性はないのか」

「ありません。マル害は三十七歳で閉経と診断されてますから」

「そりゃ早いな」

今道は眉根を寄せてから、「まあ可能性がないのはわかったよ」と引きさがった。

伊野田がかぶりを振って、

「しっかし、ナマが好きな男のためにピルを飲む、まではまだわかりますよ。好悪はどうあれ、世間にはその手のAVに影響された野郎が多いですから。だがこのマル害は違います。彼女は二十年以上にわたって、妊娠と堕胎を繰りかえしていた。こういうのはなにマニア向け、って言うんですかね」

と嘆息する。

「堕胎なんて、自分の体を大きく傷つける行為じゃないですか。いくら金のためだとしても、リスクが大きすぎる。理解できませんよ」

「マル害の目的は、あくまで〝妊娠〟のほうだったんだろうさ」

今道は言った。

「堕胎はおまけというか、その都度《つど》くっついてくる面倒ごと、くらいの感覚だったんじゃないかな。好んで堕胎していたわけではないが、耐えられないほどの苦痛ではなかったんだ。マル害はその生い立ちで、苦しみにも痛みにも慣れていた」

「それはつまり、こういうことですか?」

伊野田が声を低める。

「マル害は妊娠すること、妊婦であること自体に喜びを感じていた。客のためではなく、マル害自身の嗜癖であったと?」

「嗜癖というか――」

今道は言いよどんでから、

「マル害は、里帰りしたかったんだろう」

とつぶやいた。

「里帰り……?」

「ああ。さっきおまえは、『マル害は毎回同じ産科医にかかっていた』と言ったよな。当てやる。その産院はマル害の実家近くに建っていたはずだ。実家から徒歩で通えるか、バスでもせいぜい一区間ってとこだろう」

「当たりです」

伊野田は目を見張った。

「マル害の実家はとっくに取り壊されていますがね。産院は実家の跡地から徒歩七分の、ちいさな古い個人医院ですよ。院長にいたっては八十歳を超えてます」

「マル害は十五歳で実家を出て、同年にはじめて妊娠している。近隣住民の証言によれば、それを期に彼女はたびたび実家に戻ってくるようになったそうだ。日本じゃ大半の女性が、出産のため里帰りするものな。まあマル害はたいていの場合で出産していないから、里帰り出産ならぬ〝里帰り妊娠〟だが」

今道は苦く言った。

市川美寿々の母親は、夫から多産DVを受けていた。おそらくみずからの経験をかえりみて、妊婦を邪険に追いだせなかったのだろう。かつて疎んじて養育放棄し、施設へ追いやった娘であっても、だ。

そして美寿々はその体験に味をしめた。

彼女は悟ったのだ。妊娠したときなら、母はいやいやながらも自分を迎え入れてくれる

——と。

「マル害は、母親の愛情に飢えていた。両親の離婚中に生まれたというだけで、ごく幼い頃からネグレクトされてきたんだ。おまけに七人兄弟のうち、施設へ送られたのは彼女だけだ。さぞ屈辱だっただろうよ」

「母の愛情をもらえなかった子が、長じて赤ちゃんプレイのママ役になった……か」

伊野田は唸るように言った。

「歪んでるなあ。歪みきってる」

「他人の目から見りゃあな。だがマル害には、ごく自然のなりゆきだった。妊娠すれば実家の母が受け入れてくれる。特殊プレイができて金になる。それにおそらく、一種の倒錯した満足感も得られただろう。彼女にとっちゃ一石三鳥だったんだ」

「そして妊娠するたび、ぎりぎりの週で堕胎した。——一度を除いてね」

伊野田が今道を見る。

「マル害はただ一人、樹里だけは産んだ……。なぜでしょう？　本気で惚れた男の種だったのかな」

「かもしれん」

今道はかるく同意してから、

「で、樹里のDNA型鑑定はしたのか？　父親はわかったか」と尋ねた。

「いまのところ、容疑者の誰とも一致していません。しかし樹里はもう十三歳です。父親が誕生を望まなかったにしろ、いまになって母親を殺す理由は不明ですね。産んだことを最近知ったか、強請《ゆす》られたか……」

「わかりようがないわなあ。やはり殺害動機は、逮捕してから本人に訊くしかないか」

「悔しいが、そうなりますね」

伊野田はアイスティーをストローで乱暴にかき混ぜ、

「あ、そういや例のアーメン学校の件、聞きましたよ。職員同士で脅迫状を送りあってたらしいじゃないですか」

と思いだしたように言った。

「そっちはそっちで歪んでますな。ご立派な聖職者だってのに、やっぱり不景気は市民の心を荒ませるんですねえ」

「おい待て。べつに送りあってたわけじゃないぞ」

今道は否定した。

「犯人が一方的に送りつけていたんだ。ただアクシデントがあって、べつの人にも届いちまったってだけさ」

「こまかいなあ。でもそれミチさんが解決したんでしょ？　だったらこんなとこでしょぼしょぼコーヒーなんか飲んでないで、颯爽と学校にのりこみゃいいのに」

「誰がしょぼしょぼだ、失敬な」

と今道が苦笑する。

「それに被害届すら出されちゃいない案件に、颯爽もなにもあるか。一市民からのご相談にのった、ってだけの案件だ。だが犯人がわかったからには、対応せにゃならん。いま頃は最寄りの交番から厳重注意が行ってるだろうよ。ベテランのハコ長が、ちょいときつめにお灸《きゅう》を据えてくれるはずだ」

6

今道の言葉どおり、浜本夕希と戸川拓朗は警告と説諭のみで解放された。

二人とも前科および逮捕歴はなく、なにより被害者全員が「穏便に」と望んだ。とはいえ、たとえ被害届が出ていたとしても同じことだったろう。この程度の事件でいちいち起訴していたら、日本の警察と検察はパンクしてしまう。

その夜、授業を終えて学校を出た十和子は、ファミリーレストランの壁際の席に着いた。

向かいには夕希と拓朗がいる。

二人とも観念したようにうなだれていた。脅迫状については、すでに全面的に認めたあとだった。

ただし十和子目がけて倒れてきた閉架の棚や、落ちてきた植木鉢については「知らない」と答えたばかりか、

「えっ、大丈夫だったんですか？」

「鹿原さん、お怪我は？」

と真っ青になって十和子を気づかった。

十和子はその心配を「大きな怪我はしていません」といなし、

「それより、脅迫状の件です。いったいどういうことなんですか？」

と二人を睨み据えた。

数秒の沈黙ののち、

「それは……そのせつは、すみません。心から、申しわけないと思っています」

顔を上げぬまま、拓朗が消え入りそうな声で謝罪する。

「どこまで、ほんとうだったんです？」

硬い声で十和子は問うた。

「拓朗先生は、わたしには『去年見つけた手帳に、脅迫状が挟まれていた』と言いましたよね。それから『警察にも遺族にも言っていない』とも。これ全部が嘘ですか。だとしたら、わたしに鎌をかけていたんでしょうか？」

「いやあの、待って。待ってください」

拓朗が手で制した。

「違います。その点で鹿原さんに嘘はついていません。去年はじめて更紗の手帳を見つけて、挟んであった脅迫状に気づいたのはほんとうです。警察や義母に打ちあけなかったのも、真実です。ただ、その——」

彼は横目で夕希を見やって、

「姪《めい》には、言いました」と首を垂れた。

「姪？」

「夕希はぼくの、長姉の娘なんです。それに……更紗の教え子でもあった。担任として受けもったことはありませんが、夕希が中一のときの英語教師が、更紗でした。夕希はとても、彼女を慕ってくれていた……」

「あのう、弁解させてください」

浜本夕希が身をのりだした。その目には涙が光っていた。

「これだけは言わせてください。誤解なんです。わたし――わたし、鹿原先生の抽斗には脅迫状のコピーを入れていません。先生は十四年前にいなかったんだから、わたしたちのターゲットじゃないんです」

そう言ってから、「なぜ鹿原先生のもとに間違って届いたかは、おおよそ見当が付くんですけど……」とつぶやく。

「じゃあ、あれは誰に届けるつもりだったの？　なんのために？」

十和子が問うと、

「だから、十四年前にあやしかった人たちにです」

夕希が即答した。

「現校長、灰田事務長、志渡神父、杵鞭先生をはじめとする教師三人。全員の抽斗に、わたしが仕込みました。それから当時の校長の家や、PTA会長だった月村さんの家にもポスティングしました。当時の保護者たちにも、辞めていった教員にも、みんなです。だって全員、等しくあやしいと思ったから。絞りきれなかったから、揺さぶりをかけるつもりで、全員に均等に配ったんです」

「全員……」

十和子は体を引き、夕希と拓朗を交互に眺めた。

そうだ、灰田事務長は今朝「この学院の教員数人に脅迫状が配られた」と言っていた。

そしていつぞやの杵鞭も「チェインメールといい脅迫状といい」と口走った。

――あの脅迫状を受けとったのは、やはりわたしだけではなかった。

それどころか、全員だ。ならばわたしと戸川更紗だけへの……つまりアセクシュアルに対しての、当てこすりではなかった。

うつむいたまま、拓朗が声を落とす。

「……更紗にあれを寄越したのは、間違いなく学校の関係者だと思うんです。殺される前の彼女の生活は、閉じていた。前にも何度か言ったとおり、晩年の彼女は奉仕者と化していました。教職者であることに、すべてを捧げていた。教会と学校が、当時の彼女の人生全部だった」

拓朗は言葉を継いだ。

「あの脅迫状を見つけて、しばらくして、こう思ったんです。更紗に寄越した文面をそのままに送りかえしてやったら、犯人は動揺してぼろを出すのでは、と。……いや、ふだんなら、そう考えついても計画しただけでやめていたでしょう。実行に移すことなんかなかったはずだ。でも今年は、条件が揃いすぎてしまったから……」

「条件？」

十和子は眉をひそめた。拓朗が「ええ」と応える。

「ええ。まず夕希が、事務員として採用されました。次に、あの頃PTA会長だった月村さんが復帰し、ふたたび副会長に就きました。そしてなにより、あなたの……鹿原さんの存在です」

「わたし……？」

十和子が呻く。

「はい」うなずいたのは、夕希だった。

「覚えてらっしゃらないかもしれませんが……わたしたち、採用試験の面接日が一緒だったでしょう？」

まっすぐに十和子を見て、夕希は言った。

「一目見て、驚きました。鹿原先生が、あまりにも更紗先生に似ていたから。後日、二人とも採用されたと知って、叔父にGOサインを出したのはわたしです。……だって、天の配剤としか思えなかった。神があなたをつかわして、わたしたちの背を押してくれてるんだとしか……」

「ぼくもです。ぼくも、同じように思った」

拓朗が同意した。

「なぜってあなたの存在そのものが、犯人を揺さぶります。殺人事件の時効は撤廃された。犯人は一生、殺害現場を――聖ヨアキム学院の動向を気にしながら生きるはずだ。その学院にいま、あなたのような人が赴任されるなんて、きっと神が味方しているんだと思いました。天はぼくらを後押ししているんだ、と」

十和子は唖然と拓朗を見かえした。

記憶の扉がひらき、いつかの杵鞭の言葉がよみがえる。

――あなたがきっかけとしか思えない。

――あなたが赴任してきてから、なにもかもおかしくなった。

杵鞭は十和子を、災いをもたらす者だと思いこんで疎んじた。だが正反対の受けとりかたをする者もいたのだ。十和子の出現を凶兆ではなく、福音と解釈する者も――。

「でも」

十和子はあえいだ。

「でもそれならなぜ、わたしのバッグの中に、あの脅迫状が入っていたの？」

「それは――たぶん、灰田事務長です」

夕希は頬を歪めた。

「わたしのゴミ箱ばかりがすぐ満杯になるの、先生も気づいてましたよね？　あれ、灰田事務長の仕業なんです。というか無意識の癖なんでしょうね。あの人、自分のゴミを——というかゴミと判断したものを、他人のテリトリーに投げこんでいくんです。もちろん杵鞭先生とか、格上の人に対してはやりませんけど。たぶん灰田事務長は、脅迫状のコピーをひらいてすぐ、くだらないいたずらと思って捨てようとしたんでしょう。でもわたしはゴミ箱を、外のゴミステーションまで持って行っていた。だから代わりに、手近にあった鹿原先生のバッグに放りこんでいったんだと思います。ほら、鹿原先生のトートバッグ、ファスナーを閉めても両脇にすこし隙間があくから」

「ああ……」

十和子は吐息まじりにうなずいた。

確かに十和子は、机まわりにバッグを置く癖がある。さすがに財布だけは鍵の掛かる抽斗にしまっているが、バッグそのものは椅子にたいてい掛けており、ほぼ無防備と言っていい。

——まさか、ゴミ箱代わりにされていたとは。

だが言われてみれば、捨てたはずの回覧プリントや、くしゃくしゃのメモ書きが入っていたことが数回ある。自分のうっかりだと思ってその都度処分していたが、あれは灰田事務長の仕業だったのか。

「……じゃ、例のチェインメールは？」

おそるおそる十和子は訊いた。

「あれは違います。わたしたちじゃありません」

夕希が言下に否定する。

「チェインメールは、生徒の中から自然発生的に生まれたものだと思います。あの内容はちょっと……書けません。更紗先生の身内である、わたしたちには無理。十代特有の悪意としか解釈できないです」

「それなら、あれはでたらめね？」

ほっとして十和子は言った。

「あのメールの文面には、『彼女は妊娠中でした。お腹を刺されて、赤ちゃんごと殺されました』とあった。あれは嘘なのね。あなたたち身内しか知らない真実だったとか、それを使って鎌かけしたとかじゃあないのね。死んだ赤ちゃんは、いないのね？」

「いないです。あり得ません」

そう断言したのは拓朗だった。

「ぼくと更紗の間に、性交渉は一度もなかった。彼女は不貞できるような人間じゃありませんし、妊娠なんてあり得ない。更紗が子供をほしがっていたのは事実ですが、考えていたのはあくまで養子縁組です」

「そうですか……」

十和子は脱力した。

もしあのチェインメールが夕希と拓朗の企みだったら、さすがに許せないところだった。それにお腹の子云々が万が一真実だったなら、あんなメールで広めるだなんて残酷すぎた。

「じゃあ訊くけれど、あの脅迫状でみんなに揺さぶりをかけて、どうしたかったの？」

「……身に覚えがあるなら、挙動不審になると思ったんです」

夕希が答えた。

「更紗先生は、すごくいい先生でした。ほんとうに、聖母みたいな人だった。まさか殺されるような、人の悪意を買う人じゃなかった……。なのに、いまだに犯人は捕まっていません。先生を殺した人が、まだ当たりまえに大手を振って歩いてるなんて、許せない……」

きゅっと唇を噛む。

「でもそんな犯人にだって、罪悪感はあるはずです。鹿原先生みたいな人が現れて、同時に十四年前に自分が出した脅迫状がそっくりそのまま出まわったら、誰だって平静ではいられないでしょう。きっと、動揺してぼろを出すと思いました」

「動揺して――」

十和子は思わず鸚鵡がえしにした。

「……そういえば杵鞭先生に、『退職する気はありませんか』って言われたわ。いかにもわたしが邪魔そうだった。目のかたきというほどではないけど、市川樹里の件からも締めだそうとしていた……」

「ああ、杵鞭先生はわかりやすくキョドってましたね」

夕希が首肯して、

「でも残念ながら、あの人にはアリバイがあるんです」と言った。

「え、そうなの？」

「はい。事件当夜、身内に不幸があって県外の実家に帰省してましたから」

と肩をすくめる。

「それに杵鞭先生が鹿原先生に動揺した理由は、おおよそわかってます。あの人、更紗先生に気があったんですよ。十四年前、わたしは中一でほんの子供でしたけど、その子供の目にすらバレバレでしたもん。生徒の大半が勘づいてました」

　そこで夕希は言葉を切り、顔を上げた。

　一瞬、十和子と目を合わせる。次いで深ぶかと頭を下げる。

「鹿原先生にご迷惑をかけたことは、心から申しわけないと思っています。脅迫状を配った成果だって、ほとんどなかったし……。ほんとうにすみません。でもわたしが、先生と仲良くしたかったのは――こんな言いかたはいまさら虫がよすぎるでしょうけど、事件と関係なく、真実です」

「それは、どうして？　わたしが更紗先生に似ているから？」

「ああ、いえ……。それも一因ではありますけど」

　夕希は手を振って、

「一番の理由は、鹿原先生本人です。先生はやさしくて、ちゃんとしてるから。わたしって自分がこんなだから、ちゃんとしてる人に弱いんです」

　と苦笑いした。

「さっき『神があなたをつかわして、わたしたちの背を押してくれたんだと思った』って言いましたよね。そのことも、反省しています。結果的に鹿原先生を、言いわけに利用したみたいになっちゃった。非科学的な思いこみに陥って、先生を巻きこんでしまいました。

よく考えれば、わたしが事務員になれたのだって特別なことじゃない。卒業生が優先的に採用されるのは、あくまで慣例なのに……」

「慣例……？」

十和子は聞きとがめた。

「ということは、教員や職員にはほかにも卒業生が？」

「ええ。灰田事務長や教頭がそうです。ＰＴＡ副会長の月村さんはご夫婦ともだし、それから、森宮先生も」

「森宮先生って——美術の？」

職員室で、十和子の隣席に座る教師だ。

「はい。わたしの一学年上でした」

夕希はあっさりうなずいて、

「ここだけの話、だから森宮先生にも脅迫状のコピーを配っています。反応らしい反応は、とくになかったけれど……」

と答えた。その声が、十和子の意識からすこしずつ遠ざかる。

森宮の快活そうな笑顔が脳裏に浮かんだ。

——職員室で隣席の彼なら、十和子が職員室を離れればすぐにわかった。

倒れてきた閉架の棚。落ちてきた植木鉢。いま思えば、どれも十和子の居場所を逐一把握していたからこその犯行ではないか。

まさか、と思う。まさか。もしや。心中で疑念がどす黒く渦を巻く。

やっぱり誰もかれもあやしい。誰が信用できるかわからない。

――一人の疑いが晴れたと思ったら、またべつの一人があやしくなる。

十和子は指で、眉間をきつく押さえた。


同時刻、捜査本部にも動きがあった。

捜査本部から派遣された捜査員二名が、八木沼武史の自宅を訪れたのだ。

ドアチャイムを押す。

しかしインターフォンの応答はなかった。ふたたびチャイムを押す。押しながら、ドアノブに手をかける。

ドアがゆっくりとひらいた。

鍵は、掛かっていなかった。

第六章

1

八木沼邸に一歩踏みこんだ二人が真っ先に気づいたのは、鼻を突く異臭であった。

「うわ……。なんの臭いだろう？　これ」

県警捜査一課から派遣された、三十代の巡査部長が鼻を覆って呻《うめ》く。

「さあ。でも、覚えがある臭いです」

と答えたのは、所轄署の五十代の巡査長であった。

聞き込みをする敷鑑《しきかん》や地取り班は、基本的に二人一組で行動する。県警本部から一人、所轄署から一人出して組ませるのが一般的だ。地域事情にくわしい所轄署のベテラン捜査員は必要不可欠である。

「曾祖母の介護をしていたときの実家が、この臭いとすこし似てましたよ。寝たきり老人の体臭と糞便、それをごまかすための強い芳香剤――。でも、それだけじゃないな。なにか腐ったような臭いもします」

「……捜査本部《ソウホン》に連絡します」

巡査部長は、県警支給の携帯電話を取りだした。

すぐに捜査本部へつながる。容疑者の自宅に着いたが留守らしいこと、あきらかな異臭がすることを手短に説明する。

電話を切り、彼は相棒を見上げた。

「至急、令状請求《レイセイ》をかけてくれるそうです」

「それまで待機ですか。まどろっこしいな」

「おれだって同じ気持ちですよ。でもこの手順を踏まなきゃ、裁判で痛くない腹探られちまう。……くそっ」

若い巡査部長は、悔しそうに舌打ちした。

結局、令状とともに邸内に踏みこめたのは六十五分後だった。

捜査主任官の判断で、さらに四名の捜査員が現場へ急行した。その中に、伊野田忍の顔もあった。

八木沼邸は、恐ろしいほどの悪臭をはなっていた。全員で目を見かわす。誰から言うともなく手袋をはめ、靴カバーを二重に履く。

「これでよく、近隣から苦情が出なかったな」

ハンカチで鼻を押さえた捜査員が唸《うな》った。

伊野田は廊下に立ち、あたりを見まわした。どの窓も二重サッシだ。それに敷地が広い。あらゆる窓を閉めきり、エアコンをがんがんに効かせて暮らすことで、洩れる異臭を最低限に抑えこんだのか。

「ゴミ箱に、血痕付きの衣服を発見」

リヴィングから若い捜査員の声が上がった。

一瞬にして、空気に緊張が走る。真横に立つ巡査部長と伊野田は、思わず顔を見あわせた。

「ビンゴだな。こいつは引き当てたんじゃないか?」

その語尾に、さらなる大声がかぶさる。

「伊野田巡査部長《ブチヨウ》! 来てください!」

キッチンからだ。慌てて伊野田は走った。

「どうした」

「これです。これ……」

冷蔵庫の扉がひらいている。その中を指す捜査員の指が、震えていた。覗きこんで、伊野田は顔をしかめた。

中段の棚で、ひしゃげた肉塊が冷えていた。

ラップで隙間なく包まれている。すでに黒ずみかけているが、生肉に見えた。ラップ越しにうかがえる皮膚の質感が、人間のそれだ。産毛が生え、皮膚の端からは陰毛が伸びていた。

その奥に、やはり黒ずんで固まりかけたなにかが視認できる。おそらく内臓の一部だろう。大きい。サイズからいって犬猫ではあり得ない。

「応援を呼べ！」

振りかえって伊野田は叫んだ。

「いますぐ捜査本部《ソウホン》に連絡しろ。六人じゃ足りん。主任官に報告して、鑑識からなにから一個中隊を送ってもらえ！」

2

た。

一難去ってまた一難とはこのことか——と、十和子は会議室の端でため息を嚙みころした。

上座には丹波校長、その両脇には教頭と志渡神父。そして十和子の向かいでは、杵鞭主任が眉間に皺を刻んで腕組みしている。

議題の主役は、またしても市川樹里であった。

樹里を強引に退寮させ、母方の伯母に託したのはわずか二日前のことだ。家族構成は伯母とその息子夫婦、夫婦の間に生まれた男児の計四人だという。

そんな環境に樹里がはたして馴染めるだろうか、と十和子は不安だった。そして不安は見事に的中した。

伯母の孫である男児は、四歳の幼稚園児だった。なんと樹里は昨夜、その子の入浴中にこっそり忍び寄って性的いたずらを仕掛けたらしい。

さいわい息子の妻が気づいて騒いだため、大事にはいたらなかった。当然ながら息子夫婦は激怒し、

「こんな子を家に置いておけない。すぐに学校で引きとってくれ。それが駄目なら、施設に放りこめ」

と苦情の電話を入れてきた。そして樹里を車に乗せ、聖ヨアキム学院の正門前に置き去りにして帰った。

杵鞭が急いで駆けつけたとき、正門には大荷物を抱えた樹里が一人ぽつんと立っていたという。夜の九時過ぎのことであった。

しかたなく樹里は昨夜、保健室に泊まった。

とはいえ今後もずっと、というわけにはいくまい。学校はホテルではない。

というわけで今日、再度の会議がひらかれたのだ。樹里を寮に戻すか、それとも行政へ連絡し、施設に引きとってもらうか――と。

樹里の学費は全額納入済みだ。もし施設行きとなれば、毎朝そこから聖ヨアキム学院へ通わねばならない。

そんなことなら寮に戻せばいいではないか、と十和子は思う。第一、納入された学費は寮費も込みだった。とはいえここで寮に戻せば、PTA副会長の月村がまた騒ぐだろうことも目に見えていた。

「だいたいねえ、生徒の住む場所なんて教師が決めることじゃないでしょう」

杵鞭がうんざり顔で言う。

「学校というのは読んで字のごとく、学び舎ですよ。われわれ教師の仕事は生徒に勉強を教え、正しい進路へ導くことであって、衣食住を確保することじゃあない。管轄外であると同時に越権行為でもあります。行政に任せるべきです」

「いや、でもねえ。それではあまりに不人情でしょう」

汗を拭《ふ》き拭き、校長が言う。

「何度も言いますが、市川樹里は被害者遺族なんですから。その彼女を退寮させた時点で、複数の保護者から疑問の声が上がっていました。それでなくともわが学院はカトリックで、慈愛の精神をモットーとしているわけでして……」

「わたしも寮に戻すべきと思います」

と志渡神父が言う。

「もともと退寮のいきさつだって、かなり一方的でした。生徒間のいさかいが発端なんですから、喧嘩両成敗で済ませてよかったんです。博愛と奉仕の精神を説くわれわれが、片方の生徒だけを放りだして済ませるというのは――」

「では神父さまが、そう月村副会長を説得してください」

杵鞭が突きはなすように言った。

「それに被害者遺族〝だからこそ〟ですよ。事件の犯人は、いまだ野放しなんです。もし学校にやつが襲撃してきて、巻きこまれる生徒が出たらどうします？　われわれは生徒の安全を最優先に考えねばならない。あらゆる可能性を鑑みて、市川樹里の身柄は人目が多く、セキュリティのしっかりした施設に預けるべきなんです。みなさんだって、昨夜と今朝のニュースを見たでしょう？」

そう言って、一同を見まわす。

十和子は思わず視線をそらした。

――昨夜のニュースと、今朝のワイドショウ。

業腹だが、杵鞭の言うことは的はずれではなかった。昨夜の衝撃はいまも覚えている。忘れられない。

まずはテレビの上部に、ニュース速報のテロップが出た。『千葉市上和西区マンション殺人事件の容疑者が逃走中。警察は容疑者を緊急指名手配』というニュースであった。

風呂上がりだった十和子は、その場で呆然と立ちすくんだ。

上和西区のマンションで殺された女性といえば、市川樹里の母親だ。その容疑者が逃走？　緊急指名手配？　と、脳内を聞き慣れぬ単語が駆けめぐる。

急いでリモコンの『番組表』ボタンを押した。

十分後に夜のニュース番組がはじまるらしい。「事件について報道されますように」と願いつつ、十和子はテレビの前でじりじり待った。

トップニュースは大物政治家の収賄容疑についてだった。

画面が切り替わる。次いで『千葉、マンション殺人事件で急展開。容疑者を緊急指名手配』の文字が浮かぶ。

美貌のアナウンサーが、ニュースを読みあげはじめた。

「先月に千葉市で起こった女性殺害事件で、急展開です。本日午後六時ごろ、警察が容疑者の自宅を訪ねたところ、殺害の証拠と思われる凶器その他を複数点発見。千葉県警は無職の八木沼武史容疑者、二十八歳を緊急指名手配しました。容疑者がほかの殺人および傷害事件にもかかわったとみて、くわしく調べるとともに、顔写真を公開。広く情報提供を呼びかけています……」

画面が切り替わった。犯人の顔写真が映しだされる。

だがそうとうに古い写真だった。おそらく卒業アルバムからの転載だろう。ブレザーの制服を着た冴えない少年が、無表情にこちらを見かえしている。

拓朗から電話があったのは、その直後であった。

「鹿原さん、ニュース観ましたか」

「ええ、はい」

十和子は飛びつくように答えた。動揺が、わだかまりを吹き飛ばしていた。

「犯人が逃走中で、指名手配されたって……」

「すみません、鹿原さん」

　さえぎるように拓朗が言った。

「これは黙っているつもりでしたが——すみません。じつはぼくらは、あなたがなぜ前の学校を辞めたのか、調べさせてもらいました」

　十和子は息を呑んだ。

　なぜそんなことを、と問いかけて、愚問だと気づく。

　尋ねるまでもない。十和子が戸川更紗に似ているからだ。そして彼らの計画の邪魔になるか、もしくは利用できるか把握したかったのだろう。

「でも、興信所などに頼んだわけじゃありません。夕希が前の学校関係者に、それとなく聞きこみをしてまわって……。申しわけありません。でも鹿原さんのような人がなぜ公務員の座から退いたのか、不思議だったんです」

　——そこにやましいことはないか、わたしの落ち度かそうでないか、探りたかったわけね。

　もしわたし自身の不祥事だったら、彼らはどうしただろう。十和子は考えた。

　やはりこの女は更紗に似ていない、と興味を失っただろうか。第一印象だけの勘違いだった、聖女の更紗には似ても似つかない女だった――と。

「……正直に言います。それを聞かされたいま、気分はよくないです」

十和子は声を抑えて言った。

「調べたんですね。……そう、それならもうご存じでしょう。……社会復帰できるまでに、まる一年かかりました。女子クラスを受けもっているのも、そのためです。いまも男子生徒に後ろに立たれると怖い。いえ、ほんと言うと女子生徒でも怖い」

「そうですよね。すみません。いやなことを思いださせて」

拓朗は重ねて謝った。

「でも今回お電話したのは、鹿原さんへの謝罪だけじゃないんです。じつは更紗も生前、あなたと同じでした。クラスの生徒から、その、なんというか――」

彼は言いよどんでから、

「慕われすぎたせいで、逆に不幸を望まれていたんです」

「……と言うと?」

「更紗の場合は『先生を離婚させる会』という名称でした。とにかく、主旨はほぼ同じです。先生が好きすぎるから、ぼくらだけのものでいてほしい。結婚だの妊娠だのといった、女の生臭さから無縁でいてほしい、という主張から発足した会です」

「は……」

十和子は嘆息した。

ただし『先生を離婚させる会』の活動内容は、十和子が受けた仕打ちに比べ、可愛らしいものだったようだ。

芸能人の離婚記事を切りとって更紗の机に忍ばせる、『寡婦のほうが長生きする』という統計データを黒板に貼りだしていく、等である。

「しかしメンバーの中には、やや過激な子もいたようです。『先生は子供がほしいみたいだ。そんなのは許せない』と公言し、子供ができる前に一刻も早く離婚させよう、と息巻いていたと聞きます。……じつは今回ぼくらは、例の脅迫状の送り主として、その元生徒も容疑者に加えていました。残念ながら所在がつかめなくて、ポスティングできませんでしたが……」

拓朗はそこで一拍の間をあけ、

「さっきのニュースで、容疑者の顔写真が放映されましたよね？」

と言った。

「あれは聖ヨアキム学院中等部の、二〇〇六年度の卒業アルバムから転載された写真です。ぼくの手もとにも該当のアルバムがあるから間違いない。容疑者の八木沼武史は、更紗が副担任をつとめていたB組の生徒でした。『先生を離婚させる会』の会員の一人で――ぼくらがポスティングしようとしていた、まさにその相手です」

「えっ」

今度こそ、十和子は言葉を失った。

耳もとで拓朗が言う。

「だから今夜、ぼくはあなたに電話したんです。鹿原さん、どうか気を付けてください。やつは逃走中だ。こんなことは言いたくないが……。どうも、いやな予感がします」


その後どうやって電話を切ったか、よく覚えていない。

ただ今朝のワイドショウでは、予想以上に八木沼武史の指名手配が派手派手しく報道されていた。例の顔写真が大写しになり、

「どうやら連続殺人の疑いがあるようで、警察は余罪についても調べる模様です。いまだ逃走中ということもあり、近隣住民は不安をつのらせています」

とメイン司会者が神妙な顔で締めくくっていた。

十和子はそっと目線を上げた。

眼前では、まだ杵鞭が強弁をふるっている。

校長が汗を拭き拭き、「しかしねえ」と言いかえす。ときおり志渡神父が言葉を挟み、教頭が「まあまあ」となだめる。

浜本夕希は今日、休んだ。灰田事務長はなにごともなかったかのようにふるまっている。隣席の森宮も、いつもどおりの笑顔で挨拶してきた。

――もう誰を、なにを信じていいかわからない。

「校長先生、杵鞭先生」

気づけば十和子は口をひらいていた。

「今日明日で、結論は出そうにないですよね。では――」

全員が口をつぐむ。

ゆっくりと、妙に揃った動きで十和子のほうへ首を向ける。

「では事態が落ちつくまで、わたしが市川樹里を預かろうと思います。まずは目先のことからでしょう。彼女の今夜の宿泊先を決めないことには、どうにもなりません。もともと監督責任は、担任のわたしにありますし」

そうだ、なにを信じていいかわからない。ならば自分の思うがままに動いてみるしかない。

どうせ茂樹が帰ってくることはないのだから、樹里を数日泊めるくらいはなんでもない。

虚を衝かれたように詰まる杵鞭を横目に、

「ああ、それがよさそうですね。では当面そういうことで」

ほっとしたように、校長がいち早く腰を浮かせた。

3

八木沼武史は、ビジネスホテルの一室にいた。

禁煙の狭くるしいシングルルームだ。硬いベッドに窮屈《きゅうくつ》なユニットバス。安ホテルだけあって掃除も雑らしく、カーペットの隅に埃が溜まっている。

昨日の午後、適当に飛びこんだホテルである。プランは素泊まりを選んだ。食事はあらかじめ、近所のコンビニで買いこんだ。

とはいえ狭い部屋は嫌いではない。秘密基地のようで落ちつく。

昨夜はテレビを観ながら、唐揚げとカレーパンと出汁巻き玉子を発泡酒で流しこんで、早めに寝た。

朝は七時半に起きた。備えつけの電気ポットでお湯を沸かし、カップ焼きそばを作って食べた。残りのお湯でティーバッグのお茶を飲んだ。

そしていまはデザートのアイスクリームを食べつつ、テレビのワイドショウを眺めている。

画面に映っているのは、十三年前の彼自身だった。

「緊急指名手配されたのは無職の八木沼武史容疑者、二十八歳です。どうやら連続殺人の疑いがあるようで、警察は余罪についても調べる模様です。いまだ逃走中ということもあり、近隣住民は不安をつのらせています」

――この頃のおれ、やっぱデブだなあ。

そう思いながら八木沼は、バニラのアイスを口に運ぶ。

中学生の頃、彼は小太りのチビだった。でもあれから背が二十センチ伸びたし、筋トレで体脂肪もかなり絞った。自分でも別人のようだと思う。なまなかなことでは気づかれまい。

髪は自宅用毛染め液で、明るい茶いろにしてある。鼻の下と顎に髭《ひげ》を生やし、服は原色が多いサーフ系ブランドを揃えた。サングラスはわざと派手なミラーグラスを選び、首には龍のシールタトゥーを入れた。

むろんこのホテルには偽名で泊まっている。支払いは必ず現金だ。家を出る直前、ＡＴ

Mを四軒はしごして二百万おろしてきた。しばらくは大丈夫だろう。

――やっぱり、ネットカフェにしなくてよかった。

八木沼はリモコンでチャンネルを変えた。

ネットカフェは入店する際に会員証が要る。過去に会員証を作ったとき身分証明書を出したから、利用すればすぐに足が付いたはずだ。

でも念を入れて、明日からはラブホテルに戻ろうかな、と考える。ラブホのほうが、従業員にもほかの客にも顔を見られる機会がすくない。おまけにデリヘル嬢だって呼びやすい……が、これは我慢すべきだろう。

――使命が終わるまでは、慎重にいかないと。

彼の使命はもはや決まっている。標的を仕留めきれずに、半端なところで逮捕されたくはない。

――しかし警察のやつら、冷蔵庫を開けてどんな顔したかな。

想像し、一人ほくそ笑む。

入れてあったのは、元ママの足の付け根と子宮だ。ほんと言うと、置き去りにはしたくなかった。だが持ち歩くわけにもいかない。死人はすぐ腐って臭くなる。臭いを撒き散らしながら歩いたら、目立ってしょうがない。

まあいいさ、と八木沼は胸中でつぶやく。その瞬間の警官たちの顔を想像しながらオナニーすれば、十回は抜けそうだ。いいズリネタをありがとう、と思っておこう。

八木沼はチャンネルをBS放送に合わせた。

大好きなドキュメンタリー番組『ネイチャーZOO』がはじまった。世界の野生動物たちを観られる良質な番組である。うるさい司会者や、お笑い芸人のコメントが入らないのがいい。見知らぬ野生の世界に没頭できる。

頭をからっぽにし、口を開けて、しばし画面に見入った。

番組が終わった。八木沼はテレビを消し、アイスの容器をゴミ箱に放りこんだ。

ベッドに仰向けに倒れこむ。

――あの写真、卒アルのやつだったな。

当時のクラスメイトが、脳裏にぼんやり浮かんでくる。記憶はところどころ――いや、ほとんどあいまいだ。

覚えているのは戸川更紗先生のことばかりだ。

彼女には、一年生の頃から英語を教えてもらっていた。進級して、副担任が戸川先生になったときは嬉しかった。クラスメイトも同じ気持ちだったらしく、大半が喜んでいた。

――先生がいなくなってから、よけい学校に興味がなくなった。

その上、実母まで家を出ていった。卒業間際なんて無気力もいいところだった。

あの写真を撮った当時は、人生にほとんど絶望しかけていた。よどんだ目つきに、心のありようがはっきりあらわれていた。

――十九歳で使命に目覚めるまで、おれは死んだも同然だった。

己の腕を枕に、彼は目を閉じる。

使命。運命。いま思えば、すべてがつながっていたのだと思う。なにもかもが大いなる意思のお導きだったのだと。

二年B組は、男女共学のクラスだった。

聖ヨアキム学院には敬虔なカトリックの保護者が多く、「成人するまで、わが子をみだりに異性に近づけたくない」との要望が出たことから、単学クラスと共学クラスに分かれたらしい。

だが八木沼の両親はキリスト教徒でもなく、思想もとくにない人たちだった。息子を私立の名門に入れたのは、ただの見栄に過ぎない。だからB組に割りふられた。

べつに八木沼はどちらでもよかった。だが戸川先生に受けもってもらえたんだから、結果的に正解だった。

——でも、できれば先生と、もっと仲良くなりたかった。

チャンスはあったのだ。しかし生かせなかった。

紫の神仙水を売っていた、あのいかれババアの家。母親に連れられてよく通った家だ。

あそこで戸川先生と、しばしば顔を合わせた。

先生が内緒にしてほしそうだったから黙っていたけど、いま思えばもっと話しかけるべきだった。だって学校で毎日会うより、校外でふいに会ったときのほうが、なんとなく気安く感じるものじゃないか。

先生があの家に通うようになったきっかけは、知っている。

いかれババアの息子がB組の生徒で、かついじめられっ子だったせいだ。休みがちなあいつが学校に通えるよう、先生は声をかけに訪問したのだ。

でもババアは話の通じる相手じゃなかった。八木沼の目から見ても、あきらかにおかしかった。

「わたくしのこれは、占いなんてものじゃありませんのよ。神通力です。神に通ずる力と書いて、神通力。この力は、女性の内なる性的エクスタシーを根源としたものなんですのよ」

「これを飲むと内臓からきれいになるんです。内臓が若返れば、おのずと肌が美しくなり、女性機能だって活発化します。わたくしの言ってること、おわかりですね。つまり子宮ですよ、子宮。女性の根源は子宮にあるんですもの」

「紫の神仙水さえあれば、子宮から美しくなります。効能は美肌、生理不順の解消、不妊解消、アンチエイジング、不感症の改善と、枚挙にいとまがありません。不妊と不感症が治れば、おのずと夫婦仲だってよくなります。子はかすがいと言いますからね」

「女の要《かなめ》は、子宮。そして子供。それをわたくしが証明してみせますわ……」

——うん、やっぱりいま思いだしてもいかれてる。

息子がいじめられて当然だ、と八木沼はあらためて納得した。

八木沼自身はいじめたりしなかった。けれど、からかいたくなるやつらの気持ちは理解できた。いかれババアの台詞には、不感症だの性的エクスタシーだの、思春期の少年に刺さるワードが満載だった。

「おまえんちの母ちゃん、色呆けかよ」

「頭おかしいらしいじゃんか」

「夫婦仲をよくするーとか言ってるけど、おまえんちこそ離婚寸前らしいよな?」

カトリックの学校とは言っても、生徒全員がカトリック教徒ではない。いわんや全生徒が、慈愛に満ちて礼儀正しいとは限らない。大半が裕福で苦労知らずなだけの、ごく普通の坊ちゃん嬢ちゃんだ。残酷さも、世の中学生と大差なかった。

――そしてそこには、個人的反感も混じっていたはずだ。その中には、いじめられっ子を囃《はや》した
あの家で八木沼は、何人ものおばさんと会った。その中には、いじめられっ子を囃《はや》した
てていた生徒の母親も何人かいた。

ババアの息子をからかうふりをしながら、彼らは言外にこう告げていたのだ。頼む、お
れのお母さんにかかわらないでくれ。これ以上うちを引っかきまわさないでくれ――と。

とはいえ母親に連れられ、あの家まで通っていた生徒は八木沼だけだった。

あそこで彼は、ありとあらゆる女性の悩みを聞いた。チビの八木沼を子供とあなどって、
彼女たちはかなり露骨なことまで打ちあけた。

「夫との行為で、感じたことがないんです」

「痛いばっかりで」

「検査して二人とも問題なかったのに、何年経っても子供ができません」

「どのお医者にかかっても、生理不順がよくならない」

「上の子はすんなり妊娠したのに、二人目を授かれないんです」

八木沼の実母の悩みも、それだった。

二人目不妊というやつである。彼女は八木沼の下に、弟か妹がほしかった。八木沼より

もっと出来のいい子を産みたかったのだ。

あのいかれババアの家で、八木沼は市川美寿々と出会った。

「美寿々さんがまた妊娠なさいました。紫の神仙水のおかげです。このお水を毎日飲んでいるから、彼女は子宮が健康でよく妊娠できるのですよ」

ババアは得々とそう語った。

美寿々はいわば、紫の神仙水の広告塔だった。だが彼女が妊娠するだけでいっこうに出産しないことには、なぜか誰も触れようとしなかった。

なぜってみんな、大人だったからだ。大人はわかりきった他人の事情に、あえて首を突っこんだりしない。そして自分に都合のいい部分のみをすくいとり、都合のいいように利用する。

——だがまさか、戸川先生まであの家に毒されるなんて。

先生も子供がほしかったんだなあ。目を閉じたまま、八木沼は思う。

あのババアの術中にはまってしまったのは、そのせいだ。純粋な先生は人を疑うことを知らなかった。こんな世の中で生きるには、先生は清らかすぎたのだ。その点は同情する。でも。

——でも先生に子供だなんて、やっぱり許せない。

八木沼は頬を歪めた。

そんなのは駄目だ。許せない。もし子供がほしかったなら、おれを子供にしてくれればよかったんだ。

いっとうはじめに『先生を離婚させる会』をつくろうと言いだしたやつは、クラスの中心人物だった。確か、バスケ部のレギュラーだったと記憶している。いわゆる体育会系で、「自分がクラスを引っぱってやっている」と思いこんでいるやつだった。

会員はすぐ集まった。八木沼もただちに参加した。こいつが？　と驚くようなやつまで加わった。

無理もない。だってみんな、戸川先生が好きだったんだ。離婚した芸能人の記事を集めたり、脅迫状を作って下足箱に忍ばせたり、いろいろやったっけ――。

まぶたを上げ、八木沼はゆっくりと起きあがった。

起きよう。いつまでもこうしてはいられない。

指名手配されたいま、外に出るべきでないとはわかっている。だが閉じこもっているわけにはいかなかった。十時前にチェックアウトし、聖ヨアキム学院行きのバスに乗らねばならない。

――またあのコーヒーショップで、半日ほど粘るかな。

早くも樹里が親戚の家を追いだされたことは、興信所の伝手《つて》で昨日知った。八木沼にとっては好都合だった。これで引きつづき、学院近くで樹里と鹿原先生を見張ることができる。

あくびを嚙みころし、八木沼は糊《のり》の利きすぎた浴衣を脱いだ。

4

母の遺骨とともに、樹里は十和子のマンションにやって来た。

校長たちの前で啖呵《たんか》を切ったにもかかわらず、十和子は正直言って不安だった。問題児とどう接し、どう暮らしていくか身構えていた。

しかし樹里との暮らしは、意外なほどスムーズにすべりだした。

初日の夜、十和子が適当にととのえた夕飯に、樹里は目をまるくして叫んだ。

「すっげえ。これマジで先生が作ったの？」

「そんな、すごいって言ってもらえるようなものじゃないけど」

十和子は苦笑した。

メニューは豚肉の生姜焼き、冷奴、レタスとトマトのサラダである。メインはたれに漬けて冷凍しておいた肉を焼いただけだし、豆腐とレタスとトマトは切って盛っただけだ。ばたばたしていたせいで、こんなものしか用意できなかった。

しかし樹里は感心しきりで、

「すげえ、先生なのにすげえよ」を連発した。

「でも寮のコックさんのほうが、もっと手の込んだものを出してくれたでしょう。それに『先生なのに』ってなあに？」

「だってコックはそれが仕事なんだから、できて当然じゃん。でも先生は教えんのが仕事で、外で働いてるぶん家のことしなくていいはずだろ。なのに、メシまで作れるとかすげえよ。うちのママなんて働いてねえくせに、メシもなーんもしなかったぜ」

最後のくだりは、十和子は聞こえなかったふりをした。

「さ、食べましょう。あなたの席はそこね」

と自分の向かいを指さす。

寮での集団生活で学んだおかげだろう、覚悟していたほど樹里は不作法ではなかった。

「いただきます」と「ごちそうさま」がちゃんと言えたし、食べ終えた食器をシンクに運ぶことさえした。

ただし箸の持ちかたは、ひどい握り箸だった。その箸さきでトマトを突き刺し、同じく箸さきで冷奴の鉢を引き寄せた。おまけに犬食いで、テーブルの皿に顔を突っこむようにしてがっついた。

——きっと、寮でも一人で食べていたんだ。

そう十和子は察した。

大食堂で、まわりに人が何十人いようと樹里は一人だった。誰もいないテーブルで、ぽつんと食べていたのだ。だから犬食いも箸使いも、注意してやる者がいなかった。

志渡神父だって「あの子は不潔で、がりがりに痩せて、いつも教会の炊き出しの列にもぐりこんでいた」と言っていたではないか。衣食住の面倒さえ見ない母親が、箸使いなど教えるはずもない。

——これは、大人の責任だ。

十和子は唇を噛んだ。

自己責任などという言葉を、最近よく聞くようになった。しかしまだ義務教育も終えていない子供に、その言葉は当てはまらない。養育放棄《ネグレクト》を見のがすのは大人の怠慢であり、同時に教育と福祉の敗北だ。

「どしたの、先生?」

樹里が顔を上げる。

「腹減ってねえの？　だったらその肉、おれがもらっていい？」

「ええ。どうぞ」

微笑んで、十和子は樹里に皿を譲った。

マナーこそいまひとつでも、樹里との生活は悪くなかった。すくなくとも夫と暮らすよりよほど張りがあった。

第一に、お弁当を喜んでくれる。とくに初日は時間がなく玉子焼きとウインナーとおにぎりだけだったというのに、

「え、マジで？　マジでいいの？　弁当まで？　ヤバくね？」

とうろたえていた。

食事に「これ美味い」「こっちはいまいち」とリアクションしてくれるのもありがたかった。

夫の茂樹は美味いもまずいも滅多に言わない人だ。出されたものを黙って食べ、気に入らなければ一口二口で箸を置いた。舌打ちすることさえあった。「あれが食べたい」と意思表示してくれるのは、酔ったときくらいだった。

樹里の保健室登校は、いまだつづいている。

朝は一緒にこのマンションを出て、一緒に聖ヨアキム学院に行き、入り口で分かれる。十和子は職員用の下足箱で靴を履き替え、職員室へ。樹里は生徒用の下足箱から、保健室へと向かう。

そして帰りは、十和子が保健室へ迎えに行く。一緒に帰途をたどり、途中でスーパーで買い出しをしてからマンションに戻る。ときにはさらにコンビニやケーキ屋をはしごし、デザートを買うこともある。

「ヤッベ、このエクレア超うめえ。先生も食ってみなよ、ほら」

樹里の言葉づかいを注意すべきかと、十和子は何度か迷った。そして、結局やめた。

親を亡くしたばかりの子にがみがみ言いたくはなかった。それにこの年頃の子は、未発達なだけで愚かではない。自分に必要ないと悟れば、どんな言葉づかいだろうと態度だろうと、いずれは自然とやめる。その証拠に、

「市川さん。勉強、どこからわからない?」

そう十和子が訊くと、

「小学生んときからわかんねえよ……」

と樹里は唇を曲げてから、「わからない、よ」と言いなおした。本人にも、言葉づかい

の自覚はあるのだ。

十和子は微笑ましく思いながらも、

「じゃあ、わからないところからはじめましょう」

そう言って、まずは『アルファベットの歌』と『九九の歌』を教えた。二人で皿を洗ったり、洗濯物を干しながら繰りかえし口ずさんだ。

樹里にはいま、客間兼物置を掃除して使わせている。さすがに茂樹が使っていた部屋へ入れるのはどうかと思ったからだ。

しかし樹里は予想に反して、自室に引きこもったりはしなかった。寝るとき以外は、ほぼリヴィングにいる。そして十和子の動きを絶えず目で追う。十和子が立てば樹里も立ち、十和子が座れば一定の距離を保ちつつ樹里も座る。

――なんだか雛《ひな》の〝刷りこみ〟みたいね。

そう十和子は思った。

生まれたばかりの雛がはじめて見たものを親と思いこみ、付いてまわる現象のことだ。だがけっして悪い気はしなかった。むしろくすぐったく、面映《おもは》ゆかった。

あれから、浜本夕希はふたたび学校に来はじめている。灰田事務長の当たりはきついが、我慢しているようだ。

隣席の美術教師、森宮にはまだ気を許していない。あやしいと思うほどの根拠はないが、過剰な愛想のよさといい、いまひとつ得体が知れなかった。

そんな日々を過ごすうち、樹里の口数はすこしずつ増えてきた。座るときやテレビを観るときも、じりじりとだが十和子に近づくようになっていた。

こんなこともあった。土曜日に十和子が掃除機をかけていると、チャイムが鳴った。インターフォンのモニタを覗きこんだ樹里が、

「先生、先生！」と叫んで駆け寄ってくる。

「え、なに？」

「オトコが来た、知らない男。やだキモい！　先生出てよ！」

代わって十和子はモニタを覗いた。宅配業者の制服を着た中年男性が映っている。

「宅配屋さんよ」

笑って玄関へ走ると、なぜか樹里も付いてきた。

荷物を受けとり、受領証に判を押して業者を送りだすまで、樹里は十和子の背にくっついて、じっと彼を睨みつづけていた。

また、樹里はテレビのラブシーンをいやがった。ドラマで俳優と女優が抱きあうのを見ただけで、

「キモい」と叫んでチャンネルを替えた。

あるときは「ヤベえ、四十キロ超えそう。おれもう、明日から食わないから」と絶食宣言をした。

「四十キロを超えるといけないの？」十和子が問うと、

「駄目だよ」

樹里は即答した。

「体に肉が付くじゃん。乳とか尻とか、デブデブしたらキモいじゃんかよ。そんなん、女みてえ」

でもあなたは女性じゃないの――。そう言おうとして、十和子はやめた。

樹里の態度や言葉づかいは性嫌悪のあらわれでは、という疑念は、いまや確信に変わりつつあった。おそらく一人称「おれ」も、樹里の「女でいたくない」気持ちから来るものだろう。ならば安易に立ち入るのはまずい。

ある夜。

粘着ローラーでリヴィングの床を掃除しつつ『九九の歌』を口ずさんでいた樹里が、七の段でふと声を止めた。

つづきを忘れたのかな、と十和子は顔を上げた。

しかし違った。樹里はすこし彼女の顔から視線をはずして、

「……あたし、って言うの、変かな」

ぽつりと言った。

ゼロコンマ数秒置いて、十和子は意味を理解した。一人称を「おれ」じゃなく「あたし」に変えたらおかしいだろうか、と樹里は相談しているのだ。

なるべくさりげない声音で、

「変じゃないわ」十和子は答えた。

「マジで?」

「ええ」

樹里ががりがりと頭を掻く。

「……あのさ、べつにいますぐ、ってわけじゃないんだ。でもほら、椎名林檎とか『あたし』って言うじゃん、歌詞でさあ。……だから、どうかなと思って」

「椎名林檎、好きなの?」

「え? うーん……。わかんねえ。かっこいいとは思うけど、好きかって訊かれるとわかんねえ」

言い終えて、しばし樹里は黙った。

十和子は先をうながさなかった。やがて、樹里が低く言った。

「おれ、さあ」

「ええ」

「……おれ、男も女も嫌いなんだ。それは、変かな」

「変じゃない」

十和子は即座に言った。

「男も女も、両方好きな人だっているでしょう。逆に両方好きじゃない人もいる。それは、そういう人だっていうだけのことなの。なにを好きだろうと嫌いだろうと、変ではないのよ。問題は――」

「問題は？」

樹里が上目づかいに彼女を見る。

十和子は言葉を選びながら、答えた。

「――他人や自分を傷つける人になってしまうか、そうでないかだけ。誰かを嫌いだからって攻撃するとか、社会とうまくやれなくて弱い誰かに八つ当たりするとか、または自分を痛めつけるとか――そういうのは、いけないわ。でも自分の中で折り合いを付けて、平穏に生きていけるならそれでいいの。無理に克服しようとか、自分を変えようなんて思わなくていい。なにが正常でなにが異常かなんて、誰にも決められやしないんだから」

言いながら、自分に言い聞かせているみたいだ、と十和子は思った。

そう、なにが正常でなにが異常かは誰にもわからない。

かつて聖書は、生殖をともなわぬ愛を否定した。でもそれなら、不妊症の男女はどうなるのだ。閉経した女性と愛を育むのは罪だと言うのか。

きっと神は禁じてなどいない、と十和子は確信している。ただ聖書の編纂者や、ときの権力者が禁じただけのことだ。

「ふうん……」

わかったのかわかっていないのか、樹里があいまいにうなずく。そして、

「──でも、おれのママは異常だったよ」

と低く言った。

「ママはさあ、十七回妊娠したんだ。そんで四回流産して、十二回堕ろした。酔っぱらうと、自分からぺらぺらしゃべってたよ。……こんなん普通じゃねえだろ？　十二回中絶したのが自慢だったんだぜ。ヤベえ女なのは、間違いねえよ」

言葉を切り、ふっと笑う。

「唯一の例外が、おれ。ママが二十七歳のとき産んだ子」

そむけた横顔に、自嘲が濃い。

「堕ろせばよかったのにさあ。……『なんで産んだの』って聞いたら『そのときは、そういう気分だった』、『産んだら金になりそうだったんだよ。当てがはずれたけど』って言われた。なんだよそれって話だよな。マジ、ふざけんなっつの……」

十和子は樹里の頰を見つめた。

すこしだけ、距離を詰めてにじり寄る。

樹里はいやがらなかった。それを確認し、

「……ねえ、市川さん」

低い声でそっと尋ねる。

「どうして、伯母さん家の男の子をさわったの？」

退寮させられた樹里は、引きとってくれた伯母の家で入浴中の男児に性的いたずらを仕掛けたという。そして伯母の家までも追いだされ、十和子のもとへやって来た。

樹里はしばらく黙っていた。だがやがて、

「してあげなきゃと……、思ったから」

と、言葉を押しだした。

「他人にさわるとか、おれ、ほんとは嫌いなんだ。嫌いだけど、ときどき〝そういう感じ〟になる。してあげないといけない、しなきゃいけない仕事、みたいな」

「それは、義務感にかられたってこと？」

十和子は問うた。

「強迫観念みたいなものかしら」

「カンネン……？　ああ、そう言えばいいのか。うん、それだと思う。なんとかカンネン。それだ」

言いながら、樹里が何度もうなずく。

「学校に来るまではさあ、おれがしてあげたら、みんな喜んだんだ。……だから、あの子にも喜んでほしかった。おれのこと変な目で見ないし、いい子っぽかったから」

「じゃあ保健室のときも、そうだったのね？」

十和子は言った。

「あなたは同じように考えたのね。相手がいい子だから喜んでほしい、って」

「うん」

樹里は真顔で肯定した。

「あの一年生、ずっと前だけど、おれに『おはよう』って言ってくれた。いい子なんだよ。そんで、あの日は具合悪そうで苦しそうにしてたからさ。なんかしてあげたかったんだ」

ほのかに苦笑する。

「けど杵鞭がすげえキレたじゃんか。だからおれも、つい逆ギレしちゃった。……キレたのは、悪かったと思ってるよ」

やはりか、と十和子は思った。

おそらく樹里は、家を出入りする男——母親の彼氏やパトロンにさわられたり、もしくは彼自身に触れるよう強いられていたのだろう。

考えただけで気分が悪かった。しかしそれとは表情に出さず、

「市川さん。……じつは先生ね、最近、いろんな友達ができたの」

と言った。

つづけて十和子は、『ASMA』で会った人たちについてぼかしながら語った。

誰のことも好きになれない人。好きになるけれど、自分を好きになってほしくはない人。犬をプラトニックラブのパートナーに選んだ人。人形と結婚した人——。

「マジで？　その人ら、ヤベえじゃん」

樹里は目をまるくして叫んだ。

直後にはっとし、慌てて両手を振る。

「あー、違うよ。ヤベえってそういう意味じゃない。けなしたわけじゃないんだ。クール

って言いたかった。人形と結婚とかさ、そういうの、自分の好きなようにやっててかっこいいよ。自由じゃん。超クール」

と言ってから、自分の言葉に考えこむ。

「ああそうか……、こういうことか。『正常も異常もないけど、誰も傷つけるな』って鹿原先生が言ってたの、たぶんこういうことだよね。自分の好きなようにしていいんだ。好きなようにして、でもとくにアピったりしないで、普通に押しとおす。それでいいんだ。だって誰にも迷惑かけてないし、誰も傷つけてない。だからマル。そういうことでしょ？」

十和子は笑った。

「そうね」

やっぱり樹里は馬鹿じゃない。飲みこみが早い。

すこしのヒントでJBの言う「すべてはOKかOKでないか、それだけなんです」の極意に近づいてしまった。

――暴力をともなわず、合意の上で成り立っている限り、すべての性愛行為はOKなんですよ。ぼくらは――というか世界は、愛に異常だの正常だのといった物差しを使うべきではない。

――すべてはOKかOKでないか、それだけなんです。

「アイスクリーム、食べようか」

十和子は立ちあがった。アイスクリームは樹里の大好物だ。

「いいの？」

「もちろん。ただし一回にひとつずつね。市川さん、バニラと抹茶どっちがいい？」

ベランダの掃き出し窓を開けはなち、二人は外を眺めながら並んでアイスクリームを食べた。

雨が近いのか、空気がわずかに湿っている。階下で車が行き過ぎる音。クラクション。遠くで点滅するネオンサイン。どこかの家が窓を開けたままテレビを観ているらしく、ドラマの主題歌が聞こえてくる。

「――あのさ」

樹里が口をひらいた。

「なあに」

「人間の中でさ、……先生のことは、なんか好きだな」

照れ隠しのようにスプーンでアイスクリームをざくざく突き崩して、

「最初見たときから、思ってたんだ。鹿原先生には、無理してさわらなくていいと思う。さわらなくても、相手してくれるって空気を出してる」

「ええ。さわらなくていいわ」

十和子はうなずいた。そして、言った。

「これは内緒の話だけどね。――わたし生まれてからずっと、誰にもさわられたい、さわりたいと思ったことがないの」

「ほんと？」

「ええ、ほんと」

「でも先生って、結婚してんじゃないの？　いまは旦那と別居中みたいだけどさ。じゃあ、なんで結婚したの」

「無理してたの」

「へえっ」樹里はのけぞった。

「無理して結婚したの？　さわりたくもさわられたくもない男と？　そんなん、よく我慢できたね」

「自分でもそう思う。ほんと、こんなの不自然よね。……向こうがいやになって当然。いまになって、夫の気持ちがよくわかるわ」

十和子は笑った。

なぜだろう、やけに言葉がすんなりと喉を通る。抹茶のアイスクリームで酔ったかのようだ。こんなに素直に心のたけを打ちあけたのは、たぶん生まれてはじめてだ。

「でもあのときは、結婚するのが当然と思ってた。当たりまえのことをして、母の機嫌を取りたかったの」

「お母さん？　先生のママってこと？」

「そう。わたしの母親」十和子は首肯した。

「わたし、幼い頃から母が怖かったのよ。怖くて、なのにものすごく好かれたかった。母に気に入られたいっていうだけで、したくもないこと、いやなことをたくさんやってきたわ。子供の頃から、ずっとその繰りかえし」

「えーっ。それマジで？」

「マジで」

「――そっか、なんだあ」

一拍置いて、樹里が顔じゅうで笑った。

「じゃあ、おれらってば仲間なんじゃん。うわ、安心した。よかったあ」

はじめて見る、花が咲いたような笑顔だった。

5

その週の木曜、十和子は樹里に留守番を任せて『ASMA』の会合へ向かった。

「いい？　誰が来ても開けちゃ駄目。もしチャイムを鳴らされても、居留守を使って。固定電話も出なくていいからね。留守電をセットしてあるし、全部ほうっておいてちょうだい」

出がけに、何度も樹里にそう言い聞かせた。

もし茂樹が来たら面倒だ。樹里がいると知られたら、茂樹も母も騒ぐに決まっている。それに最近流行りの、宅配便を装った詐欺だって気になる。

「わかってるってば。大丈夫だから行ってきなよ」

呆れ顔で樹里は手を振った。

ここ数日、樹里は配信サービスの映画に夢中だ。とくにMCUのヒーロー映画に大ハマりして、暇さえあればソファで膝を抱えて見入っている。

夕飯は樹里のリクエストどおり〝おにぎりふたつ。豚汁。甘い玉子焼きとウインナー炒め〟を用意してあるし、冷蔵庫にはプリンが冷えている。そして未視聴の映画がたんまりあるのだから、樹里としてはなんの問題もないらしい。

「九時前には帰るから」

名残り惜しくそう言い置いて、十和子はやっとマンションを出た。

電車を乗り継ぎ、『ASMA』の会合に使われている鉛筆ビルへと向かう。

ビルの手前でスマートフォンが鳴った。立ち止まってロックを解除し、確認する。

〝JB〟からのグループLINEであった。

『すみません。本日、会場側でアクシデントあり。『ASMA』開場は、一時間遅れの八時になります』

あの会場は『ASMA』の専用ではない。確か直前までは、どこかの断酒会が使っていると聞いた。病人が出たかなにかで遅延のトラブルが起こったのだろう。

――じゃあ一時間、どこかで時間をつぶさないと。

十和子は首をめぐらせた。長居できそうな、ゆったりしたカフェがいい。樹里にも「すこし帰りが遅れる」と連絡しておかねばならないし……。

あたりを見まわしかけて、ぎくりと目線を止めた。

人波の向こうに、見知った顔があった。

――森宮先生。

隣席の美術教師。聖ヨアキム学院の卒業生。

なぜここに、と思う。

この街は、聖ヨアキム学院からは駅四つぶん離れている。それに森宮の住まいは反対方向のはずだ。たわいない雑談の合間に、彼自身がぽろりとこぼした地名を覚えている。

十和子は咄嗟に、小路に身を隠した。

首だけを突きだし、森宮をうかがう。

彼の視線はあちこち動いていた。目線をさまよわせ、ときには体ごと振りかえる。あきらかになにかを捜している。

――わたしが、見えなくなったから?

自意識過剰だろうか、といぶかる。でも、そうだとしたってかまわない。

すこし前の自分なら「自意識過剰だ。みっともない」と断じて、自分の判断を笑っていたはずだ。だがいまは、それならそれでかまわないじゃないか、と思える。いくらみっともなかろうが、身の安全のほうが大事だ。

小走りに、十和子は目についたカフェに飛びこんだ。

吟味している暇はなかった。森宮が、小路を曲がって近づいてくるのがわかった。

出迎えたウエイトレスに「禁煙席で。一人です」と早口で告げる。案内されるのを待たず、彼女を追い越して店内に入る。

「あ、お客さま……」

戸惑うウエイトレスを無視して、十和子は窓越しに外をうかがった。

森宮がいる。あたりを見まわしている。十和子は身をかがめた。観葉植物の鉢の陰に走りこんだ、そのとき。

「あれ、――〝ICE〟さん？」

真横から声がした。

思わず首を向ける。〝猫井〟がいた。『ASMA』の会員だ。二人掛けのちいさなテーブルに着き、驚いたように彼女を見ている。

「こんばんは。猫井さん」

言いながら、十和子はなかば強引に猫井の向かいへ座った。

「聞きました？　今夜の開場、一時間遅れらしいですね」

「へえ、ほんとですか。知らなかった」

「JBさんから、さっきLINEが届きました。ほかの会合で、トラブルがあったそうですよ」

応えながら、十和子は横目で窓の外を見やった。

まだ森宮は去ろうとしない。店の外を、しつこく行ったり来たりしている。

ふいに森宮が足を止めた。窓越しに店内を覗こうとでもするように、ぐっと身をかがめる。

でも、十和子は慌てて首を引っこめた。

っているから、たぶん大丈夫だ。店の窓はスモーク加工されている。この席は観葉植物の陰にな
っているから、外からは見えないはずだ。

「ICEさん、メニュー見ます？」

猫井がメニューを差しだしてきた。

「あ、はい。ありがとうございます」

急いで笑顔を作って受けとる。

「この店ははじめてですか？」

「ええ、まあ」

「意外と雰囲気いいでしょ？　ぼくはいつも、ここで小一時間お茶してから向かうんです。Wi-Fiあるし、長居できていいんですよ。もっとも今日は小一時間じゃなく、小二時間になるようだけど」

と猫井は笑ってから、

「いや、ＩＣＥさんが来てくれてよかったあ。開場の遅れに気づけたし、連れが来たなら長居しても恰好《かっこう》が付きます」

と言った。

十和子も微笑みかえす。リップサービスだろうが、こう言ってもらえるのはありがたい。通りかかったウエイトレスに、十和子はブレンドのホットを頼んだ。

「ＩＣＥさん、今日は拓朗《ラビ》さんとは？」

「一緒じゃないです」

十和子は首を振った。

拓朗とはあの夜、電話で話したきりだ。指名手配中の八木沼某が更紗の教え子だったと聞かされ、「気を付けてください。いやな予感がします」と告げられた。その後は樹里のことでばたばたしてしまい、彼のＳＮＳさえ閲覧できていない。

「今夜はどうします。ＩＣＥさん、話されますか？」

「ああ……。どうでしょう。じつはまだ決めてないんです」

「そうなんだ。じつはぼく、ひさびさにしゃべろうと思ってます。とはいえ、ぼくってあがり症なんですよねえ。さっきまで、話す内容をずーっと頭の中で整理してたんですよ。カンペ作るわけにもいきませんしね」

と猫井が顔をくしゃっとさせて笑う。いまどきの若者らしい風体にかかわらず、しゃべると意外に可愛らしい。

ウエイトレスがブレンドを運んできた。

コーヒーを置きやすいよう身を引くふりをし、十和子は窓の外を再度うかがった。

森宮は、いない。あきらめて立ち去ったようだ。ほっとしてカップに手を伸ばした瞬間、体が強張《こわば》った。

森宮が戻ってきたのが、窓の端に見えたのだ。

あやうくカップを取り落としそうになり、左手で支える。観葉植物の陰になるよう、慌てて身を縮める。

猫井が怪訝《けげん》な顔をした。

「どうかしました？」

「あ、──いえ、すみません。わたし、そそっかしくて」

微笑んだつもりだが、頬が引き攣った。心臓が早鐘を打っている。

──森宮先生。あんなにしつこく、いったい誰を捜しているというの。

「わたしとは限らない」と打ち消す気持ちと、「いや、わたしを捜しているんだ」との確信が胸中でぶつかりあう。

でも後者なら、どうして森宮先生がわたしを尾行するんだろう。

彼も戸川更紗の教え子だから？　似ているわたしに執着した？　だからといって、尾行までするだろうか？　わからない。彼の意図が摑めない。

向かいの猫井が紅茶のカップを持ちあげて、

「ぼくはほら、前も言いましたけどリスロでしょう。だから妙齢のご婦人とサシで話すときは、どうしても身構えちゃうんです。でもＩＣＥさんはアセだってわかってるから、気楽に話せて嬉しいな」

と言う。

十和子は目を細めてうなずいた。しかし言葉の内容は、ろくに頭へ入ってこなかった。右の耳から左の耳へ素通りしていく。

猫井がつづける。

「じつはこれは今日、会合で話そうと思ってたことなんですけどね。ちょうどいい、すみませんがＩＣＥさん、予行演習の相手になってくれませんか。あのですね、ぼく先日、ある女性と出会いまして――」

嬉々として猫井が話しだす。

作り笑顔で、十和子はうなずきつづけた。

しかし頭の中ではいくつもの「なぜ」「どうして」が渦《うず》を成していた。

湧きあがる疑念が次第に濃くなり、黒ずんで胃のあたりでとぐろを巻く。酸味の強いコーヒーのせいだろうか、胸焼けがひどい。

「それでね、その女性が言うんですよ。『相談にのってほしいから、IDを教えてくれないか』って。いや相談にのるくらいはいいんですよ。ほんとうに相談だけならね。でもそれ以上のことがもしもあったら、と思ったら、ぼく考えただけで気分悪くなっちゃって、その場で吐きそうに……」

やめて、吐きそうなんて言わないで。その言葉につられて、わたしまで吐きそう。

胃液がこみあげる。こめかみが脈打つように痛む。

意思の力で笑顔を保ちながら、一刻も早く森宮が去ってくれるよう、十和子はそれだけを願った。

6

結局、会合には出席せずとんぼ帰りした。

猫井には「用事を思いだしたので、また今度」と言いわけして、店を出るなりタクシーを拾った。

予想外の出費だが、怯えながら帰るより何倍もましだ。それにもし電車でかち合ってしまったら、密室空間ゆえ逃げようがない。

マンションに帰宅すると、樹里はソファでうつらうつらと舟を漕いでいた。

「おかえり先生。……あれ、なんか早くねぇ？」

ねぼけまなこで時計を見上げ、眉根を寄せる。

「ちょっとね」と十和子はいなして、

「眠いなら、もう歯をみがいて寝ちゃえば？」と言った。

樹里が首を振る。

「んーん。メシ食ったあとだから、ちょい眠くなっただけ。やっぱ米って炭水化物だね。炭水化物とると、あたしすぐ眠くなるんだ」

あれ、あたしって言った――と十和子はすこし驚いた。だがむろん指摘はしない。気づかなかったふりをして、

「血糖値が上がると眠くなるわよね。わたしもそう」

微笑んでから、キッチンに向かった。

冷蔵庫を開け、しばし悩む。ちらりと樹里をうかがう。しかし「まあいいか」と思い、ビールを一本抜いた。

缶ビールを片手に戻ってきた十和子に、樹里が目をまるくする。

「鹿原先生、酒飲むの？」

「たまにね。でも市川さんがいやだったらやめる」

「ううん、いやじゃねえよ。ママみたいにべろべろになるまで飲まれんのは、カンベンだけど……」

そう首を振ってから、「うわあ、先生みたいな人が飲むのって、なんか新鮮」と顔をほころばせる。

十和子はキッチンに戻り、

「じゃあ、ちょっとだけ晩酌に付きあってくれない？　あなたはアイスで乾杯ね」

と冷凍庫の扉を開けた。

「……そんなのさあ、相手にはっきり『なんのつもり？　ナメてんの？』って訊いたほうがいいんじゃん？」

アイスクリーム用の木の匙《さじ》を、タクトのように振りまわして樹里が言う。

「たぶんそいつ、ほんとのとこは鹿原先生にビビってんだよ。だからこそこそ尾けまわすような真似するんだ。先生のほうから真っ正面に行けば、ぜってぇ涙目んなって逃げてくぜ。卑怯なことするやつって、たいがい弱虫だもん」

「そうかもね」

十和子は首肯した。

森宮の名は出さず、「知人に尾行されたかもしれない。相手の魂胆がわからなくて、すこし怖かった」とだけ話したのだ。しかし樹里は憤慨し、

「そいつ男？　うわ最悪。ストーカーだよ、ストーカー。そんなやつ、先生からビシっと言ってやれよ。逆ギレかますようなやつだったら、遠慮なく警察呼んでやりゃいいじゃんか」

と、わがことのようにいきり立った。

その怒りもおさまり、時計の長針が半周した頃、

「……先生、飲むの遅いね」

缶を指して樹里が言った。

「そう？　こんなものじゃないかな」

「遅い遅い。ママだったらそれっぽっちのビールなんか、水みたいに一気だよ」

と樹里は笑ってから、声を落とした。

「でもママは、たいていビールじゃなくてチューハイだったな。十二度だか十三度のロング缶をさ、一晩に七本くらいあけちゃうんだ」

それなら確かに「べろべろに」もなるだろう、と十和子は納得した。

きっとウォトカベースの缶チューハイだ。法事の席で勧められ、一度飲んだことがある。だが十和子には強すぎた。缶の半分も飲まなかったのに、翌朝は生まれてはじめての二日酔いを経験した。

「……ママもさ、一晩に三本くらいで、やめてくれたらよかったんだけど」

樹里が嘆息した。

「あたし、一、二本飲んだくらいのママは好きだったんだ。機嫌よくなって、こっちにもしゃべりかけてくれたし。そういうときはさ、ママの思い出話とかしてくれることもあったんだよ。……でも四本目あたりから、もう駄目。なに言ってんだか、ぐちゃぐちゃ。わけわかんなくなっちゃって」

肩をすくめてかぶりを振る。妙に大人びた仕草だった。

点けっぱなしのテレビが天気予報に切り替わる。明日の天気は曇りときどき雨、降水確率は——と無機質な音声で報じはじめる。

「あのさ、先生」

樹里が姿勢を変え、片膝を立てて言った。

「じつはあたしも……ちょっと聞いてほしいことあんだけど、いい？」

「ええ、もちろん」

十和子は肯定した。しかし樹里は目線を合わせない。ななめの角度に顔をそむけ、あさっての方向を見つめている。

「そんでさ……できれば、怒んないでほしいんだけど」

「それは、内容によるかな」

慎重に十和子は答えた。途端に樹里が激しく首を振り、語気を荒らげる。

「駄目。怒んないって先に約束して。そうでなきゃ話さねえ」

「わかった」

十和子は片手を挙げた。

「怒らない。約束する」

「絶対？」

「絶対」

そう十和子は誓ったが、そのあとたっぷり一分、樹里は口をひらかなかった。

テレビの騒がしいコマーシャルだけが、部屋にむなしく響きわたる。

長い長い沈黙のあと、樹里が低く声を落とした。

「……あのチェンメさ、二回とも、発信元、あたしなんだ」

一瞬、十和子は意味が摑めなかった。

「チェンメ——ああ、チェインメールのこと？　え、クラスで流行ってたチェインメールよね？　でもどうして、あれを市川さんが？」

「もっと早く、バレると思ったんだよ」

苦にがしそうに樹里が言う。

「だって情報処理ルームのパソコンから、あたしが唯一知ってる委員長のメアドに送ったんだもん。あそこでネットにつないで、元ネタ拾って改変したんだ。ぜってーすぐバレて、叱られると思った。なのに誰も、なかなか突きとめてくんないからさあ」

「待って」十和子はさえぎった。

「委員長って、月村さんのこと？　でも彼女は……」

言いかけて、はっと気づく。

「メールが二回来て、二回とも止めた」「わたし、ああいうの嫌いなんです」と月村委員長は言っていた。あれは嘘か。教師への点数かせぎがうまい、ちゃっかり者の委員長。その程度の嘘はお手のものということか。

「じゃあ市川さんは、十四年前の事件について知ってたのね？」

チェインメールの文面を思いだしながら、十和子は問うた。

パターン１のメールは十四年前の事件を、パターン２のメールは市川美寿々殺害事件を題材にしていた。

「そりゃ知ってるよ。有名だし、ママから聞かされてたし。……二通目は、あたしの仕業だってこと、もっとわかりやすくしたんだ。だってママが愛人かどうかなんてさ、知ってるのあたしだけじゃん。みんな、あたしなんかにそれほど興味ねえよ。突っかかってくる馬鹿はいるけど、そいつらだって、親のことまで調べたりしない」

「でも食堂であなたにからんだ特待生は――。ああそうか、そうよね。あれはチェインメールが先にあった。彼女はその情報を使って、あなたをからかった」

十和子は額を指で押さえた。

――あの内容はちょっと……書けません。

――更紗先生の身内である、わたしたちには無理。十代特有の悪意としか、解釈できないです。

浜本夕希は、くだんのチェインメールをそう評した。

だが違った。身内だからこその悪意、というものもあるのだ。いや正確に言えば意趣返しか。樹里を養育放棄し、酔っているとき以外はかえりみなかった母親だ。あそこまで赤裸々に辛辣に書けるのは、身内だからこそか。

「……どうして？」

もう一度、十和子は尋ねた。

「どうして市川さんが、そんなことを？」

「だって」

口をとがらせて、樹里は言った。

「だって鹿原先生、トガワサラサ先生にそっくりなんでしょ？」

「え……」

十和子は目をしばたたいた。

樹里が早口でつづける。

「ロッテンが――事務長がそう言ってるの聞いたよ。だったら赴任してきたばっかでさ、あんなチェンメがまわされたら、先生は気味悪く思うっしょ？　……もっと、問題にしてほしかったの。そしたら先生があたしのこと呼びだして、杵鞭抜きで、一対一で叱ってくれるかもって思った」

「それはわたしと、一対一で話したかったってこと？　なぜ？」

「だから、言ってるじゃん。先生がトガワサラサ先生に似てるって聞いたからだよ。鹿原先生本人も、初対面から感じよかったし……。先生のこと、もっと近くで見たかったし、知りたかったんだ」

「わたしを――いえ、戸川更紗先生を、どう知りたかったの？」

戸惑いつつも十和子は尋ねた。

話が見えてこない。樹里は、更紗が死んだ二箇月後に生まれたはずだ。顔も知らないはずの更紗に、どうして彼女が執着するのかわからない。

樹里は焦れたように身をよじって、

「どうって……だから、どんな人か知りたかったんだよ。似てる鹿原先生に近づいたら、雰囲気とか、いろいろわかるんじゃないかと思ったの」

と言う。

その刹那《せつな》、十和子はぴんと来た。吟味せず、頭に浮かんだ言葉を口に出す。

「もしかして――市川さん、あの卒業アルバムを持ってるのね？」

樹里の肩がぴくりと震える。瞳がわずかに揺れる。

「閉架になかった、二〇〇六年度の卒業アルバム。持っているのは、あなたなのね？」

答えず、ゆっくりと樹里は目をそらした。雄弁な自白であった。

「……返し、そびれちゃって」

言いわけのようにつぶやく。

「保健室の先生がさ、閉架に入るとき、お願いして一緒に入らせてもらったことがあるんだ。そのとき、卒業アルバムを見つけて、借りて……。保健室の先生は、そんなこと忘れちゃったみたいだし、なくなっても誰も気にしてないみたいだし、だったらべつにいいかって、ついそのまま……」

「見せてくれない？」

十和子は言った。

「荷物の中に二〇〇六年度の卒業アルバムがあるなら、わたしも見たい。お願い。見せてほしいの」

樹里が顔を上げる。十和子をうかがい、その顔に怒気がないことを確認してから、ようやく立ちあがる。客間へと小走りに向かう。

約一分後、リヴィングに戻ってきた樹里はアルバムを小脇に抱えていた。十和子は手を差しだした。おずおずと、樹里がアルバムを渡す。

十和子はケースからアルバムを抜きだし、めくった。

校舎の写真。校歌の歌詞。そして教員の団体写真。

戸川更紗がいる。欠員の常として右上部にちいさく配置されるのではなく、校長の顔写真の横に、更紗の上半身の写真がレイアウトされていた。

不慮の死をとげた教員への餞《はなむけ》だろうか。いい写真だ。体をややななめにし、顔はカメラを向いて微笑んでいる。

「似てるよね」

樹里がぽつりと言う。

「鹿原先生と、どこがって言えないけど、よく似てるよ。顔とかじゃなくて、たぶん人間の根っこが似てるんだと思う。うまく言えないけどさ。そういうことだと思うんだ。……だからあたし、鹿原先生に近づきたくて……わざと叱られようとした。ごめん」

十和子は写真の更紗を見つめた。

杵鞭のかつての言葉を、そして今道の言葉を思い起こす。昨日聞いたばかりのように、あざやかに再生される。

――あなたがきっかけとしか思えない。あなたが赴任してきてから、なにもかもおかしくなった。

――あなたたちは、鏡なんですな。

――人はみな、あなたたちの中に自分の見たいものを見る。

杵鞭も今道も正しかった、と十和子は唇を嚙んだ。

浜本夕希。戸川拓朗。樹里。みな同じだ。

十和子との出会いをきっかけに、彼らは行動と思考を狂わせた。十和子があまりにも更紗を思い起こさせるからだ。十和子の中に更紗を見出し、身の内にくすぶっていた衝動を噴き出させた。

「市川さ……」

十和子がそう言いかけたとき、

「お母さんってさ、こんなふうだったんだ、って思いたかった」

樹里が投げだすように言った。

「ママが……ママがさあ、酔っぱらってるとき、言ったんだ。『おまえはうちの子になるはずじゃなかった』って。『ほんとはよその子なのに、いさせてやってるんだ。だから、せいぜいあたしのために生きろ。逆らうな』って――」

手の甲で、乱暴に目じりをぬぐう。

「『じゃあどこんちの子になるはずだったの』。あたし、そう訊いたよ。そしたらさ、『殺された女先生だよ』ってママは言うんだ。『おまえが生まれる前に殺されちまったから、当てがはずれた』『ガキなんかいらなかったのに』『いらないガキを産んで損したから、せめてもとを取らなきゃいけない。男どもに〝あなたの子よ〟って言いまくるのも、もとを取るためだ。だまされて口止め料を払ってくれる馬鹿が、たまーにいるからね。おまえは生まれてきただけであたしに損させてるんだから、これからは言うこと聞いて、せいぜい恩返ししなきゃいけないよ』って……」

語尾が涙で消えた。樹里が顔を掌で覆う。

十和子は動けなかった。

飲みさしの缶を片手に、すすり泣く少女をただ呆然と見つめた。

7

翌日になっても、十和子は樹里から聞かされた話を整理しきれずにいた。

職員室の事務机に頬杖をつく。早くも今日二杯目のコーヒーに口を付け、カップを置いてからため息をつく。

――おまえはうちの子になるはずじゃなかった、ですって？　いったいどういうことだろう。

あまつさえ母親の美寿々は、「よその子なのにいさせてやってる」「いらないガキを産んで損した」とまで樹里本人に言いはなったらしい。いくら泥酔していたとしても、ひどすぎる。まともな神経とは思えない。

あのあと、十和子は樹里をなだめてもっと深く聞きだそうとした。しかし樹里は、「あの頃のママは、もうだいぶおかしくなりかけてたから、よくわかんない」

と言うばかりだった。

「さっきも言ったけど、一、二本飲むくらいのママは大好きだったんだ。でも七本以上飲んだら、ママはもう駄目だった。ぜんぜん駄目。言ってること滅茶苦茶になるし、カーペットにおしっこ洩らしたりするし、おまけにママの死んだママが見えるとか言いだして……。だからその、殺された女先生——トガワサラサ先生ん家の子供になるはずだった、って話も、ただのでたらめかもしんないけど」

樹里は唇を歪めた。

「でも……だったらいいな、って思ったんだ。あたしがほんとは、よその——もっといいおうちの子だったらいいって思った。こんなだらしないヤリマンの、おしっこ洩らすようななる親じゃなくて、どっかに本物のまともな親がいるって想像したらさ、なんていうの？

そのほうが、ぜんぜんいいっていうか……」

「救いがある？」

十和子は助け舟を出した。樹里が飛びつくように、

「そう、それ！　救いがあるじゃん」と叫んだ。

「そう考えたほうが、心が楽になるじゃんか。〝もしかして〟って思えるだけで、嬉しかったんだよ。……だからサラサ先生の顔写真が見たかったし、似てる鹿原先生を通して、サラサ先生の雰囲気を知りたかったの。……あたしのお母さんになった人、かもしれないから」

――でも樹里を産んだのは、間違いなく市川美寿々らしい。

いらないガキを産んで、と言っていたのだからそこは間違いあるまい。

十和子は手の中で、ペンをくるりとまわした。

左手をブックスタンドへ伸ばす。

青いファイルを抜きだしかけてやめ、結局はコーヒーのカップを持ちあげる。また一口ごくりと飲む。

ママは十七回妊娠し、四回流産して十二回堕胎した――と樹里は言っていた。

受精しやすい体質だったのだろうか、と思う。

逆に十和子は結婚して六年、妊娠しなかった。しかし生理不順ではなかったし、PMSもほとんど体験したことがない。産科医だって「毎月正常に排卵している」と太鼓判を押した。

「旦那さんの精子にいささか問題はありますがね、自然妊娠が百パーセント不可能ってほどのレベルじゃないんですよ。うーん」

と医師は首をひねってから、

「こんなこと言うと非科学的だと思われるでしょうが、精子と卵子の相性ってやつかなあ。この人でなきゃ駄目って卵子もあれば、八方美人な卵子もあるんです。ま、そこは人それぞれだから、あまり気に病まないで」

と軽口を叩いた。

セクハラすれすれの発言だが、とくに腹は立たなかった。相性、というのはなんとなくわかる気がする。あの医師の言を借りれば、市川美寿々は〝八方美人な卵子〟の持ちぬしだったということか。

——美寿々は、産んでから更紗に引き渡すつもりだった？

コーヒーの苦みを舌で受けとめつつ、十和子は考えた。

戸川夫妻はともにアセクシュアルだ。拓朗側に性嫌悪があり、性交渉は一度もなかったという。

　夫婦二人だけなら、それでよかった。だが更紗には母親がいた。彼女を抑圧し、望まぬ人生を絶えず押しつけてくる母親が。

　——更紗は母親のために、美寿々から子供をもらうつもりだったのではないか。

　更紗と美寿々がどこで知りあったのか、はたまたどんな関係だったのか、十和子は知らない。しかし美寿々が何度お腹に宿そうと、子供は堕胎されてしまうだけだ。ならば自分にもらえないかと、更紗が夢想した可能性はある。

　赤ん坊か乳児のうちならば、『特別養子縁組』という制度で戸籍上も親子にしてもらえると聞く。半年ほど理由をつけて実親と疎遠にし、養子に迎えてから、

「じつは子供が生まれたの」

　と母親に報告する——。不可能では、ないかもしれない。

　じつは十和子自身、何度か思案したことがあるのだ。もしこのまま妊娠できなかったら養子を迎えるのはどうか。特別養子縁組を使って、母に「わたしが産んだ」と言い張ることはできまいか、と。

　むろん無理のあるアイディアだ。バレないはずがない、と理性では思う。

　——でも現実に、市川美寿々のような人が目の前にいたならどうだろう。

お腹が大きくて、あきらかに育てる能力のない女性。堕胎されるとわかっている赤ん坊。いざ目の前にいたら、

「いらないなら、わたしにちょうだい」

と言わずにいられる自信は、正直言ってない。わたしならその子を幸せにできる。育てあげてみせる。だからお願い。堕胎するくらいならわたしにちょうだい——と。

十和子は眉間を指で押さえた。

まぶたをきつく閉じる。目の奥がつんと痛んだ。

わからない。わかるようでいてわからない。戸川更紗。わたしに似ていた女性。きっと共感し、理解できるはずだ。なのにあと一歩で手が届かない。もどかしい。

何度目かの重いため息をついたとき、隣席に影がさした。

思わずぎくりとする。

——森宮先生。

授業を終えて戻ってきたのだ。

慌てて壁の時計を見る。いつの間にチャイムが鳴ったのだろう。考えごとに没頭していて、耳に入らなかった。

椅子を引いて座る森宮を、十和子は横目でうかがった。

彼の尾行をまいたのは、つい昨日のことだ。隣席で平然としていられる彼が、信じられなかった。

わたしが、気づかなかったと思っているんだろうか？

それとも気づかれてもいい、とひらきなおっているのか。だとしたら彼のこともわからない。理解できない。ああ、悩みの種が多すぎる。こんな状況、とてもじゃないが耐えられない――。

鼓膜の奥で、樹里の声が再生された。

――そんなのさあ、相手にはっきり『なんのつもり？　ナメてんの？』って訊いたほうがいいんじゃん？

――先生のほうから真っ正面に行けば、ぜってぇ涙目んなって逃げてくぜ。卑怯なことするやつって、たいがい弱虫だもん。

十和子はいま一度、まぶたを閉じた。そしてゆっくりとひらいた。

「森宮先生」

覚悟を決めて、椅子をまわす。体ごと彼のほうを向く。

「お話があるんです。できれば、ここでじゃないほうがいいかと……。回廊の突きあたりまで、来ていただけないでしょうか」

「昨日のことなんですが」

あたりに誰もいないことを確認してから、十和子はそう切りだした。チャペルに近い回廊の端は人気もなく、ひんやりと静まりかえっている。

「昨日？」森宮が怪訝そうに眉根を寄せる。

十和子は焦れた。

「昨日の七時ごろです。県庁前駅の大通りで……」

「ああ」

思いあたったのか、森宮は目を見張った。

「なぜそれを、鹿原先生がご存じなんです」

「なぜって——そりゃあ、わたしだって気づきますよ」

「えっ」

驚いたように森宮が身を引く。次いで間を置かず、顔を近づけてくる。

「だ、大丈夫でしたか、鹿原先生」

「大丈夫って？」

「いや、ぼくはいいとしても、鹿原先生は危ないですよ。もしものことがあったらどうするんです。すぐ警察に連絡しましたか？　もしていないなら、ぼくから……」

「ま、待って」

慌てて十和子は彼を押しとどめた。どうも雲行きがおかしい。想定していたのとは、違う方向に話が進みつつある。

「森宮先生、わたしを尾行していたんじゃないんですか？」

「は？　鹿原先生を？　違いますよ」

森宮は目をまるくした。じゃあ誰を——と十和子が問う前に、

「八木沼です」

と彼は言った。

「市川樹里の母親を殺して指名手配中の、八木沼武史ですよ。あいつを駅で見かけたから追ってたんです。容姿はだいぶ変わっていたけど、独特の歩きかたでわかった。じつはぼく、あいつとクラスメイトだったんです」

残念ながら見失いましたが、と悔しげに顔をしかめる。

「鹿原先生も十四年前の事件をご存じですよね？　先日チャペルで鎮魂式をした、あの事件です。殺された戸川更紗先生は、ぼくらの副担任でした。八木沼のやつ、昔から気味の悪いやつだと思ってたけど、まさか人殺しまでとは……。戸川先生を殺したのも、きっと

あいつでしょう。そうに決まってる」

森宮はポケットを探り、スマートフォンを取りだした。

操作して、十和子の前に画面を突きだす。

「見てください。昨日やつを追いながら、スマホで撮ったんです。この画像は警察にも提出しました。けっこうよく撮れてるでしょう?」

啞然と十和子は液晶の男に見入った。

明るい茶色に染めた髪。派手なプリント柄のシャツとハーフパンツ。サーフブランドのスニーカーに、首のタトゥー。

間違いなく〝猫井〟であった。

8

地域安全対策室をふらりと出て、今道は自動販売機に向かった。

署の敷地内でまともなコーヒーを飲もうと思ったら、ドトールへ行くか、もしくは自動販売機に頼るしかない。要するに金を出さねば無理ということだ。

ブラックにすべきか、いやここは胃をいたわってミルクを——と迷っていると、

「ミチさん」背後から聞き慣れた声がした。

振り向くまでもない。捜査一課の伊野田だ。

「聞きましたよ。主任官に呼びだされたらしいじゃないですか」

「ああ。だがべつに面白い話じゃないぞ」

財布の小銭を数えながら今道は答えた。

主任官とは、『上和西区マンション女性殺人事件捜査本部』の捜査主任官のことだ。複数班を指揮するポジションで、今回は県警本部の課長補佐が就いた。

「たいしたことじゃないんだ。別件で動いてたら、おれも八木沼武史に——そっちのマル被にぶつかっちまってな。それを嗅ぎつけた補佐どのに『入手した情報を、捜本にもまわしてくれ』と言われただけさ」

「ほう、別件とは？」

「おまえがアーメン学校と言ってた、聖ヨアキムのアレだよ。判子《はんこ》押しはどうにも飽きるんでな、書類仕事の合間に十四年前の捜査資料を見なおしてたのさ。そしたら、卒業生の八木沼が浮上してきたってわけだ」

ようやく決心がついて、今道はボタンを押した。ミルク入りのブレンドである。紙コッ

プがセットされ、コーヒーの原液とお湯が手順どおり注がれる。

　伊野田が首をかしげて、

「ってことは、十四年前の事件もやつが犯人ですかね。当時、野郎はいくつだったんです？」

「殺された先生は二年生の副担任だった。その教え子だから、十三か十四だな」

「犯行可能な年齢ではありますね。確か刺殺でしたっけ」

「ああ」

　うなずいて、今道は販売機の取りだし口に身をかがめた。ミルク入りのブレンドコーヒーを一口含み、しみじみと言う。

「十四年前の事件には、おれも臨場したよ。きれいな死体だった。あんなきれいな死体には滅多にお目にかかれん。不謹慎かもしれんが、血しぶきのひとつひとつがこう、映画みたいに絵になっていてな。殺された先生は目を閉じて、やけに安らかな顔をして死んでいた。それから、下半身にカーディガンがかけてあった」

「カーディガン？」

「先生本人のカーディガンだ。スカートだったから、裾が乱れないよう犯人がかけてやったんだろう」

「そいつは……象徴的ですね」

言葉を選んで、伊野田が慎重に言う。

今道は首肯した。

「愛情を感じる仕草だろ？　あのカーディガンを見て、おれは近しい人物の犯行だと確信したよ。上はそれを痴情のもつれと読んで、男関係ばかり洗わせたから、おれの予想といまいちズレちまったが……」

とぼやきかけて、

「それより、八木沼の行方はどうだ？」

と伊野田に問う。

「追えそうか？　なにかしら見つかったか」

「一昨日までは難渋してました。野郎、スマホもクレカも置いて出奔しやがりましたからね。口座を調べたら二百万円がおろされていたし、完全に覚悟の上の逃走です。あ、そういや聞きました？　やつ名義の山林から、白骨死体が発見された件」

「聞いた。二、三体は埋まっている可能性があるそうだな」

「もしかしたらもっと、ね」

今道に替わって、伊野田が販売機の前に立つ。彼は迷わず〝キャラメルラテの砂糖増

量〟を選んで、

「まだマスコミには伏せてますが、バレるのも時間の問題かな。山ほど人員を注ぎこんで、お山をあちこち掘っくりかえしてますもん。ひさしぶりの大捕り物に、うちの警察犬たちも張りきってますよ。耳なんかこう、ぴんと立っちゃって……」

今道がその肩を「おい」と手の甲で叩く。

「犬の話より、『覚悟の上の逃走です』のつづきを言え」

「おっとそうでした。じつは昨日、有力な目撃情報が入ったんです。八木沼の元同級生からのタレコミですよ。駅でやつを見かけて追ったが、見失ったそうでね。下手に追ったりなんかせず、すぐ通報してくれりゃいいものを。これだから素人は……」

「伊野田、また脱線してるぞ」

今道がたしなめた。

キャラメルラテのカップ片手に、「失礼」と伊野田が会釈する。

「失礼しました、今道室長。このマル目《もく》がですね、追跡途中にスマホでズーム撮影した画像を提供してくれたんです。ありがたいことに、これで八木沼の現在の人着《ニンチャク》が判明しました。中学時代のやつとはまったく面変わりしています。写りこんだ道路標識の高さから比較して、おおよその体格も割りだせました。百七十五センチの六十八キロってとこですかね」

警察支給の携帯電話を取りだし、くだんの画像を表示させる。

「見てください、中央に写ってるチャラ男がやつです」

「ほう」

液晶を覗いて、今道は目をすがめた。

「確かにたいした変貌ぶりだ。変装にしちゃ板に付いてる。伊野田、この画像をおれんとこにも送ってもらっていいか」

「了解です」

「それともうひとつ。おれの携帯におまえの番号を短縮登録してほしい。どうもこの手のこまごました操作は苦手でな。女房は面倒くさがって引き受けてくれんし……。もちろんプライベートの番号じゃないぞ。官品のほうを、さくっと登録してくれ」

9

その頃八木沼武史は、ラブホテルの一室にいた。

テレビは点けていない。それどころじゃない。彼はベッドに寝転がり、昨日の記憶を反芻するのに忙しかった。

――まさかあのカフェで、鹿原先生に会えるとは。

驚いた。しかし嬉しいアクシデントだった。

瞬時によそいきの人格で応対できたのは、われながら上出来だったと思う。〝猫井〟は、昔から彼が使っている人格のひとつだ。おしゃべりで陽気で如才なく、人見知りしないキャラクターである。

戸川拓朗を監視するため、八木沼は数年前に『ＡＳＭＡ』へともぐりこんだ。完全紹介制ゆえ容易ではなかったが、心療内科のカウンセラーに取り入って、なんとか入会がかなった。

猫井の人格を用いたのは、長年使い慣れた人格だからだ。不慣れなキャラクターでは、折々でぼろを出しやすい。

八木沼武史本人は、口下手で陰気な男である。猫井はまるで正反対の性格だ。ただし性欲が強いのに、性嫌悪があるところは共通させた。どんなに使い慣れた別人格でも、自分と百パーセントかけ離れていては演じきれない。

――ああ。それにしても鹿原先生は素敵だった。

にやけながら、八木沼はごろりと寝がえりを打つ。

あいかわらずいい香りだった。ややラフな普段着なのもよかった。きりっとしたスーツ姿とは、また違う魅力があった。

戸川拓朗が『ASMA』へ鹿原先生を連れてきたときは、仰天したものだ。

しかし、結果的にはよかった。鹿原先生がイメージどおりの清らかな人だと知れた。おまけに昨日のように、差し向かいでお茶を飲むことさえできた。

LINEどうこうと言われたときは一瞬ひやりとした。八木沼は現在、スマホを持っていない。あやしまれないかと、背に粘い汗をかいた。

――でも先生に会えて、いいリフレッシュになった。

指名手配されて以来、デリヘル嬢たちとは会えていない。することといえばホテルでテレビを観て、食事を詰めこんで、日課の監視に出かけるくらいである。ルーティンもいいところだ。いかに大事な使命とはいえ、潤いだってほしくなる。

――警察の捜査は、どこまで進んだだろう。

天井を見つめながら、八木沼は考えた。

山に埋めた死体たちはもう見つかっただろうか。それなら、逮捕されればきっと死刑だろうな。いやその前に、長い長い裁判があるか。裁判って何年もかかるらしいから、面倒くさいよな。

——いままでに、五人殺した。

八木沼がはじめて人を殺したのは、十九歳の春だ。

相手はやはりデリヘル嬢だった。実家を出てあの家に独居してから半年後のことである。

〝一人目〟に出会った経緯は、四人目とほぼ同じだ。デリバリーヘルスのサイトに載っていた写真を見たのだ。たぶん顔も似ていたと思う。

彼女は美人ではなかった。若くもなかった。垂れた乳房に、一目で経産婦とわかるたるんだ腹をしていた。帝王切開の傷跡まであった。

だが、それがよかった。彼女は八木沼の好みにぴったりだった。

歳の頃は四十後半から五十代前半。どこか八木沼の実母に似ていた。

——そして戸川先生に、かけらも似ていなかった。

戸川更紗先生は、八木沼にとって特別だった。ほかの女とはなにもかもが別格で、唯一無二の存在であった。

彼女の最期を、いまもはっきり覚えている。戸川先生は職員室に一人居残っていた。採点のため、答案にペンを走らせる横顔が透きとおるようだった。

——先生は特別だ。先生だけが特別だ。

だからあの死を冒さないために、標的は、先生とかけ離れた女であるべきなのだ。

八木沼は当時、学校のチャペルでほぼ毎日聖母マリア像を目にした。そして毎週月曜の典礼で、何度かマグダラのマリアの名を聞いた。

マグダラのマリアはイエスに付き従った聖女だ。しかしはじめて聖書に登場するときは「罪を犯した女」である。八木沼はこの意味を知っていた。肉欲の罪を犯したのだ。要するに売春婦だ。

八木沼はマグダラのマリアを嫌い、聖母マリアに憧れた。現にチャペルの聖母像は、戸川先生にすこし似ていた。

ともかく〝一人目〟は、戸川先生にかけらも似ておらず、若くなく、美しくもなかった。もっと言えば、二人目も三人目もだ。美寿々以外の全員が同タイプだった。等しく愚かで貧しく、惨めな境遇に甘んじていた。

八木沼は本を読まない。心理学などそもそも興味がない。

だから『ハガル＝サラ・コンプレックス』などという言葉は知らないし、それが〝世の中の女を無意識に、聖女か肉欲の対象かに二別する性的劣等感〟であるとも知らない。代わりに彼は内から湧く衝動すべてを、「使命」もしくは「己への啓示」と解釈した。

そしてあの夜——戸川更紗先生が殺された夜。

その現場にたまたま居合わせたことも、八木沼にとっては「運命」であり「宿命」だった。

戸川先生は職員室に、一人居残っていた。八木沼は彼女が居残ると知っていた。だから夜の校舎に忍びこみ、窓の外からこっそり職員室を覗いていた。

答案にペンを走らせる先生の横顔。真剣なまなざし。端整だった。きれいだった。見つめていると、胸が震えた。

八木沼は、見ていることしかできなかった。

突然あいつが職員室に乱入してきたときもだ。止められなかった。だってあいつは、刃物を持っていた。

あいつを見た先生はうろたえ、戸惑った。「待って」「話し合いましょう。お願い、考えなおして」と説得しようとした。

しかしあいつは聞かなかった。

気持ちはわかる。あいつの主張は、八木沼の耳にも正当だった。まっとうに響いた。八木沼には、あいつの心が理解できた。

そして鮮血。先生の頸からほとばしる、驚くほど大量の血。見ひらかれた先生の眼。床にくずおれる彼女が、スローモーションで見えた。

——美しかった。

先生を殺してほしくはなかった。しかし止めたくもなかった。殺さずにいられなかったあいつに、八木沼は痛いほど同調《シンクロ》できた。

——だからおれは、先生が殺されるのを黙って見守った。

通報さえできなかった。だって先生が死んで悲しかったけれど、同時にほっとしてもいたからだ。

これで先生は永遠におれたちの先生だ。おれのママになってくれない代わり、誰のものにもならないんだ。そう安堵した。なにより射精の跡を残した下着が、あいつの犯行を強く支持していた。

——あの瞬間、おれはあいつだった。

そして彼は八木沼だった。一卵性双生児よりわかりあえた、とすら思った。

八木沼が〝一人目のママ〟を殺したのは、その五年後だ。

殺した瞬間、八木沼は「あの夜の一部始終を目撃したのは運命だった」と悟った。同時に「この行為は使命だ」とも感じた。殺すこと、壊すことこそが、自分の社会的役割なのだと思った。いや、思いこんだ。

だが気づかぬうち、八木沼と彼との間にはすこしずつズレが生じていったようだ。

とくに八木沼がふたつ目の使命をさずかってからは、まるきり別ものになったと言っていい。

――でもまだ、おれにはあいつがわかる。

八木沼はそう思う。そう信じている。

お互い、合わせ鏡とまでは言えなくなった。それでもまだ、たゆたう水面に映る影程度には、彼を認識できる。完全に同調はできないまでも、追うことは可能だ。そして追いついて、仕留めることも。

――あいつを理解できる。思考をいまだトレースできる。

八木沼は確信していた。

あいつは、鹿原先生を殺さずにはいられない。

10

その日は金曜日であり、一学期の期末テスト最終日でもあった。

「いやあ、今回も無事終わりましたね。お疲れさまです」

そう言いながら、灰田事務長が教員一人一人にコーヒーを配ってまわる。いつもはセルフサービスだが、事務長なりのねぎらいらしい。浜本夕希はその横で、アシスタントのごとく盆を捧げ持っている。

「いやいや、『お疲れ』は早いですって。これから地獄の採点が待ってるんだから」

美術の森宮が手を振った。

「それに五教科の先生たちは、それほど突拍子もない解答は見ないでしょう？　美術はひどいもんですよ。採点の間じゅう『富嶽三十六景を描いたのは小林一茶』だの、『簡略された図柄で情報伝達する記号は、ピクルスアート』だのの珍回答に耐えていかなきゃいけない」

室内に笑いが湧いた。

「じゃあ三択にすればいいのに」

「ですよね。じつは森宮先生、珍回答を楽しみにしてません？」

と夕希たちに突っこまれ、森宮が「ばれたか」と応じる。さらに笑いが湧いた。達成感のせいか、週末ゆえの気のゆるみか、職員室の空気がなごやかだ。

「鹿原先生も、お疲れさまです」

夕希がカップを手わたしてきた。

「ありがとう」礼を言って受けとる。

このところ夕希とも森宮とも、ようやく以前どおりに打ちとけつつあった。気まずさが薄れ、お互いなにごともなかったように接している。

夕希がちょっと声をひそめて、

「そういえば明日でしたっけ？　市川樹里さんの……」

「そう、四十九日法要」

十和子はうなずいた。

早いもので、もう四十九日を迎えるのだ。いまどきはきっかり四十九日ではなく、やや前倒しての土日に法要をいとなむのが一般的である。樹里を追いだした伯母も、さすがに法事は無視できないのか施主をつとめてくれるという。

「だから市川さんは、今夜は伯母さんの家に泊まりこみ。法要と納骨だけで会食はないらしいから、午前中には終わるでしょう」

「で、解散したら鹿原先生のマンションに帰ってくる、と。じゃあ鹿原先生、今夜はひさびさに独身気分ですね」

「あはは。そういえばそうかも」

十和子は笑った。

彼女が夫と別居中であることを、夕希は拓朗から洩れ聞いているらしい。だがいやな気持ちはしなかった。変に気遣われるよりよほどいい。

「法事、問題なく終わるといいですね」

「ええ。でも大丈夫だと思う。市川さんもだいぶ行儀がよくなったし」

そう応じて、十和子はコーヒーに口を付けた。濃くて美味しい。カフェインが、全身の細胞に染みわたる。

職員室の中を見まわした。すでにみんな、思い思いの作業に戻っている。当然だ。テストの採点。通知表の作成。そして来たる夏休みに向けての課題。やるべきことは山ほどある。

でも今晩くらい、ゆっくり羽を伸ばしてもいいだろう。

——浜本さんの言うとおり、貴重な一人の夜だしね。

ひとりごちて、十和子はトートバッグを膝に抱えあげた。

しかし樹里を伯母の家へ送りだしてしまうと、予想以上に寂しかった。

心なしか部屋ががらんとして見える。静かだ。それに、することがない。

自分一人のために一汁三菜の夕飯など作る気は起きないし、家にある本は全部読んでしまった。スマートフォンでテレビの番組表を確認したが、観たい番組もとくになかった。

とりあえず、浴槽にお湯を張った。

テストの作成で、肩が凝ってがちがちだ。熱めのお湯で全身をほぐしたい。たっぷりのお湯には、ガーデンローズの入浴剤を放りこんだ。

スマートフォンを浴室へ持ちこむ方法——密閉式のフリーザーバッグに入れ、ビニール越しに操作する——を教えてくれたのは、夫の茂樹だ。浮気相手と絶えずＬＩＮＥするため、彼が使っていた手口である。

——でも確かにこれ、便利だわ。

浴槽のへりにもたれて、十和子はゆったりとネット動画を楽しんだ。

二十代の頃好きだった曲のプロモーションビデオ。メイク方法や料理の動画。はたまたキャンプや車中泊の配信。長くとも、せいぜい二十分程度で終わるのがありがたい。なにも考えず、頭をからっぽにして観ていられる。

——夕飯、どうしようかな。

広告をスキップさせつつ、十和子はぼんやり考えた。

お腹はすいている。でももう外に出たくない。出前ももったいない。冷やごはんはあったっけ？　いやそれより、手つかずの食パンがある。

たまには簡単にトーストで済ませようか、と思った。

八枚切りを二枚。一枚はバターを塗って、ハムを載せて。もう一枚はマヨネーズと目玉焼き。いや新鮮なピーマンがあるから、具だくさんのピザトーストにするのもいい。デザートふうに、蜂蜜をかけてバニラアイスを載せるという手もある。

——平和だなあ。

ガーデンローズの香りを嗅ぎながら、十和子は前髪をかきあげた。

——あとは猫井さん……いえ、指名手配犯の八木沼武史が捕まってくれれば、百パーセント安心できるのに。

まさかあの猫井が八木沼だったとは驚いた。JBも拓朗も仰天していたようだ。

しかし、十和子を狙っての入会でないことは歴然としていた。彼は何年も前から『ASMA』にいたのだ。更紗の配偶者である戸川拓朗が目当て、と考えるのが妥当だろう。警察も同じ思いだったようで、いま拓朗は捜査員二名の警護下にあるという。

——わたしが狙われていたのではなかった。

なにもかも考えすぎだった、と十和子はひっそり笑った。

あやしい人なんて、結局わたしのまわりにはいなかったのだ。

更紗を殺したのは、元教え子の八木沼だ。閉架も植木鉢も、ただのアクシデントに過ぎなかった。更紗に同化しすぎてしまったせいで、心が不安定になっていた。

だが、これで心労はひとつ減った。

まずは目先のことから片付けていかねば——と十和子は指を折った。

採点。通知表の作成。夏休みに受ける研修。樹里の身の振りかた。それから、自分の離婚。ああそうだ、お盆に実家に帰るかどうか、早めに連絡しておかなくちゃ。

——離婚すると報告したら、母はどんな顔をするだろう。

十和子は勢いよく立ちあがった。

薔薇の香りのするお湯が、大きく跳ねてしぶきをあげた。


だが退屈な平和は、七時過ぎのチャイムで破られた。

インターフォンのモニタを覗いて、十和子は瞠目した。慌てて玄関のドアへと走る。

「どうしたの」

ドアの向こうに悄然《しょうぜん》と立っていたのは、樹里であった。

遺骨が入った一泊用のリュックを背負い、うつむいて唇を引き結んでいる。

「とにかく、入って」

樹里の肩を抱き、中へと入れた。施錠してドアロックを掛ける。

「……ごめん、先生」

リヴィングでリュックを下ろしてから、樹里は押しだすように言った。

「でも……でもさ、我慢できなかったんだ。だってあいつら、ママの悪口ばっか言うんだもん。殺されて当然とか、自業自得だとかさあ。そんな……そんなの、せめて隠れて言えって話じゃん。ママの遺骨の前で言うんじゃねえよって、怒鳴って、飛びだしてきちゃった……」

伏せた睫毛《まつげ》が震えていた。

「わかった。大丈夫よ、座って」

十和子はうながした。おとなしく、樹里がソファに腰を下ろす。

「夕飯はまだ？　いえそれより、なにか飲んだほうがいいわね。電車で帰ってきたの？　ああ、いいから座ってて。まずはあったかくて甘いものでも飲みましょう」

お互い人心地付いたのは、樹里がココアを一杯飲みきった頃だった。

「……でもさあ……ぶっちゃけ、わかるんだよ」

カップを両手に包み、膝を立てた格好で樹里はぽつりと言った。

「あいつらの言うことも、すっごいわかるの。あたしだって、ママが殺されたのは自業自得じゃん、って思う。あんなくそったれなチェインメールだって、そう思ったから作ったんだしさ。……あいつらの言うとおりだよ。うちのママは、おかしかった。よそん家のママみたいじゃなかった。ここ三年くらいは、とくに変だった」

相槌を打たず、十和子は無言で聞いた。

樹里が指で目を擦る。

「……あたしさ、小六で、生理が来たんだ」

唐突な台詞だった。

つい目をしばたたいた十和子に、樹里が苦笑する。

「いきなり変な話でごめん。でもママが完全におかしくなったのって、たぶんそっからなんだよ。それまではぜーんぜん、あたしに興味なかったのにさ。急に服とか化粧品とか買ってきて、『これ着ろ』『もっと着飾れ』って言うようになって。――それから、ママのママの幻覚を見るようになった」

「ママのママ……。それはあなたのおばあちゃん、ってこと?」

十和子は口を挟んだ。樹里がうなずく。

「そう。ママを産んだ人。あたしからしたらおばあちゃんなんだろうけど、顔も知らないからそんな感じしないや。やっぱり〝ママのママ〟って感じ」

と肩をすくめて、

「その頃のママはさ、酔ってなくても、変だった。逆に一、二本飲んだときのほうが、しゃっきりしてまともだった。えへへ、あたしがちょっとだけ飲む人のこと好きなの、そのせいかも」

と顔を歪めて笑う。

「んでさあ、ママが泣くんだ。ママのママのことが大好きだったのに、『兄弟が多くて、ぜんぜんかまってもらえなかった』って。でもママが妊娠したときだけ、やさしくしてくれて、家にも入れてくれたんだって。『だから、何回も何回も妊娠した。子供はほしくなかったから、そのたび堕ろした。なのに思ったより早くアガっちゃって、もう妊娠できない。これじゃあもう、おうちに入れてもらえない』って——。ママのママは、もう何年も前に死んじゃってんのにさ。ヤバいよね」

十和子は身を強張らせて聞いていた。

アガった、とは閉経したという意味だろう。すでに亡い実母に受け入れてもらえる手段を失った市川美寿々は、では、どうしたのか。

樹里がつづけた。

「そんでママが、あたしに言うの。『今度はおまえの番だ。おまえが妊娠しろ』って。『孫が妊娠したと知ったら、きっとお母さんだって無視できない。きっと、前みたいに里帰りさせてくれる。あたしのこともおうちに入れてくれる。だから今度はおまえが、何度も何度も何度も妊娠するんだよ』って。——ね、アタマおかしいっしょ？　おうちに入れるもなにも、ママの実家なんてとっくに取り壊されてんのにさ。でもママはまだ、実家があると思いこんでた。男あさりもやめなかった。誰かが妊娠しさえすれば、ママのママが、渋しぶでも入れてくれるって決めこんでた」

「だから——」

十和子は言った。

舌が乾いて、口蓋《こうがい》に貼りつく。指さきが冷たい。

「だから、なのね。市川さん、あなたが摂食障害になったのは。極限まで痩せれば、体から肉が落ちる。……そして、生理も止まる」

「うん、そう」

樹里が首肯する。

「がりがりになれば、ママの彼氏どもが乳とか尻とかさわってくることもない。生理だって止まる。いいことばっかじゃん。でも、ママは怒った。激怒したよ。『おまえなんかいらない』って言われた。『金はくれてやるから出てけ、糞ガキ』って。だから神父の勧めどおり、あたしは寮のある聖ヨアキムに入学できたんだ」

「そう、そうだったの……」

十和子は声を落とした。

志渡神父の判断は正しかった、とあらためて思う。同時に彼に感謝した。

もし神父が進言してくれなかったら、樹里が実母にどんな目に遭わされていたか――。

考えるだけで、ぞっとする。

「市川さん、わたし――」

言いかけた刹那、視界が暗転した。

その場に十和子は立ちすくんだ。

真っ暗だ。なにも見えない。

停電だろうか？　といぶかる。

まぶたを閉じて、十秒数えてから、開けた。すこしは闇に目が慣れたらしい。閉めきった厚いカーテンの向こうに、うっすらと街灯のあかりが見える。

「先生？」

樹里の声がした。怯えが滲《にじ》んでいる。

「なにこれ、故障？　停電？」

「街灯が点いてるから、停電じゃないと思う」十和子は答えた。

「ブレーカーが落ちたのかも。ここで待ってて、市川さん。確認してくる」

遮光性の高いカーテンは、こういうとき不便だ。ロウテーブルに脛《すね》をぶつけないよう、十和子はゆっくりときびすをかえした。

小刻みな歩幅で、手を突きだしながら歩く。やがてリヴィングの扉に行きあたった。いま一度樹里に、

「動かないで待ってて。なにかにぶつかって、怪我するといけないから」

と念を押してから部屋を出る。

――ええと、懐中電灯はどこに置いたっけ。

壁に片手を突いてたどりながら、十和子は慎重に廊下を歩いた。ああそうだ、確か靴箱に一本常備してあったはず。

――でもブレーカーが落ちるほど、電力は使っていないのに。

だいぶ目が慣れつつある。だが廊下に窓のないマンションは、やはり暗い。足もとがおぼつかない。

ようやく靴箱に行きついた。

かがみこんで開け、中を探る。指に触れた金属の感触に、安堵《あんど》した。

懐中電灯のスイッチを入れる。

かちっと音がして、まるく白い光が玄関ドアを照らしだす。

十和子は靴をつっかけ、沓脱に下りた。ドアガードを掛けたまま、扉をそっと開ける。

予想どおりほかの家は電気が点いていた。停電ではなさそうだ。

――じゃあやっぱりブレーカーね。

ブレーカーは、靴箱の上部に造りつけられた収納扉の中だ。いじったことはないが、上げるくらいなら十和子にもできるだろう。

懐中電灯を、いったん床に置いた。収納扉に向かって背伸びをする。

しかし、あと一歩で手が届かなかった。踏み台を持ってこなくては――と思ったとき、鋭い破裂音が空気を裂いた。

びくりと肩が跳ねる。瞬時に十和子は背後を振りかえった。

リヴィングの方角から聞こえたようだ。なにかが割れた音だった。ガラス？　瀬戸物？　樹里がなにか割ったのか、と咄嗟に考えた。

あの子、ちゃんとスリッパを履いていたっけ？　どちらにしろ、動かないよう言い聞かせなくては。もし破片を踏んだら怪我をしてしまう。こまかい破片は皮膚の間に潜って、治療が大変だと聞く。

もう一度、破裂音がした。今度は近い。花瓶でも落ちたのだろうか。

動いちゃ駄目、と叫ぼうとした。

だがその瞬間、ふっと眼前を影がよぎった。

「……市川さん？」

呼びかけながら、違う、と十和子は悟った。

樹里ではない。気配が違う。それにこの匂い。整髪料の匂いだ。そう、夫の愛用品とはまた違う、男性向けの――。

全身の産毛が、ぞわりと逆立った。

誰かいる。この家の中にいま、見知らぬ誰かがいるのだ。

ではさっきの音は、ガラスが割れた音か。誰かが窓ガラスを割って中へ入ってきた？　いやそれとも、もっと前から――？

急いで懐中電灯を拾った。走らなくては、と思った。だが、膝が震えた。足が動かない。うまく前へ進んでくれない。樹里を守らなくてはと思うのに、膝の関節が強張る。気ばかり焦る。

壁に片手を突いた。だがその掌は、冷や汗で濡れていた。ずるりとすべる。バランスを崩し、十和子は廊下に転倒した。

「市川さ――」

「痛っ」

左肩と左膝に、痛みが走った。懐中電灯が手を離れ、床の隅へと転がっていく。

やはり花瓶の破片だ、と十和子は顔をしかめた。

さっきの影が、わざと払い落としたに違いない。意地の悪い真似をする。あきらかに、害意がある。

転がっていった懐中電灯は、さいわいこちらに光を向けていた。その光を頼りに、破片を避けつつ十和子は立ちあがった。

傷を確認している暇はなかった。それより、戻らなくてはならない。影はおそらくリヴィングに向かった。そしてリヴィングには樹里がいる。

――市川さんの母親を殺した犯人？　娘までも、殺そうとしている？

ということは侵入したのは猫井、いや八木沼武史だ。

娘まで付け狙うとは、あの母子によほどの恨みがあるのか。それとも秘密でも握られたか。いや、いまはそんなことはどうでもいい。考えるのはあとだ。とにかく、あの子を守らなくちゃならない。

左足を引きずりながら、十和子はふたたび懐中電灯を拾った。

廊下がやけに長く感じた。足が痛い。一歩踏み出すごとに、ずきずきと痛む。出血も多いようだ。だが、かまっていられない。

扉を押し開けた。

リヴィングの扉が半びらきになっていた。なかば体当たりするように、十和子は右肩で
「市川さん！」

返事がない。もう一度叫んだ。

ややあって、呻くような声がかすかに聞こえた。反射的に懐中電灯を向け、十和子は目を見張った。

樹里だ。ソファに横たわっている。でも、顔がおかしい。やけにぼんやりと見える――。

いや、違う。なにかをかぶせられているのだ。頭からビニール袋をすっぽりかぶせられ、首で結ばれている。いまにも窒息しかけている。

急いで十和子は駆け寄ろうとした。

だがその瞬間、背中に衝撃を感じた。

思わず、前へ倒れこむ。傷めた左膝を床に突き、激痛に声を上げる。

背中を殴られた、とようやく悟った。苦しい。息が吸えない。

十和子は床を這った。這いずりながら、樹里がいるソファへとにじり寄った。

また懐中電灯を落としてしまったらしい。でも目は、さすがに闇に慣れた。家具の輪郭

くらいなら見分けられる。なにより樹里を感じる。夜気に、彼女の気配が濃い。

「市川さ……」

手を伸ばす。指が、樹里の体に触れた。もがいている。樹里が苦悶《くもん》で身をよじっているのがわかる。

手さぐりで、十和子はビニール袋を破ろうとした。袋の表面に爪を立てた。

だがその瞬間、足首を掴まれた。

ぐいと後ろに引かれる。体勢が大きく崩れた。

あやうく悲鳴を上げそうになり、こらえる。声を出したくない。悲鳴なんて上げたら、きっとこいつを喜ばせるだけだ。

足首に息がかかった。ぞわりと皮膚が粟立つ。嫌悪で胃がむかつく。

十和子は床に両手を突いた。掴まれていないほうの足で、吐息の出どころを思いきり蹴った。

かかとがなにかにぶつかる。同時に「うぐっ」とくぐもった声があがる。手ごたえがあった、と思った。おそらく顔のどこかに当たったらしい。

十和子は、樹里に飛びついた。

今度こそビニール袋に爪を食いこませる。手は震えていたが、力まかせに引き破った。

樹里の体が、大きく跳ねた。

突然空気が雪崩《なだ》れこんだせいだろう、苦しげに咳きこみはじめる。のたうち、喉をぜいぜい鳴らす。己の首を掻きむしる。

「駄目、市川さん。ゆっくり呼吸して。いちか——」

だがその声は喉の奥で消えた。背後から伸びた手が、十和子の口をふさいだのだ。

大きな掌だった。骨ばってごつい男の手である。だが荒れてはいない。肉体労働を知らない手だ、と十和子は確信した。

ためらわず、十和子はその手に嚙みついた。

男が悲鳴を上げる。十和子は渾身の力で、上下の歯を嚙みしめた。口の中に、鉄の味が広がった。

男が十和子を振りはらう。あいた手で拳《こぶし》をつくり、振りあげる気配がした。

殴られる。咄嗟に十和子は覚悟した。思わず手で顔を防御し、目をつぶった。

しかし、数秒待っても拳は振ってこなかった。

十和子は薄目を開けた。シルエットしか見えない男が、躊躇《ちゅうちょ》しているのがわかった。伝わってきた。

代わりに男は、平手で十和子の耳を殴った。十和子はよろめいた。高い耳鳴りが、片方の聴覚を奪うのがわかった。

樹里の真上に、十和子は倒れこんだ。

「誰なの」

叫んだ。叫びながらも、男から見えないように、樹里の顔にかぶさったビニールの残りをむしりとった。

「あなたは誰。ど、どうしたいの。教えてちょうだい。言ってくれなきゃ――あなたがどうしてほしいのか、わたしにはわからない」

話しかけるのは無謀かもしれない。十和子は頬の内側を噛んだ。なかば以上は、賭けだった。

だがこの男は、十和子を殴ろうとして躊躇した。

掌で口をふさいだときだって、やけにやんわりと顔の下半分を覆った。噛みつく隙間があったのはそのおかげだ。

――この男は、わたしを完全に憎んではいない。

傷つけることに、どこかためらいを感じている。

彼が八木沼武史だとしたら、なぜだろう。やはり十和子が戸川更紗に似ているからか？

でも十四年前に更紗を殺したのだって、彼ではないのか？

十和子は息を吸いこんだ。

肩越しに振りかえり、重ねて叫ぶ。

「答えなさい！」

精いっぱいの教師の威厳を、声音にこめた。

男が八木沼かどうかはわからない。侵入した魂胆も、市川母子を狙う動機もだ。考えるのはあとでいい。いまはとにかく、男を止めるのが先決だった。

部屋に、沈黙が落ちた。

十和子は黙っていた。男の――生徒の返答をうながす、無言の圧力であった。

やがて、耐えきれなくなったのは男のほうだった。

「せ、――……」

あえぐような声が聞こえた。

「せんせいが、……いけないんだ」

――この声。

十和子は息を呑んだ。

「どうして、こいつがいるんだ。せっかく先生が、一人の夜を狙ったのに。二人きりになれると思ったのに……。くそ、これじゃ台無しじゃないか。くそ、くそっ」

この声、聞き覚えがある。

「なんでだよ、先生……」

知っている、いや、耳慣れた声だ。

「なんで、こんな子を引きとったりするんだ。先生は……ぼくのママになってくれないなら、誰のママにもなっちゃいけない。どうしてそれが、わからないんだ。十四年前もそう言ったじゃないか。……なのに、どうして、まだわかってくれないんだ」

「あなた――」

耳鳴りに顔をしかめながら、十和子はゆっくり身を起こした。

注意して、と己に言い聞かす。

注意して。彼を、刺激してはいけない。でも言いなりになってもいけない。説得しなくては。せめて樹里だけでも、この部屋から逃がさねばならない。

「わ、……わかったわ」

十和子は言った。

「……ものわかりが悪い先生で、ごめんなさい。でも、いまやっと、あなたの気持ちがわかったみたい。……今度こそ、あなたのママになってあげられそう。だからお願い。わたしの言うことも聞いて」

声が震えませんように、と祈った。

教師の厳しさと、母の強さ。この声音に同時に宿っていますように。

「市川さんは、部屋から出しましょう」

母性神話なんて言葉は嫌いだ。でもいまこの瞬間だけ、彼の意に添う〝母〟の声が出せますように。

「だって、彼女がいないと思って、あなたはここへ来たんでしょう？　わたしと二人きりになりたかったのよね？　だったら彼女は、この空間にいらない。ね、この子は邪魔者でしょう？」

反応はない。だが男が迷っているのがわかる。ひりひりと皮膚で感じる。

なのに、あと一押しが足りないらしい。

――わたし、幼い頃から母が怖かったのよ。

すこし前、彼女自身が樹里に言った言葉がせり上がる。

――怖くて、なのにものすごく好かれたかった。母に気に入られたいっていうだけで、したくもないこと、いやなことをたくさんやってきたわ。

なかば無意識に、十和子は言葉を継いだ。

「――考えてもみて」

自分でもぎょっとするほど、自信に満ちた声が出た。

母の口癖であった。

「考えてもみて。この子がもし死んだら、大問題になるわ。そうなれば責任を追及されるのは、担任のわたしじゃないの」

考えてもみて。考えてもみて。子供の思考と自主性にゆだねるようでいて、その実はいいようにコントロールするだけの言葉だ。

嫌悪で皮膚が粟立った。

しかし言葉は、やけになめらかに喉を通った。

「もし責任を問われたら、あなたのママになるどころじゃないわ。わたしは学校を辞めさせられるでしょう。もしかしたら、ずっと遠くへ行かされるかもしれない。考えてもみて。そんなの、あなただって困るわよね？」

「それは……」

男が怯んだのが、はっきりわかった。

「それは……それは、ぼく――」

男が棒立ちになる。

次の瞬間、真横のガラスが割れた。カーテンが大きく揺れ、破片が舞った。

十和子は反射的に伏せ、樹里を守った。

新たな影が飛びこんできたのだ。ふたつの影がもつれている。格闘している。

遮光カーテンがひらいたせいで、月明かりが室内を照らしだしていた。片方が振りかざす白刃が、月光を弾いてきらめく。

十和子は動けずにいた。樹里の上にかぶさったまま、凍りついていた。体が動かない。なのに、目をそらすこともできない。

その呪縛を解いたのは、ドアチャイムだった。

かん高いチャイムの音だ。連打されている。ドアの向こうで、誰かが怒鳴っている。

「警察です！　大丈夫ですか、開けてください！　無理そうなら、十数えてマスターキイで突入いたします！　繰りかえします、警察で……」

「応答してください」

やけに静かな声がした。

十和子は首をもたげた。そして、目を見ひらいた。

猫井が——いや、八木沼武史がそこにいた。

黒い影を押さえつけ、のしかかっている。

窓から飛びこんできたのは八木沼だった。影の腹部にナイフが突き立っている。

八木沼が影を制圧し、刺したのだ。影のシャツが深紅に染まり、じわじわと赤の面積を広げつつある。

十和子は影の正体を見た。

いや、声を聞いた瞬間、正体は分かっていた。だがあらためて見ると、やはり衝撃を覚えた。

美術担当の、森宮であった。

――やっぱり、彼だったんだ。

「鹿原先生。応答してやってください」

八木沼が、顎で壁のモニタを指す。

「こいつは押さえているから、大丈夫です。おれも逮捕される覚悟は、とっくにできてますしね。……いまのうち言っとくけど、ほんとはおれも、あなたにママになってほしかった。でもそんなの無理だよな。変なこと言ってごめんなさい。――代わりに、どうか樹里をお願いします」

11

その夜から、まる五日が経った午後。

十和子は『Y'sコーヒー』の、奥まった四人掛けテーブルに着いていた。向かいには戸川拓朗と、県警地域部通指二課の今道弥平がいた。

「……ここのコーヒー、悪くないですよね」

十和子は微笑んだ。

「ですね」

「うん。チェーン店にしちゃなかなか美味い」

拓朗と今道が、揃ってうなずく。

十四年前に戸川更紗を殺した犯人は、聖ヨアキム学院中等部の美術教師、森宮伸次郎《しんじろう》であった。

彼が十五歳の秋に、両親は離婚した。理由は母親が、霊感商法にのめりこんだせいである。

母親は自宅に女たちを集め、『紫の神仙水』なるあやしげな水を売りつけていた。調停の結果、森宮の親権と養育権は父親が取った。

彼は中学卒業まで、母親が命名した〝神爾郎《しんじろう》〟の名で学校に通っていたという。しかし家庭裁判所にて改名が認められ、高校入学を機に〝伸次郎〟とあらためた。

中学では不登校がちだった彼は、両親の離婚と改名後、すこしずつ学校に通えるようになった。成績も上向いた。高校三年時には、東京の有名美術大学への推薦を勝ちとっている。

そして大学卒業とともに、中学校教諭一種免許状を取得。卒業生の利を生かし、私立聖ヨアキム学院中等部の美術教師に就任した。

「森宮せんせ――森宮伸次郎は、意識が戻ったんでしょうか？」

十和子は問うた。

今道がかるく肩をすくめる。

「とっくですよ。悪運の強いやつで、内臓のどこも傷ついちゃいなかった。まだ入院中の身ですが、意外なほど素直に供述しているようです。わたしゃあ捜査本部にいないんで、もちろん伝聞ですがね。捜査員に対し、しごく愛想がいいそうですよ」

「では、八木沼武史は？」

「そっちも滞りなく供述書が取れていると聞きます。死刑はまぬがれないでしょうが、観念している様子だ。……とはいえ二人とも、戸川更紗さんの話ばかりしているそうでね。彼女とあなたを混同しているところまでそっくりだと、伊野田が気味悪がっていました」

今道は苦笑してから、

「伊野田というのは、あいつです。ほら、森宮と八木沼を逮捕した際、あなたを抱え起こしたという捜査員」

「覚えてます。大柄な方ですよね」

十和子は微笑んだ。

そして彼はいつぞや樹里の聴取に来た、捜査員コンビの片割れでもある。所轄署のベテランが質問する間、後ろで仁王立ちになっていた〝若いほう〟だ。

「抱え起こされた瞬間、あ、この人知ってる――と思いました。今道さんが、まめに彼と連絡を取ってくださっていたそうですね。『ミチさんから電話が』『遅れてすみません』と何度も謝られました」

「あいつは頑丈でフットワークがかるいんでね。ああ見えて、けっこういい大学を出てるんですよ。きっと出世してくれるでしょう」

「それより鹿原さん、怪我のほうは大丈夫なんですか？」

そう尋ねたのは拓朗であった。

十和子はうなずいた。

「もともとたいした怪我じゃありませんから。花瓶の破片でちょっと切っただけ」

そういえばあの夜、八木沼も森宮も手錠を掛けられながら、

「おれのことより、早く鹿原先生を手当てして」

と叫んでいたっけ――と十和子は思いかえす。

八木沼はともかく、森宮は花瓶の破片を撒いた張本人であり、しかも数分前まで十和子を殺そうとしていた男だ。奇妙な言い草としか言いようがなかった。

ちなみに森宮の腹部に突き立ったのは、彼自身が持っていたナイフだそうだ。八木沼と揉み合った結果である。八木沼が持参した刃物は、鞘《さや》におさまってハーフパンツの尻ポケットに入ったままだった。

――あのナイフが森宮の腹に刺さらなければ、わたしの喉が切り裂かれていた。

そう考え、わずかに身ぶるいする。

いまだにどこか現実感がない。だが、それが真実だった。殺されかけた。危ないところだった。一歩間違えば、樹里ともども死体になっていたはずだ。

「森宮仲次郎は要するに、鹿原先生を市川樹里に取られた――と思ってしまったんですね？」

拓朗が問う。

今道はコーヒーにミルクを足して、

「そういうことです」と首肯した。

「十四年前と同じですよ。やつは更紗さんと鹿原先生を、同一視していた。そして等しく思慕していた。女性としてじゃなく、母親としてね」

彼は十和子を見やって、

「八木沼武史のほうも同じです。やつらにとってあなたは――あなたたちは、理想の聖母だったんですな。森宮伸次郎の実母は新興宗教の真似ごとに夢中だった。そのせいで彼はいじめられ、不登校になった。一方、八木沼も機能不全家庭に育っています。やつらは一様に、実母に対して相反する感情を持っていましたよ。なんというんですかな、アンなんとかいうあれです。愛と憎しみを併せ持つ、みたいな、長ったらしいカタカナ語……」

「アンビヴァレンツ」

拓朗が小声で言う。今道は膝を打った。

「それです。そのアンビなんとか。母親の愛情を求めているのに、望む愛は得られない。だからやつらは十四年前、更紗さんを〝理想の聖母〟と崇めたてまつって、不満を解消しようとした。自分の願望を彼女に押しつけたんです」

「そしてその結果が『先生を離婚させる会』であり、あの脅迫状であり――、更紗の死、なんですね」

低く拓朗は言った。

「ええ。残念です」と今道は受けて、

「わたしは生前の更紗さんを存じ上げません。しかし伝聞では、彼女は性の匂いのしない方で、かつ奉仕的で、無意識に相手の望みどおりふるまう傾向にあったようだ。やつらにしてみたら、まさに都合のいい聖母でしょう。いや、配偶者たる戸川さんの前で、こんなふうに言うのは失礼ですが……」

「いいんです」

今道の言葉に、拓朗は首を振った。

「ほんとうのことですからね。……更紗は、強権的な母親のもとで萎縮して育った。眼前の相手が望む態度を、反射的に取ってしまう癖があった。更紗にとっては〝毒親〟のもとで生き残るためのすべでしたが、そんなことを、生徒たちが知り得るわけもありません……」

――毒親のもとで、生き残るためのすべ。

その言葉は、十和子の胸にも刺さった。

強権的な母親のもとで萎縮して育った女。眼前の相手が望む態度を、反射的に取ってしまう癖。

身を硬くする十和子の向かいで、今道が言葉を継ぐ。

「しかし疑似母親を求めていたのは、厄介なことに森宮と八木沼だけではなかった。——今回の被害者である、市川美寿々もです」

彼は短いため息をついた。

「森宮の母親が自宅でひらいていた『紫仙会《しせんかい》』の会合には、不妊や更年期に悩む女性たちが集まっていました。会員の平均年齢は、四十代なかばから五十代。当時二十代後半だった美寿々からすれば、実母と同年代の女性たちです。妊娠しやすい体質の美寿々は、森宮の母にはいい広告塔でした。そして信者もどきの女性たちにとっては、子福《こぶく》の象徴であり偶像的存在でもあったようです。

確かに美寿々の母親は、娘が妊娠するたび里帰りさせてくれた。しかしお世辞にも歓待はしてくれなかった。傍目にも、渋しぶ受け入れている様子だったそうです。美寿々はその不満を、『紫仙会』の信者にちやほやされることで晴らしていたんでしょう。

疑似母親である信者たちは、身重の彼女にやさしかった。いたわりの言葉をかけ、体を冷やさないよう毛布をかけ、栄養が偏ってはいけないと食事を差し入れてくれた。まさに美寿々が幼い頃から焦がれた、理想の母親像です。美寿々は居心地のいい『紫仙会』に通いつめ、同時に森宮の母とも癒着していった」

「森宮の母と美寿々は、どこで出会ったんでしょう」

　十和子は尋ねた。今道が応えて、

「元信者の話では、『産院で出会った』と言っていたようです。森宮の母自身、二人目不妊に悩んだそうですからね、真実かもしれない。だがいまとなっては、確かめるすべはありません。二人ともとうに故人ですから」

　と言う。

「一方、戸川更紗さんは不登校がちな森宮神爾郎をほうっておけず、彼の家に通いはじめた。登校できるよう励まし、手を貸すためです。しかし森宮家に通ううち、彼女も『紫仙会』の思想に染まりかけてしまった。……更紗さんは、子供をほしがっていたんですよね？」

　今道が拓朗を見やる。

　拓朗はまぶたを伏せた。

「ええ……そうです。更紗がキリスト教に帰依して以後は、だいぶおさまっていましたが――子供をほしがる気持ちは、完全に消えはしなかった。義母が絶えずプレッシャーをかけつづけたせいもあります。『女は子供を産んでこそ一人前』。そんな台詞を、平気で言う人でしたから……」

「元信者の証言を総合するに、森宮の母はどうも、新たな宗教ビジネスを目論んでいたらしい。――養子の斡旋です」

今道は言った。

「女衒《ぜげん》ならぬ、子衒《しげん》とでも言うんですかな。どこぞの宗教では信者同士の派手な結婚式をおこなうらしいが、森宮の母は逆に、あくまで内々の信者同士で子供をやりとりしようと考えた。むろん高額な手数料ならぬ、お布施《ふせ》をいただきつつね。体《てい》のいい人身売買ですが、そこに『神のお導き』だの『聖なる力に祝福された絆』だのと、小ぎれいなお題目をくっつければ罪悪感は薄れます。

つまり森宮の母は信者を逃さぬため、不妊に悩む彼女たちにこっそり子供を与えようとしたわけだ。彼女が好んだお題目のひとつに『子はかすがい』の言葉があったそうです。彼女は『家庭円満に子供の存在は必要不可欠』と説き、不妊の会員たちの危機感を煽《あお》っていた」

「おかしな話ですよ。……そう説いた彼女自身の家庭が、すでに崩壊寸前だった。しかも息子は母親のせいでいじめられた上、のちに殺人犯になったんだから。なにが、家庭円満だ」

拓朗が吐き捨てる。

「そのとおり」

今道はうなずいて、

「しかもその頃、彼女は息子をかえりみず、『紫仙会』の活動にばかり打ちこんでいた。わが子の心の機微にも、不登校にも目を向けなかった。すこしでも息子の心中を察していれば、あんな計画は立てやしなかったでしょう。――戸川更紗さんに、美寿々の子を斡旋するなんて計画はね」

と苦にがしく言った。

「子福の象徴である美寿々と、理知的で清楚な更紗さん。その二人の間で子供が交換されたとなれば、格好のロールモデルになると森宮の母は踏んだんですな。幸か不幸か、二人とも美人でしたしね。こう、なんて言うか、ビジュアルってやつがいいじゃないですか」

「テレビのCMと同じですね」と拓朗。「美男美女が宣伝していれば、企業や商品自体のイメージまでなんとなく向上する。自分もああなれるのでは、という錯覚を抱かせやすい」

「そう、そういうことです。イメージの問題ですよ」

と今道は同意して、

「だから森宮の母は、計画を推し進めた。狂信者特有の思いこみで美寿々は、お腹の子は更紗さんがもらってくれるものだと決めこんだ。彼女の影響下にあった美寿々が、堕胎時期を逃したのはそのせいです。ちなみにこの頃、美寿々の実母は入院していましてね。娘の里帰りを受け入れるどころじゃなかった。だからこそ美寿々は、『紫仙会』にいっそう依存したんでしょう」

と言った。

十和子は拓朗を見やった。

「失礼ですが、更紗さんに養子をもらうつもりはあったと思いますか？　そのことについて、なにか拓朗先生にご相談は？」

「いや。……その予定は、なかったと思います」

拓朗は首を振って否定した。

「確かにいっとき、義母に内緒で養子をもらえないかと更紗は悩んでいました。一、二度、相談されたことがあります。とはいえぼくは、養護施設などから引きとるんだと思っていましたがね。でもある朝、はっきり言われましたよ。『長い間、心が揺れていたけれど決心が付いた。養子はもらわない。その代わり、生徒たちをわが子だと思って指導していく。だって教師が、わたしの天職なんだから』と――」

口の端で、ほろ苦く拓朗が笑う。

なんて皮肉な、と十和子は思った。ほんとうに皮肉としか言いようがない。もしその言葉を森宮と八木沼が聞けていたなら、戸川更紗はいまも生きていただろうに。

「……立派なお言葉です」

今道が首を縦に振り言った。

「だが森宮はそれを知らなかった。十四歳の森宮神爾郎は、母親と美寿々の会話を立ち聞きし、『戸川先生は美寿々の産んだ子を引きとるのだ』と思って激しいショックを受けた」

十和子は目を閉じた。

あの夜聞いた、森宮の言葉を思いだす。

——せんせいが、……いけないんだ。

——先生は……ぼくのママになってくれないなら、誰のママにもなっちゃいけない。どうしてそれが、わからないんだ。

十四年前も同じだったのだ。森宮にとって、疑似母親である更紗がほかの子をほしがることは裏切りだった。『先生を離婚させる会』で活動したのも、脅迫状を送ったのも、同じ理由だ。

更紗が誰の母親でもないなら許せる。だが自分でない誰かに独占させるなんて、彼には許せなかった。

――だからあの夜、森宮は更紗を刺殺した。

一方、美寿々は堕胎時期を逃していた。堕胎していいのは妊娠二十二週未満までと決まっている。

更紗が殺されたのは六月だった。そして樹里は八月生まれだ。森宮には、もはや一刻の猶予《ゆうよ》もなかったのだ。

そして同夜の同時刻、八木沼武史は更紗を覗き見するため校舎に張りついていた。彼ははからずも、更紗の殺害現場を目撃する羽目となった。八木沼いわく「生まれてはじめて脳で射精した」夜だ。彼にとっての原体験であった。

五年後に八木沼はみずから刃を振るい、人殺しとなる。市川美寿々を含む五人の女を殺していくこととなる。

ただし原体験云々とは言っても、十四歳当時の八木沼武史は、すでに童貞ではなかった。初体験の相手は市川美寿々である。

ちょくちょく『紫仙会』で顔を合わせていた中学生に、美寿々から粉をかけたかたちだ。妊娠するため、絶え間なく男あさりをした美寿々らしい行動と言える。

同時に美寿々は「赤ちゃんプレイ」をも八木沼に教えこんだ。

実母の愛を求めつづけた美寿々と、同じく母の愛に餓《かつ》える八木沼。彼らの間で交わされ、植えつけられた性的プレイは陰惨そのものと言えた。

八木沼を担当した取調官は、

「なぜ大好きな戸川先生が殺されたのに、通報しなかった？」

と訊いたそうだ。八木沼は答えた。

「そりゃあおれも、あいつと同じだったから……。先生がほかの子の母親になるなんて、許せなかった。その前に先生が死んでくれてほっとした。……だから戸川先生に関しては、あいつのこと、恩人だと思ってたんだ」

彼は自分の殺人や死体損壊を、使命だと思いこんでいたという。

殺すこと、壊すことこそが、神が彼に命じた役割であり宿命なのだと。自身のコンプレックスを直視しないための、無意識の言いわけだろう。だが八木沼は本気でそう信じていた。

「でも、今年になって事情が変わった。……新たな使命が、下ったから」

「へえ。どんな使命だね？」

取調官がうながすと、

「娘を守ること」

と八木沼は即答した。

「みすずママに言われたんだ。『戸川先生に売ろうとしてた子は、ほんとはあなたの子なのよ』って。当時おれは中学生だったけど、うん、あり得ない話じゃない。十二、三歳の男だって、父親になるのはぜんぜん可能だもんな。

え、『どうせみんなに言っていた台詞だろう』って？　わかってるよ、そんなの。みすずママは嘘つきだし、頭だって酒であやしくなりかけてた。でも、可能性はゼロじゃないだろ。それがすべてだよ。たとえ一パーセントでもおれの子だって可能性があるなら、ほっとけないじゃないか」

「そうか？　そんなふうに考えない男のほうが大多数だと思うがな」

「だったら大多数のほうが間違ってる」

取調官の揶揄《やゆ》を、八木沼はきっぱり否定した。

「おれは違う。親ってのは子を守らなくちゃいけないんだ。おれは、ママとは――おれを産んだくせに捨てた、あの女とは違う」

そうだ。だから八木沼は樹里を守った。

彼が興信所に市川母子を調査させたところ、美寿々が年端もいかぬ樹里を妊娠させようとし、摂食障害に追いこみ、果ては寮に放りこんだことがわかった。

八木沼が美寿々を殺そうと決心したのは、それがゆえだ。これからの樹里の人生に、害しか及ぼさないだろう母親であった。

「親ってのは、子を守らなくちゃいけないんだ」

いま一度、八木沼は繰りかえした。

「おれはママとは違う。それを証明するためにも、樹里の人生から、みすずママをどかさなきゃいけなかった。……みすずママは、母になる資格のない女だった」

今後の裁判に向け、八木沼は責任能力の有無を問われ、何度か精神鑑定されていくことになるだろう。しかし「使命」「神の啓示」などの連呼を除けば、さしたる論理の破綻はなく、主張は一貫していた。

「十中八九、『異常人格なれど、責任能力あり』ってとこで決着するんじゃないですかね」

今道はそう言い、ミルク多めのコーヒーを啜った。

「しかし八木沼は、いったいどこで鹿原さんを見初めたんでしょう」

拓朗は首をかしげてから、「あ、気持ち悪い言いかたをしてすみません」と十和子に謝った。咳払いして、

「それはともかく、『ASMA』で会ったときはすでに、鹿原さんを認識していたようですね」

と言う。

「市川樹里さんを、監視——というか見守りに行って、偶然見かけたらしいですな」

今道が答えた。

「ちなみに森宮神爾郎あらため伸次郎が、聖ヨアキム学院で美術教師として働いていることも〝見守り〟で把握したようです。八木沼いわく、『樹里は森宮のターゲットになるタイプじゃない。でもやつが人殺しなことに変わりはないから、それなりに注意は払っていた。危険な存在になると完全に認定したのは、鹿原先生の存在を知ってから』だそうです」

次いで八木沼はこう証言したという。

「絶対に森宮は、鹿原先生を怖がらせて楽しんだ末に殺すだろうと思いました。なぜって、殺さずにいられないからです。おれはかつて、あいつとひとつだった。だからわかるんです。おれには、あいつが理解できた」

その言葉はほぼ当たっていた。

森宮伸次郎はべつの取調室で、以下のように証言した。

「最初のうちは、鹿原先生を殺す気はありませんでした。怯える顔を見て、楽しむだけのつもりだったんです。ええ、閉架の棚も、植木鉢もぼくがやったことです。いずれは相談にのるふりをして、彼女がぼくを頼るよう仕向けていけたらいいな、と思ってた。――はい。鹿原先生が、十四年前の事件を探ってることは気づいてました。彼女が、旦那と離婚するらしいこともね」

「なぜ知ってたんだ？」

「そりゃ、調べましたから。……さっさと離婚して、誰のものでもない鹿原先生になるなら、それでいいと思っていました。ぼくは欲張りじゃない。ぼくのものになってくれなくたって、べつにいいんです。彼女が誰のものでもなければ、それでいい。なのに鹿原先生は、市川樹里をやけに気にかけるようになって、しまいには引きとった。あの子のママになるつもりだったんだ。それは駄目です。それは、許せない……」

なお森宮の母親は離婚の翌年に自殺している。縊死《いし》だった。

離婚後は『紫仙会』の活動をやめ、信者たちには引っ越し先すら知らせなかったそうだ。アパートに管理人が彼女の死体を見つけたとき、狭いワンルームの三分の二は段ボールで埋まっていた。中にぎっしり詰まっていたのは、『紫の神仙水』とラベルの貼られた瓶であったという。中身は、ただの水道水だった。

余談だが、森宮は実母の葬儀に出席していない。父親に「行くぞ」と言われたが、拒否したのだそうだ。理由を訊かれた彼は、

「ぼくの人生に、もう関係ない人だから」

と答えたという。

十和子はコーヒーをマドラーで混ぜて、

「森宮は、手錠を掛けられて部屋を出ていくとき……普通の顔をしていました」

とつぶやいた。

「最後に肩越しに振りかえって、わたしを見たんです。いつも職員室で見てきた顔と、同じ顔をしてた。ほんのり笑ってました。わたしに好意のある笑顔でした」

指でそっと額を押さえる。

「わたし、ほんとうは彼にこう言いたかったんです。『勝手に投影しないで』『勝手に期待して、わたしたちを決めつけないで。なにも知らないくせに、願望ばかり押しつけないで』と。わたしも更紗さんも異常なんかじゃない。聖女でもない。ありのままの自分なだけだ――と。

でも、やめました。あの顔を見て、無駄だと気づいたんです。なにを言ったところで、きっと彼には届かない。……まだ彼が十代のうちなら、説得できたかもしれません。十四年前に彼を逮捕できていれば、矯正の可能性だってあったでしょう。でももう、その機会は逸してしまった。手遅れだ。そう思ってしまったんです」

十和子はかぶりを振って、

「……ひどいですよね。教育者なのに」

と自嘲した。

「いや、そうは思いません」

今道が応える。

「残念ながら、この世に〝手遅れ〟は存在します。それが現実だ。ただ、このいやな現実をすこしでも減らしていくために、社会には優秀かつ熱心な教育者が必要なんですよ。あなたがたのような、ね」

十和子は応えなかった。無言で窓の外を見た。

夏の陽射しがアスファルトに照りつけている。ほのかに立つ陽炎《かげろう》が、景色を歪ませてゆらめいている。

街路樹の緑が濃く、強い。目に染みて痛いほどだ。

樹里にアイスクリームを買って帰ろう、と十和子は考えた。

そして同時に、夫と話しあわなくては――とも強く思った。

12

残暑の厳しい日だった。

そしてその部屋は、エアコンが効きすぎていた。カーディガンを羽織ってきてよかった、と十和子は袖の皺を指で直した。

場所は、行政書士事務所の応接室であった。

テーブルの下座には事務所の担当者が着き、十和子は夫の茂樹と向かいあって座っていた。

約四箇月ぶりに会う茂樹は、すこし太ったようだ。ロックバンドのロゴマークが入った長袖Tシャツに、ダメージジーンズという服装である。きっと同棲相手の趣味ね、と十和子は微笑ましく思った。

「ご確認はお済みになりましたね。ではこちらにご署名と判をお願いいたします」

担当者がうながす。

離婚協議書は二部用意されていた。二部とも十和子と茂樹の両名が署名捺印し、お互い一部ずつ保管するらしい。もし離婚後になんらかのトラブルが生じた場合、この協議書をもとに対処していくことになる。

子供はいないので、養育費や親権の取り決めも当然なしである。茂樹側に不貞が認められたが、慰謝料は求めなかった。アセクシュアルであると伏せて結婚したことへの、せめてもの詫びであった。

夫婦共有の預金は、きっちり折半。マンションは解約と決まった。返還分の敷金は十和子の口座に振り込まれるので、一週間以内に半額を茂樹の口座に送金する。また引きとらなかったぶんの茂樹の私物は、業者を頼んで始末することで合意した。

十和子は二部の離婚協議書に、それぞれ署名捺印《なついん》した。

次いで、茂樹が済ませる。

「では最後に、こちらにもご署名を」

担当者がテーブルに置いたのは、離婚届だった。

やっとこれを書ける――。十和子は胸を撫でおろした。

家を出たときに茂樹が一通置いておき、その後、もう一通郵便で送ってきた。しかし二通とも、茂樹の欄は未記入だった。どこに送りかえせばいいかわからず、ずっと宙ぶらりんのままだったのだ。

まず、十和子が署名捺印をした。

「どうぞ」担当者が茂樹の前へ用紙を押しやる。

茂樹は十和子を横目で見てから、

「なにか、言うことないのかよ」

ぼそりと言った。

「え？」

「冷たいよな。……おまえのそういう、冷血なところが嫌になったんだ」

「でしょうね」

十和子は言った。

なぜか茂樹は、目を見ひらいた。驚いたようにまじまじと十和子を見つめてくる。十和子は苦笑した。

「だって、嫌になったから離婚するんでしょう」

「それは——、それは、まあ、そうだが」

「あなたには申しわけなかったと思ってるわ。でも、これで最後だもの。きれいに終わらせましょうよ」

十和子は腕時計を覗いた。

もう午後一時半である。二時から樹里と一緒に、有料放送の映画を観る約束だ。遅れたくなかった。

樹里はあの後、寮に戻ることができた。むろんそこには、十和子と志渡神父の尽力が大きかった。

問題はPTA副会長の月村だったが、こちらは意外にあっさり解決した。八木沼と森宮の逮捕後、ワイドショウや週刊誌で市川家の情報を仕入れたらしい月村は、ころりと態度を変えたのだ。

もともと信心深く奉仕型の女性である。樹里を「気の毒な被虐待児」と認定するやいなや、寮内のいじめに猛抗議するまでに変貌した。

というわけで樹里は現在、日曜から金曜までを寮で過ごし、土曜日は十和子とともに過ごすサイクルで生活している。

そして現在は、まさに土曜の午後であった。

「引き延ばしても意味がないわ。済ませてしまいましょう」

いま一度、十和子は言った。

あきらめたように茂樹がペンを取る。

彼の署名と捺印を見届け、十和子は腰を浮かせた。離婚協議書の一部をバッグにしまい、担当者に頭を下げる。

「ありがとうございました。このたびはお世話になりました」

「こちらこそありがとうございます」

担当者が礼を返す。

十和子は扉に向かって歩いた。引き戸に手をかけたとき、

「十和子」

茂樹の声がした。

肩越しに十和子は彼を見やった。どういうわけか、茂樹は照れたように笑っていた。

意味が摑めず、首をかしげた十和子に彼は言った。

「なんていうか、その――、こんなことになっちまったけどさ。べつに憎しみあって別れるわけじゃないだろ。おまえさえよければ、これからはいい友達として……」

「よしましょう、そういうの」

十和子は引き戸を開けた。

ついさっき「冷血なところが嫌になった」と言いはなったその口で、「いい友達」と言える茂樹が不思議だった。だがこれからは、無理に彼を理解しようとしなくていいのだ。

それだけでもほっとできた。

「失礼します」

部屋を出て、引き戸を閉めた。

　樹里との映画鑑賞は楽しかった。帰途でサーティワンアイスクリームに寄って買った新作二種のアイスも、かなり喜んでもらえた。

「寮は、前ほどヤじゃなくなったけどさあ。個人用の冷蔵庫がないのがイラつくよ」

　そう樹里はぼやいてから、

「……じゃなくて、えーと、気に入らない。いまいちって感じ。神父さまがたまにプリンとかアイス買ってくれるんだけど、名前書いとかないと勝手に食われちまうし——。とにかく、いまいちなの」

　と言いなおした。彼女なりに、言葉遣いを直そうと努力中なのだ。

　保健室登校はまだつづいている。しかし内申点を気にするちゃっかり者の委員長が、親の後押しもあってか、だいぶバックアップしてくれている。

　樹里の体にはいま、すこしずつ肉が付きつつあった。髪型もすっきりしたショートカットに変わった。体重は四十三キロになったそうだ。まだまだ痩せているが、倒れるほどの栄養失調ではなくなった。

　日曜の朝、樹里を送ってから、十和子は固定電話の前に立った。

——母に、電話しなくては。

マンションを引き払う前に、片付けておかねばならない。

お盆は結局、墓参だけで済ませた。父母のいる実家には立ち寄らなかった。母から何度も電話があったが、

「忙しいの」

「ごめんなさい」

だけを繰りかえして、なんとかやり過ごした。

しかしごまかすのも限界だ。母に黙って住所を変え、黙って固定電話の番号まで変えるわけにはいかない。なにより、もう母から逃げたくない。

覚悟を決めて、十和子は子機を持ちあげた。短縮ダイヤルの二番を押す。

呼び出し音が鳴りはじめた。

ごくり、と十和子はつばを呑んだ。掌がひとりでに汗ばんでくる。じっとしていられず、その場で数度足踏みをした。やけに口中が乾く。

「――もしもし？」

「お母さん？　わたし、十和子」

間を置かず、一気に言葉を継いだ。

「じつはね、わたし、茂樹さんと離婚したの。ううん、もう終わったこと。離婚届も書い

てしまったの。行政書士事務所の担当者さんが、昨日のうちに役所へ提出してくれたはず。誰の許しをって——わたしよ。わたしと彼とで決めたことなの。いいえ、考える余地はもう……」

掃き出し窓のカーテンは開けはなしてあった。

晩夏の陽光がやけにまぶしい。

ベランダの柵のへりを、同階住人の飼い猫がゆったりと歩いていくのが見えた。

エピローグ

約三箇月ぶりとなる『All Sexual Minority Anonymous』、略して『ASMA』の会合は、場所を変えて廃事務所のプレハブで開催された。

猫井こと八木沼武史がメンバーだったせいで、あれから『ASMA』はテレビや雑誌の記者に目を付けられ、追いまわされた。

「匿名サークルですから」

「マイノリティたちの静かな集まりなんです。そっとしておいてください」

と会員は取材から逃げつづけ、三箇月を過ぎてようやく再開の運びとなった。さいわい週刊誌もワイドショウも、最近は次のゴシップに興味を移しているようだ。

その夜集まったメンバーは、十和子と拓朗を入れて十八人。

ひさしぶりの会合とあって、ほぼ全員が出席した。

ニックネームを記入した名札を、みなクリップで左胸に留めている。だが十和子だけは名札を付けていなかった。

開始を知らせるベルが鳴る。

司会兼リーダー格の〝JB〟が立ちあがる。

「どうもおひさしぶりです。JBです。はじめる前に一言ご挨拶をさせてください。いやあ、みなさんとこうしてまた会える日がくるとは、まことに光栄です。一時はどうなることかと思いましたが……」

パイプ椅子で作った車座に、出席者たちの苦笑が広がる。

「ともかくみなさんの元気なお顔が拝見できて、ひと安心ですよ。この三箇月の間に、報告したいこと、愚痴りたいこと、告白したいこと、いろいろ溜まったのではないでしょうか。ではつまらない口上はこれくらいにして、さっそくみなさんにお話ししていただきましょう。一番手は……」

「わたしです」

十和子は挙手した。

「ああ、ICEさん。——あれ、名札は？　すみません。渡しそびれたかな」

目をしばたたくＪＢに、

「いえ」と十和子は手を振った。

「こちらこそすみません。名札はちゃんと配っていただきました。勝手ながら、ＩＣＥというニックネームを今日でやめて、新しい名前に変えたいんです」

途中から変えるなんてすみません――、と十和子はいま一度謝罪して、

「じつは先日、離婚しました」

ひと息に言った。

顔を正面に向ける。

「……以前も自己紹介したとおり、わたしはアセクシュアルです」

まわりの会員に向け、話しはじめた。

「それを隠して、結婚しました。隠しとおせると過信していたからです。馬鹿でした。結果、元夫には無駄な時間を過ごさせてしまった。……申しわけなかったと思っています」

全員の耳目が、十和子に集まっていた。

しわぶきひとつ聞こえない。

「いままでの〝ＩＣＥ〟というニックネームは、自虐的な気持ちで付けたものでした。元夫に以前、『きみとベッドにいると、氷を抱いているようだ』と言われたせいです。その

言葉が胸に刺さって、どうしても忘れられなかった。だから自分にも、氷の名を冠したんです」

　拓朗と目が合う。

　十和子はわずかにうなずき、つづけた。

「わたしはアセクシュアルなだけでなく、性衝動も欲望も薄いタイプです。元夫にしてみれば、さぞもの足りなかったことでしょう。……いまなら自分のことも彼のことも、いろいろと客観視できます。けれどその頃は、余裕がなかった。夫婦間だけでなく、仕事のこと、義父のこと、実母のこと――。考えることが多すぎた。完全に、キャパオーバーでした」

　言いながら、十和子は「実母のこと」と口に出せた自分に気づいていた。

　やっと言える。拓朗や樹里と二人きりのときでさえ、片鱗《へんりん》しか口に出せなかった。カウンセラーにも、今道にも言えなかった。

　いまようやく、わたしはすべてを言語化し、他人に打ちあけようとしている。

「先日、母に電話しました。『離婚した』と報告したんです。母は、怒りました。なにを勝手なことをしているのかと。誰の許しを得てのことか、誰が決めたのかと激怒しました。わたしは――」

鼻の奥がつんとした。

泣いてしまいそうだ、と思った。わずかに上を向く。

その瞬間、新たな名前が眼裏《まなうら》に閃《ひらめ》いた。

そうだ、次回からはこの名を名のろう、と決心する。

わたしはもう氷ではない。いや、いままでだってずっと、氷などではなかった。

ずっと己を、欠けた人間だと思ってきた。パーツが足りないから熱くなれない、冷えた未完成の生きものなのだと思い込んでいた。だが違った。

――わたしは、これで完成形なのだ。

氷ではない。

体温があり、生きて息づいて、自分の足で歩きはじめている。

確かに完璧には遠い。いびつかもしれない。だが、このかたちでできあがっている。

自分はこういう人間で、これ以上でも以下でもないのだと、いまは確信を持って言える。

十和子は、深く息を吸いこんだ。

引用・参考文献

『見えない性的指向　アセクシュアルのすべて　誰にも性的魅力を感じない私たちについて』ジュリー・ソンドラ・デッカー　上田勢子訳　明石書店
『セクシュアルマイノリティ【第3版】同性愛、性同一性障害、インターセックスの当事者が語る人間の多様な性』セクシュアルマイノリティ教職員ネットワーク編　明石書店
『ジェンダーについて大学生が真剣に考えてみた――あなたがあなたらしくいられるための29問』佐藤文香監修　一橋大学社会学部佐藤文香ゼミ生一同　明石書店
『聖なるズー』濱野ちひろ　集英社
『ロンドンの恐怖　切り裂きジャックとその時代』仁賀克雄　ハヤカワ文庫
『育てられない母親たち』石井光太　祥伝社新書
『日本の貧困女子　衰退途上にあるこの国のリアル』中村淳彦　SB新書
『くそっ！なんてこった　「エイズの世界へようこそ」はアメリカから来た都市伝説』ジ

ャン・ハロルド・ブルンヴァン　行方均訳　新宿書房
『その子の「普通」は普通じゃない　貧困の連鎖を断ち切るために』富井真紀　ポプラ社
『毒親の棄て方　娘のための自信回復マニュアル』スーザン・フォワード　羽田詩津子訳　新潮社
『警視庁科学捜査最前線』今井良　新潮新書
『警察手帳』古野まほろ　新潮新書

解説

書評家
大矢博子

櫛木理宇が加速している。

二〇一二年に第十九回日本ホラー小説大賞・読者賞を受賞した『ホーンテッド・キャンパス』（角川ホラー文庫）でデビュー。大学のオカルト研を舞台にした青春ホラーミステリで、登場人物の恋愛模様を織り交ぜつつ現在二十一巻を数える人気シリーズとなっている。

驚かされたのは同じ年に第二十五回小説すばる新人賞を『赤と白』（集英社文庫）で受賞したことだ。こちらは『ホーンテッド・キャンパス』とはまったく趣を異にする、豪雪地帯の地方都市で起きる悲劇的な事件を描いた小説だった。こんな引き出しもあるのか、と思わず唸った。

以降、「ホーンテッド・キャンパス」シリーズの快進撃を続けながらも、ある家族が壊されていく様子を描いた『侵蝕 壊される家族の記録』（角川ホラー文庫・『寄居虫女』を改題）や映画化もされたシリアルキラーものの『死刑にいたる病』（ハヤカワ文庫JA・『チェインドッグ』改題）など、『赤と白』に連なる社会病理を扱った物語を続々と発表。その舞台や作品がもたらす印象はいずれも「閉鎖環境」であり「閉塞感」であり、閉ざされた場所で歪んだ方向に熟成されていく心理描写の巧みさは多くの読者を瞠目《どうもく》せしめたものだ。

二〇一〇年代前半、世は沼田まほかるや真梨幸子、湊かなえらが牽引する〈イヤミス〉ブームの中にあった。人間誰しもが抱えていて、けれど見ないふりをしている〈厭な部分〉を前面に出したミステリを指す。当時の櫛木の作品も、その内容から〈イヤミス〉に分類されることが多かった。それ自体は決して間違いではないが、ひとつの冠をかぶせてカテゴライズすることで見えなくなるものがあるというのも、また事実である。

いわゆる〈イヤミス〉ってだけじゃないぞ、と感じたのは二〇一八年に刊行された『鵜《う》頭川《ずかわ》村事件』（文春文庫）だ。

昭和五十四年、権力を持つ一族に支配された村が大雨と土砂崩れで孤立した。その中で起きた殺人事件。若者たちが作った自警団は、次第に「やられる前にやれ」と暴走を始める。熱に浮かされ、正義の名の下にタガがはずれた集団の恐怖が、外部からこの村を訪れて巻き込まれた主人公の視点で描かれる。

スティーブン・キングの『アンダー・ザ・ドーム』（文春文庫）を想起させるようなパニックサスペンスで、閉鎖状況の極限状態が炙り出す人間の愚かさに圧倒されるが、ここで注目すべきはこの村に家父長絶対主義が根付いているという点にある。物理的に外部と遮断されているだけではなく、精神的な閉鎖環境が物語の根幹にあるのだ。

外から見れば異常な価値観であり極めて特殊な状況なのに、中にいるとそれが当たり前になる。それ以外の暮らし、それ以外の生き方があるということすら思いつけない。特殊な状況が普通になっていく恐ろしさこそこの物語の要であり、それは他の櫛木作品でも連綿と描かれ続けていたことだと気づいたのである。

そのひとつの集大成が二〇二三年に出た『少年籠城』（集英社）だ。殺人事件の容疑者とされた少年たちが子ども食堂に立て籠もるというこの物語は、行政がその存在を把握できていない居所不明児童の問題を軸にしながら、地方の温泉街という独特の価値観に支配された町の様子を描いている。

だが、異常な価値観や特殊な状況が普通になっていく閉鎖環境というのは、町や村だけではない。その最小単位が〈家族〉であり、最大単位が〈社会〉だ。

本書『氷の致死量』は、その最小単位と最大単位の閉鎖環境を並行させ、『死刑にいたる病』以来櫛木が掘り下げてきたシリアルキラーの問題を加えた、いわば〈ザ・櫛木理宇〉の一冊である。

ということでやっと本書の内容に入る。いやあ、前振りが長かった。すみません。

主人公はミッション系学園の中等部に赴任した英語教師の鹿原十和子《かばらとわこ》。彼女は校内で色んな人から戸川更紗《とがわさらさ》に似ていると指摘された。戸川とは十四年前にこの校内で殺された教師だという。一方その頃、連続殺人犯の八木沼《やぎぬま》が次の犠牲者を探していた。八木沼は戸川更紗に並々ならぬ執着を持っており、更紗に似た十和子を見て愕然とする。そして彼が選んだ次の獲物は、十和子が担任する生徒の母親だった――。

早々に殺人犯が登場しているわけで、なるほどこれは追う者と追われる者のサスペンスなのだな、と思っていたら足をすくわれる。細部まで実に緻密に計算されており、意外な人物に意外な繋がりがあったり、「え、待って、どういうこと?」と思わずページをめくり直すようなほのめかしがあったりと、読者をまったく飽きさせない。終盤に仕掛けられたサプライズも含め、まずミステリとして一級品なのだ。

だがもちろんそれだけではない。そういったサスペンスや謎解きの面白さとは別に、本書の核にあるのは十和子がアロマンティック（他者に恋愛感情を抱かない）でありアセクシャル（性的欲求を抱かない）であるということだ。

　結婚して当たり前、子どもを持つのが当然という価値観の母親に逆らえずに結婚するも、夫との仲は冷えてしまう。恋愛至上の社会の中で適切な行動がとれていないのではと悩む彼女は、あるきっかけから性的マイノリティが集う互助グループに行くことに。そこにはいわゆるＬＧＢＴＱのよりもっと少数派の、さまざまな性的指向の持ち主が集まっていた。

　何か行動するたびに、母なら何というか、母がどう思うかを考えずにはいられない十和子。これは家族という閉鎖環境の中で培われた歪みだ。異性と恋愛をして子どもを持つのが〈普通〉という強迫観念。これは社会という閉鎖環境がかけてくる圧力だ。前述した最小単位と最大単位の閉鎖環境が十和子を苦しめる。さらに事件そのものは学校という、これまた外界から隔絶された価値観で動く場所を舞台にしており、この物語が何重もの閉鎖空間が描かれていることがわかる。

　特にメインで描かれるのが家族という閉鎖環境だ。十和子の母親との関係、あるいは夫との関係がその最たるものだが、ここには他にも〈異常が当たり前になっている家族の姿〉が登場する。ある生徒の家庭環境、そしてその母親が育った家庭環境だ。また、連続殺人犯である八木沼の歪みの底にも、彼の家庭の〈異常が当たり前〉がある。

『少年籠城』のテーマにも通じることだが、どんな家庭に、どんな親のもとに生まれるか子どもには選べない。子どもにとってはそこが唯一無二にして絶対の居場所になってしまうのである。そこから出ようとして足掻《あが》く者、悩みつつもそれを受け入れてしまう者、受け入れられずに別の方法でその欠損を埋めようとする者などの姿が本書に描かれる。これまでも度々櫛木作品に登場した、歪んだ家庭の中でさらに歪みが醸成されていく構図。残酷な描写もあるが、浮かび上がるのは〈厭な部分〉よりも悲しみの方が大きい。この物語は、悲しみを抱えながらその発露がわからない者たちのドラマなのである。

そして、社会という閉鎖環境。恋バナを向けられたり結婚の話が出たりする度に十和子が感じる苦しみもそうだし、性的マイノリティの互助会で語られる話もそうだ。さらに学校という閉鎖環境の中で、自らの価値観に合わない生徒を排斥しようとする動きが現れる。

これらすべてに共通しているのは、普通とは何か、という問いかけだ。

自分の考える〈普通〉、家族の中の〈普通〉、社会の〈普通〉。

それが一致しないとき、人はどうすればいいのか。

社会の〈普通〉は確かに最大公約数であるかもしれない。しかし公約数というからには、そこから漏れる層が必ず存在する。本書は、そこに該当しなくても、その人はその人のままで幸せになっていいのだと強く伝えてくるのである。性的マイノリティ互助会のメンバーが、他人に危害を加えたり何かを強制したりしない限りは誰のことも異常とは断じない、と語る場面がその象徴だ。むしろ本書では自らを〈普通〉だと思っている側が無意識に他者への加害と強制を行なっている様子が描かれる。

本書が秀逸なミステリであるとともに、十和子の成長物語であることにお気づきいただきたい。十和子は刷り込まれた母の〈普通〉と、押し付けられる社会の〈普通〉に自分を無理やり従わせてきた。しかし学校での出来事や互助会での出会いを通し、その〈普通〉の呪いから脱却すべく闘う道を選ぶ。本書はその変化の物語と言っていい。同じ〈普通〉に歪められてしまった生徒を助け、ふたり一緒に再生していく様子の、なんと微笑ましく勇気づけられることか。

櫛木作品は確かに、閉塞感の中で熟成された歪みを描いたものが多い。けれど本書の最後に用意された救いは希望に満ちている。閉塞感も閉鎖環境も打ち破ることができるのだ。十和子は最後にある決意をする。その決意の具体的な内容は書かれておらず、読者それぞれが「こうではないか」と想像できるようになっている。あなたならそこにどんな答えを思いつくだろうか。それがすなわち、あなたの感じる理想の姿なのである。

本書は、二〇二二年五月に早川書房から単行本として
刊行された作品を文庫化したものです。

死刑にいたる病

櫛木理宇

鬱屈した日々を送る大学生、筧井《かけい》雅也《まさや》に稀代の連続殺人鬼・榛村《はいむら》大和《やまと》から一通の手紙が届く。「罪は認めるが、最後の一件だけは冤罪だ。それを証明してくれないか？」自分のよき理解者であった大和に頼まれ、事件の再調査を始めた雅也が辿りついた残酷な真実とは――『チェインドッグ』改題文庫化。解説／千街晶之

死んでもいい

櫛木理宇

「ぼくが殺しておけばよかった」中学三年の不良少年・樋田真俊が刺殺された事件。彼にいじめられていた同級生の河石要は、取調でそう告白する。自分の手で復讐を果たしたかったのか、それとも……。少年たちの歪な関係を描いた表題作など全六篇を収録。人間の暗部に戦慄する傑作ミステリ短篇集。解説／瀧井朝世

ダークナンバー

長沢 樹

東京で連続放火殺人事件が発生。警視庁分析捜査係の渡瀬敦子はプロファイリングをするが、犯行予測を外してしまう。一方、東都放送の土方玲衣は記者復帰を目指して、元同級生の敦子を番組で特集しようと企てていた。二人が執念の捜査で辿り着いた「存在しない犯人（ダークナンバー）」とは？　解説／香山二三郎

未必のマクベス

早瀬 耕

IT企業Jプロトコルの中井優一は、バンコクでの商談を成功させた帰国の途上澳門《マカオ》の娼婦から予言めいた言葉を告げられる――「あなたは、王として旅を続けなくてはならない」。やがて香港法人の代表取締役となった優一を、底知れぬ陥穽が待ち受けていた。異色の犯罪小説にして痛切なる恋愛小説。解説／北上次郎

開かせていただき光栄です
—DILATED TO MEET YOU—

皆川博子

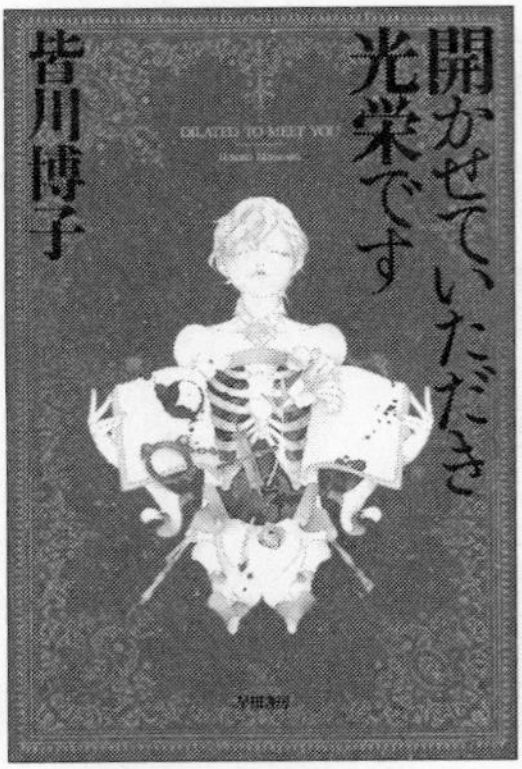

本格ミステリ大賞受賞作

十八世紀ロンドン。外科医ダニエルの解剖教室からあるはずのない屍体が発見された。四肢を切断された少年と顔を潰された男。戸惑うダニエルと弟子たちに盲目の治安判事は捜査協力を要請する。だが事件の背後には詩人志望の少年が辿った恐るべき運命が……前日譚短篇と解剖ソングの楽譜を併録。**解説／有栖川有栖**

ハヤカワ文庫

アルモニカ・ディアボリカ

皆川博子

『開かせていただき光栄です』続篇

十八世紀英国。愛弟子を失った解剖医ダニエルが失意の日々を送る一方、暇になった弟子のアルたちは盲目の判事の要請で犯罪防止のための新聞を作っていた。ある日、身許不明の屍体の情報を求める広告依頼が舞い込む。屍体の胸に謎の暗号が。それは彼らを過去へと繋ぐ恐るべき事件の幕開けだった。解説／北原尚彦

機龍警察〔完全版〕

月村了衛

テロや民族紛争の激化に伴い発達した近接戦闘兵器・機甲兵装。その新型機〝龍機兵〟を導入した警視庁特捜部は、搭乗員として三人の傭兵と契約した。警察組織内で孤立しつつも彼らは機甲兵装による立て籠もり現場へ出動する。だが背後には巨大な闇が。大河警察小説シリーズ第一作の徹底加筆完全版。解説／千街晶之

ハヤカワ文庫

機龍警察　暗黒市場（上・下）

月村了衛

〈第34回吉川英治文学新人賞受賞〉ロシア民警出身のユーリ・オズノフ元警部は警視庁特捜部との契約を解除され武器密売に手を染めた。一方で特捜部は、ロシアン・マフィアの手による有人搭乗兵器のブラックマーケット壊滅作戦に着手する——世界標準の大河警察小説。警察官の魂の遍歴を描く、白熱と興奮の第三弾

ハヤカワ文庫

機龍警察　火宅

月村了衛

最新型特殊装備〝龍機兵〟を擁する警視庁特捜部は、警察内部の偏見に抗いつつ国際情勢のボーダーレス化と共に変容する犯罪に立ち向かう――由起谷主任が死の床にある元上司の秘密に迫る表題作、特捜部入り前のライザの彷徨を描く「済度」など全八篇を収録した、二〇一〇年代最高のミステリ・シリーズ初の短篇集

ハヤカワ文庫

君を愛したひとりの僕へ

乙野四方字

人々が少しだけ違う並行世界間で日常的に揺れ動いていることが実証された時代――両親の離婚を経て父親と暮らす日高暦は、父の勤める虚質科学研究所で佐藤栞という少女に出会う。たがいにほのかな恋心を抱くふたりだったが、親同士の再婚話がすべてを一変させた。もう結ばれないと思い込んだ暦と栞は、兄妹にならない世界へと跳ぼうとするが……『僕が愛したすべての君へ』と同時刊行

ハヤカワ文庫

著者略歴　1972年生，作家　著書『死刑にいたる病』『死んでもいい』（以上早川書房刊），〈ホーンテッド・キャンパス〉シリーズ，『鵜頭川村事件』『殺人依存症』『虎を追う』他多数

HM=Hayakawa Mystery
SF=Science Fiction
JA=Japanese Author
NV=Novel
NF=Nonfiction
FT=Fantasy

氷《こおり》の致《ち》死量《しりよう》

〈JA1567〉

二〇二四年二月　二十　日　印刷
二〇二四年二月二十五日　発行

（定価はカバーに表示してあります）

著　者　櫛《くし》木《き》理《り》宇《う》
発行者　早川　浩
印刷者　大柴正明
発行所　株式会社　早川書房

郵便番号　一〇一 - 〇〇四六
東京都千代田区神田多町二ノ二
電話　〇三 - 三二五二 - 三一一一
振替　〇〇一六〇 - 三 - 四七七九九
https://www.hayakawa-online.co.jp

乱丁・落丁本は小社制作部宛お送り下さい。
送料小社負担にてお取りかえいたします。

印刷・株式会社亨有堂印刷所　製本・株式会社明光社

ISBN978-4-15-031567-2 C0193

本書は活字が大きく読みやすい〈トールサイズ〉です。